전설을 꿈꾸는

초보 영웅 들을 위한
지침서

전설을 꿈꾸는 초보 영웅들을 위한 지침서 5

조훈 판타지 장편 소설

초판 1쇄 찍은 날 § 2002년 11월 19일
초판 1쇄 펴낸 날 § 2002년 11월 25일

지은이 § 조훈
펴낸이 § 서경석

편집장 § 문혜영
편집책임 § 김희정
편집 § 장상수 · 박영주 · 권민정 · 이종민
마케팅 § 정필 · 강양원 · 이선구 · 김규진

펴낸곳 § 도서출판 청어람
등록번호 § 제1081-1-89호
등록일자 § 1999. 5. 31
어람번호 § 제1-0317호

주소 § 경기도 부천시 원미구 심곡1동 350-1 남성B/D 3F (우) 420-011
전화 § 032-656-4452 팩스 § 032-656-4453
http://www.chungeoram.com
E-mail § eoram99@chol.net

값 7,500원

ISBN 89-5505-416-5 (SET)
ISBN 89-5505-539-0 04810

●조훈 판타지 장편 소설

전설을 꿈꾸는

초보 영웅 들을 위한

지침서 5 조우(遭遇)

도서출판
청어람

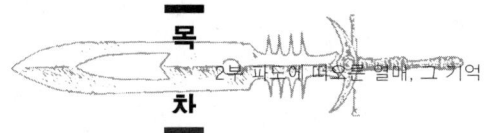

목차

2부 파도에 떠오른 열매, 그 기억

제11장 비밀 2 ●7

제12장 주시자의 무구 ● 37

제13장 방문 ● 57

제14장 출발, 그리고… ● 95

제15장 네가… 어째서? ● 133

제16장 분노 ●177

제17장 기억의 잎새 ● 207

제18장 조우(遭遇) ● 237

제11장 비밀 2

비밀 2

촤아!

차가운 물이 온몸을 휘감고 흐른다. 며칠 만에 하게 된 목욕이라서 더욱 그런지 모르지만, 몸 구석구석을 흐르는 물 한 방울 한 방울이 영혼 밑바닥까지 씻어 내리는 듯한 착각이 느껴질 정도로 상쾌했다. 정말로 이 물이 내 머리 속이며 가슴속까지 씻겨준다면 얼마나 좋을까.

전투가 끝난 전장의 모습, 떠올리고 싶지 않았다. 하지만 아무리 내가 그런 의지를 가지고 있다고 하더라도 이미 봐버린 것까지 지울 수는 없는 노릇이었다. 몇 번이고, 몇 번이고 물을 머리 위로 쏟아 부었지만 자꾸만 어디선가 피비린내가 나는 것만 같아서 견딜 수 없었다.

공주가 마법진을 이용해 사라지고 난 후 남작은 병사를 수습하기 위해 그 자리에 남았다. 시종 여유만만하던 그의 표정은 언제 그랬냐는 듯이 굳어져 언제나 그를 가까이서 보좌했을 부관들조차 함부로 말을 꺼내기 거북해하는 모습이었다.

내가 정확히 무슨 이유 때문에 납치되었던 것인지, 왜 아스 왕녀가 갑자기 나타나 저들과 함께 어디론가 가버린 것인지, 어째서 닉이 그런 그녀의 옆을 지키고 있었는지, 모든 것이 의문투성이였지만 그것을 묻기보다는 눈앞에 펼쳐진 참혹한 모습들을 애써 외면하기에 더 바빴다.

오빠의 모습은 무척이나 초췌해져 있었지만 나를 보자 갑자기 달려들어 말없이 나를 꼬옥 껴안아주었다. 이런 식의 감정 표현을 하는 오빠의 모습을 처음 보았던 터라 무척이나 당황했지만, 그렇다고 뿌리칠 수도 없는 노릇이기에 가만히 있을 수밖에 없었다. 사실 조금은 편안하고 기분이 좋긴 했다. 그런 내 자신이 이상하게 느껴질 정도로.

서로가 기진맥진해 있었기 때문인지는 몰라도 우리는 별말없이 그곳을 빠져나와 마차를 타고 어떤 작은 오두막집에 당도했다. 마차가 다가가자 한 여자가 그 집에서 달려나왔다. 뻔한 얘기지만 그녀는 바로 에롤이었다.

처음 본 순간 그녀 대신에 내가 이 어처구니없는 상황에 빠져들었다는 생각이 들어 울컥 화가 났지만, 그렇다고 그녀가 무엇을 잘못한 것은 아니라는 생각이 들었기에 잠자코 있을 수밖에 없었다. 사부는 무언가 할 일이 있다면서 곧바로 다시 떠나갔지만, 오빠와 나는 결국 그집에서 잠시 머물며 휴식을 취하게 되었다.

솔직히 이렇게 내 의도와는 상관없이 연속적으로 사건의 소용돌이속에 빠지게 되는 게 무척이나 불쾌했다. 이렇게 무력하게 이리저리 휩쓸리기만 한다는 건 나로서는 정말 참기 힘든 일이었다. 물론 이렇게 투덜댄다고 무슨 뾰족한 방도가 나는 것은 아니겠지만.

"들어가도 돼요?"

오두막집에 딸린 작은 욕실에서 계속 물을 들이붓다 말고 이런저런 생각을 하고 있는데 욕실 밖에서 작은 목소리가 들려왔다. 에롤이었다.

"네."

사실 그녀와 친해지고 싶은 마음은 없었지만, 그렇다고 매몰차게 대해야 할 확실한 이유도 없었기에 순순히 대답해 주었다.

내 대답이 떨어지자 욕실의 미닫이문이 삐걱거리며 열리더니 수건으로 몸을 가린 에롤이 조심스레 들어왔다. 하지만 나는 그녀가 들어오거나 말거나 가만히 쭈그리고 앉아서 다시 물을 퍼 올렸다.

"도와줄게요."

보지 않아도 어떤 얼굴 표정인지는 뻔했다. 마치 자신이 무척이나 자애스러운 언니라도 되는 양 미소 짓고 있을 테지.

내가 에롤을 재수없다고 느낀 건 단지 그녀가 아름답다든가 정숙해 뵌다든가 하는, 내가 가지지 못한 것을 가지고 있기 때문만은 아니란 걸 그제야 깨달았다. 그건 바로 마치 모든 것을 다 알고 있다는 듯한 저 재수없는 미소 때문일 것이라는 것도 그때서야 비로소 깨달을 수 있었다.

"됐어요."

퉁명스럽게 보지도 않고 그렇게 거절을 했다. 내가 에롤이라도 상당히 무안했을 것이다.

"그냥 조금 등만 밀어주……."

"됐다니까요!"

자꾸만 치근덕거리는 게 짜증이 나서 나도 모르게 버럭 소리를 지르고 말았다. 그건 나조차도 놀랄 정도로 격렬한 반응이었기에 소리를 질러놓고도 내가 먼저 당황해 얼버무리고 말았다.

"괜찮아요. 어차피 거의 끝났으니까."

"……."

하지만 에롤은 잠시 그 자리에 가만히 있었다. 왠지 나를 향한 그녀의 시선이 자꾸만 신경 쓰여서 견딜 수 없었지만 모르는 척 다시 물을 퍼 올렸다.

"미안해요, 로즈."

"……."

"나 때문에 이런 일에 휘말려서 정말로 미안하게 생각해요."

"관둬요."

"예?"

"괜찮다고 했잖아요! 제발 나 좀 그냥 놔두라고요!"

에롤은 그 말을 듣고 잠시 가만히 있다가 조용히 밖으로 나가 버렸다. 이럴 생각은 아니었는데, 따지고 보면 그녀가 잘못한 것도 아닌데, 그렇게 후회가 밀려왔지만 그렇다고 이미 뱉어버린 말을 주워 담을 수는 없는 노릇이었다.

사실 그녀가 잘못한 것은 없었다. 잘못하기는커녕 매사에 나를 배려하거나 도움 주려 했으며 나와 친해지기 위해 노력하기까지 했다. 남자들보다는 아무래도 여자가 낫겠다 싶어서 그런 것인지는 모르겠지만 나에게는 왠지 특별하게 대하는 듯싶었다. 하지만 난 그런 에롤이 왠지 이유없이 싫었다. 특별히 맘에 안 드는 구석도 없는데, 친해져도 나쁘지 않겠다고 생각을 하면서도 나란히 서면 왠지 자꾸 말이 엇나가고 화를 내게 된다. 방금 같은 경우도 그렇게까지 할 생각은 아니었다. 그냥 혼자 있고 싶었던 것뿐이다.

아무래도 역시 내가 심했다는 생각이 들어서 서둘러 몸을 닦고 욕실을 나섰다.

집 안에는 아무도 없었다. 둘 다 어디를 간 거지? 이 늦은 시간에.

왠지 또 기분이 나빠졌다. 그렇다고 질투를 한다거나 하는 건 아니다. 내가 미쳤나, 그런 팔푼이 일에 신경이나 쓰고 있게.

그나저나 둘의 관계는 도대체 뭘까. 아무래도 둘이 사귄다거나 하는 것 같지도 않았는데. 에롤도 부정했었고, 오빠에게서도 그녀를 친근하게 대하기는 했지만 왠지 모를 벽을 중간에 쌓아두고 있다는 느낌을 지울 수가 없었다. 물론 내가 잘못 본 것일 수도 있겠지만, 적어도 여자의 눈으로 보았을 때 오빠의 에롤에 대한 시선은 사랑의 감정이라고 보기에는 좀 여러 가지로 복잡한 면이 많은 것 같았다. 물론 착각이라면 할 말 없지만.

어느샌가 나는 소리 죽여 집 밖으로 나가 둘의 모습을 찾고 있었다. 잠시 주위를 두리번거리고 있으려니 무슨 말인지는 알기 힘들었지만 바람 소리 너머로 사람 목소리가 두런거리는 것이 들려왔다. 그리고 다음 순간 난 이미 그 목소리를 따라 움직이고 있었다.

집 뒤의 작은 뜰에서 오빠와 에롤이 나란히 서서 달을 바라보며 뭔가 조용히 얘기를 나누고 있었다. 꼴값들하고 있네. 이 야밤에 남녀 둘이 몰래 나와서 뭔 짓이람.

하지만 그러면서도 난 이미 그 둘의 말을 알아들으려고 귀를 쫑긋이 세우고 있었다.

분명 뭔가 얘기를 하고 있었지만 집 그림자에 숨어서 듣기는 역시 좀 멀었다. 그렇다고 중간에 무언가가 있지도 않았기에 더 이상 가까이 다가가기도 어려웠다.

가만. 지금 내가 무슨 짓이람. 이거 꼭 무슨 변태 같잖아.

변태사부랑 좀 지냈더니 옮기라도 한 걸까. 아무튼 남녀 둘이 뭔가 얘기하는데 몰래 숨어서 엿듣는다는 건 별로 보기 좋은 일은 아니다 싶어 몸을 돌려 다시 집 안으로 들어가려고 했다.

"로즈."

"힉!'

갑자기 누군가 내 이름을 부르면서 어깨를 턱 하고 잡는 것이 아닌가!

"뭐 하니, 여기서?"

팔푼이 오빠님이었다. 젠장, 뭐라고 말을 해야 하지.

"아니, 난 그냥 아무도 집 안에 없길래 어디 간 건가 해서……."

안 봐도 척이다. 보나마나 이렇게 어정쩡한 변명이나 하는 날 속으로 비웃고 있겠지. 쳇.

"로즈, 부탁이 있는데."

"응?"

"에롤이랑 잠깐 얘기 좀 해보지 않을래?"

"……."

뜬금없이 무슨 소리인가.

"에롤이… 요새 남자들 속에서만 지내다 보니까… 아, 이상한 얘기는 아니고, 아무튼 또래 여자애들이랑 오랫동안 함께 있질 못하다 보니까 로즈, 너랑 친해지고 싶은가 봐. 억지로 친하게 지내라고 하긴 뭐하고, 잠시만 말상대만이라도 되어줄 순 없겠니?"

"……."

결코 나쁜 맘으로 하는 얘기는 아니었지만 왠지 조금 기분이 나빴다. 남자들 속에서만 지내온 건 그녀뿐만이 아닌데. 나 역시 이날 이때까지 여자애들과는 친해본 적도 없었다. 물론 그건 내 탓도 있었겠지만, 에이 씨, 관두자.

"어차피 잠시 동안은 에롤과 같이 지내야 할 것 같아. 무리한 부탁일지도 모르지만 잠시 친하게 지내는 것도 나쁘지는 않잖니."

왠지 울컥울컥 뭔가 치밀어 올랐지만, 거기에 대고 짜증을 부리기엔 뭔가 석연치 않았기에 난 그냥 말없이 고개를 끄덕여 주었다.

거의 등 떠밀리는 심정으로 천천히 에롤에게 다가갔다. 하지만 그녀는 내가 다가가는 걸 아는지 모르는지 등을 돌린 채 고개를 들어 하늘을 바라보고만 있었다.

어느새 그녀 옆에 다가가 나란히 섰다. 하지만 막상 뭐라 말할 것도 없었기에 난 그냥 그녀가 뭘 바라보나 싶어 고개를 들어 하늘을 바라보았다.

별다른 건 없었다. 오늘따라 달도 뜨지 않아서인지 별들이 하나 가득 하늘을 수놓고 있다는 정도? 하지만 그건 그 나름대로 운치가 있었다.

"미안해요."

나도 모르게 별빛에 취해 잠시 주위 일을 잊고 있는데, 느닷없이 조용한 목소리가 내 주의를 흩뜨렸다. 난 그만 못된 짓 하다 들킨 어린애마냥 화들짝 놀라 버렸다.

"에? 아니, 그게, 뭐가요?"

"갑자기 그런 일을 당해서 로즈도 몹시 당황스럽고 혼란스러울 텐데 염치도 없이 친한 척해서요."

"……."

난데없이 이런 식으로 말해 버리면 대답할 거리가 궁할 수밖에 없었다. 어쩌면 빈정거리는 식으로 들릴 수도 있는 말이었지만 그녀의 차분한 어조에 그런 기색은 전혀 없었다. 그녀는 정말로 내게 사과하고 있었다.

"저기, 나도 미안해요. 그런 식으로 갑자기 짜증을 내서."

미안하다는 말이 이토록이나 하기 어려운 것인지 미처 몰랐다. 왠지 얼굴이 화끈화끈 달아오르는 기분이었기에 난 어느새 고개를 수그린 채 그녀에게 사과를 하고 있었다.

그녀는 그런 내 말에 대답하지 않고 잠시 가만히 있다가 다시 천천히 말하기 시작했다.

"토미와 로즈를 보면 무척 부러워요."

무슨 엉뚱한 소리인가 싶어 그녀를 바라보았다. 하지만 그녀는 그런 나를 바라보며 살짝 미소를 짓고는 다시 하늘을 바라보며 천천히 얘기하기 시작했다.

"나에게도 형제가 있어요. 무척 예쁜 언니가 둘이나 있죠. 아름답다기보단 거의 화려하다 싶을 정도로 예뻐서 난 언제나 부러웠어요. 게다가 맨날 바보같이만 구는 나랑은 다르게 똑똑하고 자기 일은 언제나 똑부러지게 하는, 정말 같은 여자인 제가 봐도 너무 멋있는 언니들이에요."

지금 장난하나? 그럼 그런 당신을 보면서 열등감 느끼는 난 뭐냐고.

다시금 뭔가가 울컥울컥 치밀어 올랐지만 방금 오빠의 말도 있고 했기에 열심히 억눌러 참아야 했다. 지금 자랑하는 것도 아니고 도대체 뭔 짓이람.

"바보 같은 난 그런 언니들을 자랑스러워하기보다 질투하고 미워했어요. 참 우습죠. 난 그런 애였어요."

"……."

"막내였기 때문에 더 제멋대로였는지는 몰라도, 난 정말 구제 불능에 가까웠어요. 하지만 언니들은 그런 날 미워하기는커녕 더욱더 사랑해 주고 아껴주었어요. 하지만 원래부터 비뚤어진 애였는지, 그런 언니들을 고마워하기는커녕 더욱더 미워하기만 했죠."

자기 얘기인 듯하고 있었지만 어쩐지 날 두고 비꼬는 것 같은 기분이 들었다. 아니, 내가 꼭 그렇다는 건 아니지만 어쩐지 기분이 몹시 나빠졌다. 정말 얘는 왜 말 한마디 한마디 하는 게 사람 속을 이렇게 뒤집는 거지?

"그러다가 난 어느 날 첫사랑이란 걸 하게 됐어요. 예전부터 알고 지내던 오빠였는데, 후훗, 사실 그건 지금도 마찬가지지만 언제나 떼쟁이에 제멋대로인 나한테 야단도 치고 혼내주기도 하고 그랬죠. 처음엔 그게 무척이나 싫고 기분 나빴는데 어느 순간인가 난 그런 오빠를 내 아버지나 언니들보다 더 의지하고 있었어요."

내가 어쩌고 말할 틈이 없었다. 그녀는 나와 대화하기보다는 그냥 자기 하고 싶은 얘기를 풀어놓는 식이었다.

기분은 별로였지만, 어쩐지 그녀가 조금은 이해되기도 했다. 뭐랄까, 그건 나 역시도 마찬가지였기 때문이다. 내 주위에 속내를 털어놓을 만한 사람이 없기는 나도 다를 바가 없었으니까. 좀 어른스러워지긴 했어도, 아니, 그래서 왠지 더 말하기 껄끄러운 오빠? 집에 있는 것보다 없는 것이 당연하게 되어버린 아빠? 누구에게 말하란 말인가.

"그런 말이 있잖아요. 첫사랑은 진정으로 그 사람을 사랑하는 게 아니라 사랑하는 그 느낌을 사랑하는 거라고. 지금도 정확히 제 감정이 어떤 것이었는지 알 도리는 없지만, 그래도 전 그걸 첫사랑이라고 부르고 싶었어요. 지금도 마찬가지구요."

내가 이해하기엔 무리가 많은 내용이었다. 결정적으로 난 아직 그런 감정 가져 본 경험이 없다.

"솔직히 처음에는 그런 건지 몰랐죠. 그냥 같이 있으면 편안하다는 느낌 정도? 그러던 게 나이를 먹으면 먹을수록, 남자와 여자의 차이를 알게 되면 될수록 그게 어떤 특별한 감정으로 치닫게 되더라고요. 하긴 생각해 보면 내 주위에 그럴 만한 대상이 오빠밖에 없었다는 게 이유이긴 했지만요."

내가 왜 난데없이 이런 얘기를 듣고 있어야 하는가 하는 생각이 문득 들었지만, 그렇다고 그런 내 심정을 그대로 드러내기도 뭐했기에 그냥 아무 말 없이 듣고 있을 수밖에 없었다.

"하지만 나만 여자가 되어가는 건 아니었어요. 오빠 역시도 남자가 되어가고 있었죠. 문제는 오빠를 그렇게 만든 게 내가 아니란 거였죠. 그리고 참 눈치없게도 그걸 나한테 털어놓더군요. 오빠로서야 내가 편해서 그랬다 치더라도 그걸 들어야 하는 난 절대 편할 수가 없었죠. 게다가 그 대상이란 게 제 언니였거든요. 그렇지 않아도 언니들에게 열등감을 가지고 있던 내가 견뎌내기엔 확실히 무리가 있는 일이었죠. 그게 이유가 되었는지는 몰라도 우리 자매와 오빠는 각자가 모두 뿔뿔이 흩어지게 되어버렸어요. 물론 저마다 이유는 있었지만, 아마도 가장 큰 이유는 나 때문이었을 거라고 지금도 생각하고 있죠."

도대체 왜 에롤은 이런 얘기를 나에게 하는 걸까. 자기보다도 어린 나에게 이런 신세 한탄을 해봐야 내가 무슨 도움을 줄 수 있다고.

문득 그녀의 처음 말이 떠올랐다. 그렇다. 그녀는 그저 마음 놓고 자신의 속내를 드러낼 대상이 필요한 것인지도 몰랐다. 어떤 해결책을 제시해 주지 못하더라도 그저 꾹꾹 눌러만 놓고 드러내지 못한 이야기들을 한 번쯤 후련하게 터놓기를 바라는 것뿐인지도 몰랐다. 물론 그게 왜 하필 나인지는 알 도리가 없지만.

"처음 토미를 본 건 그 모든 게 조금이나마 희미해지려고 하던 때였어요. 어느 날 갑자기 언니가 쳐들어와서는 화살에 맞아 중태에 빠진 토미를 데려다 눕혀놓고 보살펴 주라고 했으니 제가 얼마나 당황했겠어요. 솔직히 그 난리를 치고 떠나 버려서 다시는 얼굴 보기가 부끄러울 지경이었는데, 언니는 그런 얘기는 일언반구도 없었어요. 거기서 전 생각했죠. 이 남자애는 언니에게 그 정도로 소중한 사람이 아닐까 하는 그런 생각이요. 덕분에 간신히 지우려고 했던 옛 기억들이 죄다 되살아나고, 다시 한 번 나에게도 기회가 오지 않을까 생각하게 되었죠. 참 이기적이지만, 토미가 건강하게 되면 언니는 내가 좋아하던 오빠와는 상관없게 될 거라고 생각했던 거예요. 언니가 그렇게 짝 지어지면 오빠도 언니를 포기할 거라 생각했고요."

거기까지 단숨에 말한 에롤은 숨이 차는지 잠시 호흡을 고르고는 다시 천천히 말하기 시작했다.

"그런데 일이 꼬이려고 마음을 먹은 건지는 몰라도 토미가 오히려 저를 좋아하게 되어버렸죠. 이런 제가 어디가 마음에 들었는지 알 수는 없지만 저로서는 정말 당황스러울 수밖에 없었어요. 사실 조금 기쁘기도 했어요. 누군가를 좋아해 본 적은 있었지만, 누군가가 절 좋아해 준 적은 드물었거든요. 제가 미처 깨닫지 못해서인지는 몰라도 말이에요. 하지만 전 너무나 바보같이 토미가 상처 입을 행동을 서슴없이 저질렀어요. 내 마음이 받아들여지지 않는 걸 화내면서도 다른 사람의 마음은 받아들이지 못하다니, 저도 참 모순덩어리인 셈이었죠."

그제야 오빠와 에롤의 관계가 대략 짐작이 갔다. 하지만 석연치 않은 점도 있었다. 어쩐지 거리를 두는 듯한 오빠의 행동이 그것이었다. 물론 이런 이유들이 있다면 그런 행동들이 석연치 않기만 한 건 아니었지만, 오빠의 시선이나 행동들은 아무래도 사랑에 빠진 사람의 그것이라고 생각되지 않았다. 하긴 사랑이란 거 해보지도 못한 내가 뭘 알겠는가만, 하지만 역시 이런 얘기 듣는 거 익숙하지 않다.

"이런 얘기 남에게 하는 거 정말 처음이네요. 미안해요. 동의도 구하지 않고 멋대로 내 얘기를 해버려서. 부담은 갖지 말아요. 그냥 바람 소리가 좀 이상하게 들린 거라고 생각하세요."

의례적인 것이라 해도 왠지 울컥했다. 기껏 다 말해 놓고 지금 장난하는 건가?

"정말 당신은 비겁하군요."

"네?"

"이미 다 해버리고 부담 갖지 말라니, 너무 교활하잖아요. 안 그래요? 단지 얘기할 대상이 필요했다면 나무든 돌이든 붙잡고 해버리면 되는 거 아닌가요?"

내가 아차 싶었을 때는 이미 할 말 못할 말 죄다 해버리고 난 후였다. 에롤은 그런 내 말이 충격이었는지 잠시 멍하니 나를 바라보다가 고개를 숙이며 쓴웃음을 지었다.

"정말… 그렇네요. 이것도 버릇인가 봐요. 정말 전 여러 가지로 다른 사람에게 도움이 안 되는 존재군요."

"하! 이젠 자기 비하인가요? 아주 골고루네요. 왜요? 아예 기분도 그런데 저기 나무에다 목이라도 매달지 그래요? 못하겠으면 제가 줄 가져다 드릴까요? 네? 원래부터 그렇게 짜증나는 타입인가요?"

좀 심했다 싶기는 했지만 더 이상 가만 듣고 있을 수가 없었다. 도대체 이런 얘기를 나에게 해서 뭐 하자는 건가 말이다. 나도 잘난 건 없지만 이런 사람 보면 정말 짜증이 안 날 수가 없다.

"그런가 봐요. 난… 원래 그런 애인지도 몰라요."

"원래 그래요? 하! 정말 편리하네요. 뭐든 저질러 놓고 그냥 난 원래 그래! 라고 말하면 되니까 말이에요. 아주 본받을 만하네요. 하나만 물어보죠. 그렇게 도망 다니면 재미있어요?"

"……"

"아까부터 듣자 듣자 하니까, 결국 뭔가 자신이 부딪쳐서 일을 해결한 건 하나도 없는 것 같네요. 언제나 누군가에게 기대려고만 하고, 언제나 누군가가 보살펴 주기만을 바라고. 스스로 뭔가 해볼 생각은 전혀 없는 건가요? 그저 가만히 있다가 기회만 잡으면 그게 다인가요? 네?"

"네가 뭘 알아!"

네가 소리를 지르든 말든 혼자 열을 내든 말든 가만히 듣고만 있던 에롤이 갑자기 소리를 버럭 질렀다. 순간 말문이 막혀 그녀의 얼굴을 바라보고만 있었다.

에롤은 어느새 두 눈에 눈물을 가득 머금은 채 전에 없이 비명을 지르는 것마냥 울부짖고 있었다.

"네가 뭘 안다고 지껄여! 나라고 노력 안 해봤는 줄 알아? 그의 마음에 들기 위해서 내가 얼마나 발버둥 쳤는 줄 알아? 그게 전부 헛수고가 되었을 때의 비참함을 네가 아냔 말야! 작은 기회라도 잡으려고 발버둥 칠 때의 그 처량함을 아냐고! 이제 이렇게 푸념밖에 할 수 없는 내 심정을 네가 알아!"

이제까지 조용하고 차분한 모습이 전부 거짓인 것처럼 그녀는 그렇게 울부짖은 후 주저앉아 무릎 사이로 고개를 파묻고 울먹이기 시작했다.

내가 너무 심했다는 후회가 밀려왔다. 잘 알지도 못하면서 그저 그녀의 푸념에 짜증을 냈으니 말이다. 사과라도 해야 하는 건가 하고 생각은 들었지만 뭐라고 말을 꺼내기도 어려웠다

왠지 찜찜해서 가만있을 수가 없었다. 사내자식이라면 머리나 한 대 쥐어박으면서 왜 우냐고 다그치기라도 할 텐데 여자, 그것도 나보다 나이 많은 여자가 저렇게 퍼지르고 앉아 울고 있으니 난감할 수밖에 없었다.

결국 별다른 방도를 구하지 못하고 그녀 옆에 나 역시 털퍼덕 주저앉았다.

"미안해요. 알다시피 나 역시도 요 며칠 좀 정신이 없었잖아요. 그런데 난데없이 그런 얘기 들으니까 좀 짜증이 났었나 봐요. 이해하죠?"

하지만 에롤은 아무 반응도 없었다. 그저 울먹이는 소리가 좀 잦아들었다는 정도일까. 에구구, 내가 지금 뭐 하는 거람.

"난 아직 어려서 에롤같이 누굴 좋아한다거나 한 적이 아직 없는 것 같아요. 물론 누군가를 보면서 두근거린다거나 한 적도 있지만 에롤같이 열렬한 사랑은 아직 해보질 못했네요. 확실히 나이 차라는 게 무섭긴 한가 봐요."

"그렇게 말하니까 제가 엄청 나이 먹은 거 같잖아요."

고개를 돌려보니 에롤은 어느새 울음을 그치고 조금은 서글픈 미소를 띤 채 날 바라보고 있었다. 달빛에 슬며시 비친 그 모습이란 게, 솔

직히 예쁘긴 예쁘다. 여자인 내가 봐도 말이다. 쩝. 울다가 그쳐서 눈 주위가 빨갛게 되어서도 저렇게 예쁘니 오빠가 혹할 만도 하지.

"아니, 그런 뜻은 아니었어요."

"그거 알아요?"

"네?"

"지금 말하는 걸로 봐선 로즈가 더 나이 먹어 보인다는 거요."

"……."

뭐냐, 지금. 반격이라 이건가?

"흠, 제가 좀 조숙하다는 소리를 듣긴 하죠. 솔직히 저 팔푼이 오라 버님보다야 정신 연령이 훨씬 높거든요."

"팔푼이 오라버니? 그거 토미 말하는 건가요?"

에롤은 방금 전에 울었던 것도 잊은 듯이 눈을 동그랗게 뜨고 나를 응시했다.

"그렇죠. 어벙한 데다 우유부단하고, 여자 말엔 끔뻑 죽는 데다가 괜히 속없이 마음은 좋아서 결국 손해란 손해는 혼자 다 보는 짜증나는 타입이잖아요, 우리 오빠."

"그, 그런가요?"

"그렇고말고요. 거기다 가출 전에는 매일 방 안에 틀어박혀서 책 속에서 공상이나 해대는 음침한 짓거리만 해대고, 한술 더 떠서 영웅이 된다는 둥 어쩐다는 둥 하는 헛소리를 지껄이다가 아빠가 학교 가라니까 '난 크라테리움이 싫어요'라는 삼류도 못 되는 개그를 남기고 홀쩍 가출하질 않나. 후우, 제가 어떻게 그걸 말로 다 하겠어요."

"푸흣!"

갑자기 에롤이 이상한 소리를 내며 고개를 다시 무릎 사이로 푹 파묻었다. 어깨를 움찔움찔하면서 부르르 떨기까지 한다. 왜 이러지?

"뭐예요. 또 울어요?"

"쿠쿠쿡, 아니, 아니에요. 쿡쿡. 그냥. 쿡쿡쿡."

말도 제대로 못하고 혼자 숨죽여 웃느라 정신 못 차리고 있었다. 내가 지금 한 얘기가 웃긴 얘기였나? 이렇게 말도 제대로 못할 정도로?

"저도 나름대로 저 오빠 때문에 얼마나 고생했다고요. 에휴, 이런 내 심정 누가 알라나 몰라."

"쿡쿡쿡, 미안해요. 난 그저, 이제껏 내가 본 토미랑 비교하다 보니까. 후후훗."

"무슨 소리예요?"

"그러니까 제가 본 토미는 이제껏 진지하고 차분하기만 했거든요. 그런데 지금 로즈한테 토미의 옛 모습을 들으니까 어쩐지 귀여운 것 같아서 저도 모르게 그만."

"에에?! 누가 진지하고 차분해요? 잘못 본 거겠죠. 하여튼 이젠 골고루네. 내숭까지 떤단 말인가. 어이구, 머리야."

"후후훗."

원래 여자 둘이 모여 앉아 누군가에 대한 험담을 시작하면 끝이 없는 법이다. 상당히 아줌마적인 취향이지만 나도 에롤도 어느새 의기투합해서 저 팔푼이 오빠를 마음껏 씹어댔다. 아니, 뭐 나쁜 소리만 한건 아니다. 나름대로 정보 교환이랄까? 확실히 내가 훨씬 밑지는 장사였지만, 그건 그런대로 나쁘지 않았다.

그렇게 한참을 둘이 앉아서 시간 가는 줄 모르고 얘기를 하고 있을 때였다.

"나도 끼워줄래?"

한참 흥이 나서 수다를 떨고 있는데 누군가 불쑥 그렇게 말하는 것이 들렸다. 나와 에롤은 반사적으로 입을 다물고 여차하면 도망갈 기세로 몸을 일으키며 말소리가 들려온 방향으로 시선을 모았다. 그리고 누가라고 할 것도 없이 동시에 헛숨을 들이켰다.

어쩐지 이 세상 사람의 것 같지 않은 푸른 머릿결이 바람에 찰랑이고 있었다. 달조차 뜨지 않은 어두운 밤하늘의 별빛을 그대로 옮겨다 놓은 듯이 선명하게 빛나고 있었다. 그리고 그 머릿결 속으로 선명하게 각인되는 아름다우면서도 왠지 강한 의지가 느껴지는 차분한 얼굴. 풀숲을 헤쳐 나와서인지 풀잎이 조금 묻어 젖어 있는 듯했지만 어쩐지 요사스럽게까지 느껴지는, 그렇게 느껴질 정도로 아름답게 늘어뜨린 옷자락.

여신이나 요정이라도 강림한 게 아닐까.

말도 안 되는 상상이었지만, 그 모습에는 그런 식의 감상밖에 나올 수가 없었다. 세상에 저런 여자가 정말 세상에 존재했단 말인가. 같은 여자라지만 이건 너무 달랐다.

그녀는 잠시 고개를 갸웃거리며 말도 제대로 못하고 얼어붙어 있는 나와 에롤을 바라보더니 곧 탄성을 지르며 이마를 손바닥으로 쳤다.

"아하! 이런. 지금 내 모습을 깜박했네."

이건 또 뭔가. 남자들이나 취할 법한 말투와 행동이 아닌가, 저건.

하지만 그녀는 거기서 멈추지 않고, 얼굴을 붉힌 채 머리를 긁적이며 어쩔 줄 몰라 하기 시작했다.

"이런, 이것 참 문제네. 하도 오랜만에 본모습을 했더니 감당이 안 되는군. 이걸 어떻게 설명해야 하나."

내가 생각해도 황당한 것이, 누군가의 외모를 보고 이렇게 충격을 먹을 수 있다니. 그것도 남자도 아니고 같은 여자인데.

겨우겨우 입을 열어 어눌하게나마 질문했다.

"누, 누구시죠?"

"나? 나야, 나. 네 사부. 바로 엘리스라고."

이 여자, 제정신인가?

거짓말이라는 것도 어느 정도 신빙성이 있어야 그런가 하고 솔깃하는 법이다. 그런데 난데없이 여자가 봐도 눈이 뒤집어질 미녀가 나타나서 자신이 변태사부라고 말을 한다면 누가 그걸 '아, 그런가 보다' 하고 고개를 끄덕이겠는가.

어느샌가 나도 모르게 일어나 에롤의 손을 잡아끌고 있었다. 며칠 새 그런 경험을 하고도 경계심이 일지 않는다면 그게 오히려 이상한 일이다.

푸른 머릿결의 그녀는 어색한 듯 머리를 긁적이고 있다가 우리가 슬금슬금 뒷걸음질치자 고개를 갸웃거리기 시작했다.

"어라. 이봐, 왜 그래?"

왜 그러긴 뭘 왜 그래인가. 그 산만한 덩치가 무슨 수로 저렇게 호리호리하면서도 나올 곳 나오고 들어갈 곳 들어간 사기성의 몸매로 변한단 말인가. 그 털털한 산적 같은 목소리가 듣는 것만으로도 소름이 오싹 끼치는 아름다운 목소리로 변할 수가 있냔 말이다.

그 여자가 뭐라고 하든 간에 슬금슬금 물러나다가 냅다 소리쳤다.

"오빠! 오빠, 빨리 나와봐! 수상한 사람이 있어! 얼른!"

내키지 않는 일이기는 해도 지금 이 상황에 믿을 거라고는 오빠밖에 더 있겠는가. 하지만 연신 그렇게 집 쪽을 흘깃거리며 고함을 질러도 이 망할 팔푼이 녀석은 나올 생각도 하질 않았다.

"이봐, 수상한 사람이라니. 그거 나한테 하는 소리야? 헛!"

얼굴과 전혀 어울리지 않는 말투로 지껄이며 우리를 향해 한 걸음 내딛던 그녀가 갑자기 걸음을 우뚝 멈췄다. 무슨 일인가 하고 바라보니 어느샌가 그녀의 뒤에 오빠가 버티고 서 있는 것이 아닌가. 씨이, 그럴 거면 진작에 좀 나서든가. 뭐야, 꼴사납게 비명이나 지르게 만들고.

"움직이지 마."

오빠의 낮게 깔린 목소리가 들려왔지만 그녀는 오히려 다시 이마를 짚으며 한숨을 푸욱 내쉬었다.

"어휴, 정말 미치겠네. 마스터까지 왜 그러는데? 나야, 나. 엘리스라고. 너무하잖아, 정말. 이런 멋진 레이디를 죽일 듯이 살벌하게 몰아붙이기나 하고."

자화자찬하는 그녀의 말에 조금 울컥하는 기분이었지만, 아니, 정확히는 나로서는 남세스러워서라도 못할 말을 저렇게 스스럼없이 당당하게 하는 그녀가 미웠지만 어쩌겠는가. 이런, 지금 중요한 건 그게 아니지.

"엘리스?"

"그래, 이 둔탱이 마스터야. 왜, 안 믿겨져? 그럼 우리가 발코스에서 보낸 그 첫날밤 얘기라도 해줄까? 그럼 믿… 웁읍!"

"믿, 믿을게! 믿으면 되잖아!"

뭐, 뭐야, 지금. 방금 저 여자가 뭐라고 한 거야? 첫날밤이라고?

나도 에롤도 멍해져서 바라보고 있는 와중에도 그 둘은 서로 달라붙어서 옥신각신하고 있었다.

"웁읍! 푸하! 뭐야! 사람 말하는데 입을 틀어막다니."

"허튼 소리 하니까 그런 거 아니냐고!"

"허튼 소리? 나랑 마스터랑 같이 밤을 보냈다는 거? 증인 불러와? 불러와?"

"심하잖아! 이 병신 같은 토미가 그런 짓 할 용기나 있냐고! 아무리 그 녀석이 없다고 해도 그렇지 그렇게 말을 함……."

"아, 그래. 뭐, 그건 맞는 말이지만… 뭐?"

오빠는 갑자기 말하다 말고 자신의 입을 틀어쥐었고, 그녀는 그런 오빠를 잠시 뚫어지게 보다가 천천히 입을 열었다. 방금 전과 같은 장난기 같은 건 사라진 냉정한, 아니, 냉정하다기보다는 어떤 위협이 느껴지는 차가운 목소리로.

"너, 누구냐."

오빠는 잠시 어쩔 줄 몰라 하다가 슬며시 머리를 긁적이고는 웃으며 대답했다.

"무슨 소리를 하는 거야, 엘리스. 나라고, 토미."

"누구냐고 물었다."

나로서는 이 여자가 산만한 덩치와 절정의 변태성을 자랑하던 바로 그 사부라는 게 더 못 미더웠지만, 지금은 그게 중요한 문제가 아닌 모양이다.

어떻게 돌아가는 상황인지 몰라서 그저 제자리에 선 채 눈만 끔뻑이는 나와 에롤을 뇌둔 채 잠시 그 둘은 시선을 맞추고 가만히 서 있었다. 뭔가 팽팽한 긴장감이 흘렀지만 난 역시 영문을 몰라 어리둥절할 뿐이었다.

잠시 동안 그렇게 신경전을 벌이다가 오빠가 먼저 입을 열었다.

"좋아요, 내 손을 잠시 잡아봐요."

"왜 그래야 하지?"

그녀의 날이 선 대답에 오빠는 대답 대신 우리 쪽을 슬쩍 돌아보았다. 그녀 역시 그 시선을 따라 우리를 한번 흘깃 보고는 고개를 끄덕이더니 오빠를 향해 손을 내밀었다. 오빠는 천천히 그 손을 맞잡고 천천히 눈을 감았다.

"헛!"

푸른 머릿결의 그녀가 갑자기 화들짝 놀라며 당황했다. 그러더니 그녀도 이를 악물고 천천히 눈을 감았다. 옆에선 나와 에롤이 멀뚱거리면서 그런 그들을 보는 것조차 잊은 듯이 둘은 그렇게 손을 맞잡고 가만히 제자리에 서 있었다.

그렇게 얼마나 지났을까. 왠지 모를 긴장감에 자리를 뜨지도 못하고 가만 서서 보기만 하던 나와 에롤이 점점 지치고 졸려서 선 채로 꾸벅꾸벅 졸 때쯤이 되어서야 둘은 감았던 눈을 뜨고 손을 풀었다. 도대체 저게 뭐 하는 짓이지.

오빠는 다시 우리를 슬쩍 보고는 사부인지 아닌지 긴가 민가 한 그녀에게 말했다.

"일단 들어가죠. 여기서 밤을 샐 수도 없는 노릇이니."

그녀는 말없이 고개만 끄덕이고는 누가 뭐랄 사이도 없이 성큼성큼 집으로 발길을 돌렸다. 그런 그녀의 모습을 보며 잠시 혀를 차던 오빠는 다시 우리를 바라보고는 말했다.

"밤이 늦었다. 로즈도 에롤도 들어가 자야지."

말투가 특별히 변한 건 없었지만, 왠지 어른이 아이 어르는 듯한 느낌이라 약간 기분이 나빴다. 하지만 여기서 밤새 서 있을 수는 없는 노릇이었기에 순순히 그 말에 따라 집 안으로 들어갔다.

안으로 들어가니 푸른 머릿결의 그녀가 창가에 기대인 채 앉아 있는 것이 눈에 들어왔다. 은근한 달빛에 비치는 그 모습은 정말 뭐라 형용할 수 없을 정도로 눈부신 것이어서 같은 여자인 나도 다시 눈을 비비고 바라볼 수밖에 없었다. 게다가 아까까지와 같은 장난기 서린 모습도 자취를 감추고 어떤 고귀함이나 신비함이 주위에 맴돌기까지 하는 게 감히 범접하기 어려운 그런 상태였다.

정말 그녀가 사부인지 다시 한 번 확인해 보고 싶었지만 은근히 재촉하는 오빠의 눈길에 별말없이 침실로 들어갈 수밖에 없었다.

"저기, 로즈."

침대로 들어가려는데 어느샌가 에롤이 곁에 다가와 내 옷자락을 붙잡고 있었다.

"왜요?"

"저기… 방금 토미, 어딘가 좀 이상하지 않았어요?"

이상하다 뿐인가. 하지만 나는 가만히 에롤의 다음 말을 기다렸다.

"그 여자한테 그런 말을 들어서인지는 몰라도 아무래도 뭔가 이상해요."

"에이, 너무 신경 쓰지 말아요. 설마 그럼 누가 오빠로 몰래 변장하고 있기라도 하단 얘기예요?"

"네? 아니, 난 그런 얘기까지는 아니었는데."

오히려 더 놀라 당황하는 에롤의 모습을 보고서야 나도 아차 싶었다. 내 입으로 뱉은 말이었지만 왜 그런 말이 나왔는가 의아했고, 그 말이 왠지 그냥 지나쳐 버릴 말이 아닌 듯싶었기 때문이다.

나와 에롤은 그렇게 잠시 가만히 서로 마주 보기만 했다. 왠지 자꾸 으스스해지는 기분이 차 올랐지만, 고개를 세차게 저어 흩어버리고 씩 웃으며 에롤에게 말했다.

"에이, 별일 아닐 거예요. 너무 늦었어요. 그만 자야죠."

"네."

주저하면서 침대로 들어가는 그녀의 모습을 애써 외면하고 나 역시도 잠자리에 들었다.

잠이 쉽게 오지 않는다. 요 며칠 동안의 여러 가지 일들 때문에 무척이나 심신이 지쳐 있었음에도 불구하고, 온몸이 피곤하다며 발악을 하는 상황인데도 왠지 쉽게 잠들지 않는다. 머리 속이 너무 복잡해서일까.

누군가에게 납치되고 거기다 한술 더 떠서 난생처음 전쟁이란 게 무언지 직접 눈으로 보게 되고. 뭐가 뭔지도 모르는 상황 속에 덩그라니 혼자 뒹구는 느낌이란 건 아무리 좋게 생각하려 해도 개운해지지 않았다.

거기다 더 석연치 않은 것은 분명 그 모든 일에 대한 내막을 알고 있는 사람들이 주변에 있음에도 내게는 일언반구도 내비치지 않는다는 점이었다. 내가 그저 아무 상관 없는 방관자라면 모르되, 이미 이 정도의 일을 겪고도 자신이 왜 그런 꼴을 당해야 하는지 알지도 못한다는 건 정말 짜증나는 일이다.

생각하면 할수록 왠지 울화가 치밀었다. 따돌림당하는 기분이라고나 할까. 아니, 내가 알던 사람들이 전혀 다른 모습으로 바뀌어가는데 나만 홀로 그대로인 것에 대한 질투일지도 몰랐다. 그토록 강해지기를 바랬음에도 내 스스로 뭔가를 헤쳐 나가지 못하는 무력함이 싫었다. 도대체 이제까지 내가 해온 일이 무엇이란 말인가. 루노의 작은 골목에서 대장 노릇하던 일이 우습게만 느껴졌다. 결국 난 우물 안 개구리였던 것이다.

빌어먹을. 어째 잡념만 자꾸 떠오른다. 그리고 그런 생각들을 떠올릴수록 점점 자기 비하만 하는 꼴이 돼버린다. 짜증나는 일이다.

이래저래 잠들지 못하고 뒤척거리기만 하는데 누군가 슬며시 방에 들어오는 기척을 느꼈다. 슬며시 실눈을 뜨고 살펴보았다. 어둠 때문에 잘 보이지는 않았지만 언뜻언뜻 달빛에 반사되는 푸른 머릿결을 보고 누구인지 알 수 있었다. 사부인지 아닌지 지금도 분간이 안 가는 엘리스라는 여자이리라.

그녀는 잠시 가만히 있다가 발소리를 죽이며 에롤이 잠들어 있는 침대로 다가갔다.

"에롤."

"으음?"

"쉿, 조용히. 잠시 나랑 밖에서 얘기 좀 합시다."

눈이 뒤집어질 만한 외모에도 불구하고 말하는 품은 영락없는 사내의 그것이었다. 확실히 사부의 말투와 비슷했지만 전혀 다른 목소리와 외모 때문에 아직도 긴가 민가 할 수밖에 없었다. 하지만 일단 그건 지금 중요한 문제가 아니다. 이 한밤중에 또 무슨 일일까.

조금 뒤척이는 소리가 들리더니 문이 가냘프게 삐걱거리는 소리와 함께 다시금 정적이 찾아들었다.

또 나만 빼놓고 무슨 일을 벌이려는 거지?

솔직히 갈등된다. 저기에 다시 끼어들자니 또다시 영문도 모를 일에 휩쓸릴 것이 두려웠고, 가만히 있자니 역시 따돌림당하는 기분이었다. 이런 경우엔 어떻게 해야 하는 걸까.

하지만 호기심이 자꾸 드는 건 어쩔 수 없었다. 밖으로 나가서 그들의 대화를 엿듣지 않는 정도라면 괜찮겠지. 그냥 둘이 뭐 하나 지켜보는 정도라면 별문제는 없을 거라는 생각이 자꾸만 나를 유혹했다.

결국 난 그 유혹을 이겨내지 못하고 슬그머니 창문가로 다가갔다. 혹시나 하는 마음에 옷까지 챙겨 입고 장갑까지 낀 채로. 갑자기 또 무슨 일이 일어날지 누가 알겠는가. 그럴 리야 없겠지만, 만에 하나 무슨 일이 또 일어난다면 또다시 잠옷 차림으로 납치당할 수는 없는 법이다.

예상대로 바깥에 에롤과 엘리스 둘이 서 있는 게 보였다. 아니, 오빠도 함께였다. 푸른 머릿결의 엘리스가 무언가 조용히 설명하는 듯한 분위기였고 에롤은 고개를 숙인 채 가만히 듣고 있었으며, 오빠는 그런 둘의 모습을 가만히 지켜보고만 있었다.

호기심이란 게 마약과 같은 것이라서, 그 세 명이 모여 있는 것을 보니 이번엔 무슨 얘기들을 하는 건지 다시 궁금해졌다. 하지만 이렇게 집 안에 있어서야 그들의 말을 들을 방법이 없었다. 그렇다고 나가서 엿들을 수도 없고 말이다. 저들이 어디 보통 사람들인가. 내가 나가는 순간 바로 그 기척을 느낄 게 뻔했다. 결국 아쉽지만 그대로 지켜볼 도리밖에 없었다.

그러던 중에 엘리스의 말이 끝났다. 잠시 동안 가만히 있는가 싶었는데, 갑자기 오빠가 한 손을 번쩍 치켜 올려 하늘을 가리켰다. 그리고 그와 동시에 오빠의 손에서 무언가 번쩍이는가 싶더니 어느새 무언가 길쭉한 것이 그 손에 들려 있었다.

달빛에 반짝이는 금속성의 물체. 검? 검인가? 내 생각이 맞다면 저건 틀림없는 검일 것이다.

세 명은 잠시 그 검을 가만히 바라보았다. 무슨 요술인 건가? 갑자기 검이 불쑥 튀어나오다니. 분명히 오빠는 검 같은 거 지니고 있지 않을 텐데.

오빠는 잠시 자신의 손에 들린 검을 바라보다가 그 자리에 조용히 주저앉더니 바닥에 조용히 누웠다. 에롤과 엘리스는 그런 오빠를 가만히 보다가 고개를 들어 서로 마주 보고는 고개를 살짝 끄덕이더니 그 옆에 조용히 다가가 앉았다. 그리고 각기 한 손을 내밀어 그런 오빠의 가슴에, 아니, 정확히는 보이지 않지만 오빠의 손에 자신들의 손을 포개는 듯했다.

왠지 모를 불안감이 전신을 휘감았다. 확실히 지금 저들의 행동은 예사로운 것이 아니라는 어떤 예감이 몰아쳐 왔다. 그리고 그런 생각이 들자 곧장 문을 박차고 집 밖으로 나갔다.

집 밖으로 나가는 순간 다시 어떤 강렬한 빛이 갑자기 시야를 가득 메웠다. 나도 모르게 손을 들어 그 빛을 가렸다.

그 빛줄기는 나타났을 때처럼 소리없이 순식간에 사라졌다. 그들의 모습을 급히 찾아 달려갔다.

세 명 다 그 자리에 그대로 있었다. 아니, 그대로는 아니었다. 에롤은 스르르 몸이 기울더니 그대로 오빠의 품으로 쓰러졌고, 몸을 뒤척이며 일어나려던 오빠가 그 몸을 받아 들었다. 어느샌가 아까 오빠가 지니고 있던 검은 사라져 버린 뒤였다.

오빠가 에롤의 몸을 안고 천천히 몸을 일으키는 동안 나 역시도 천천히 그 곁으로 다가갔다. 엘리스가 그런 나를 힐끔 바라보았지만 아무 말도 하지 않았다. 달빛에 비쳐서일까. 어쩐지 파리한 안색이었다. 오빠는 그런 엘리스의 모습을 의문 가득한 눈으로 볼 뿐 말이 없었다.

잠시 그렇게 이어지던 침묵을 깬 것은 엘리스였다. 그녀는 조용히 미소 지으며 오빠를 향해 말했다.

"…오랜만이야."

오랜만이라고?

그녀의 말은 마치 누군가 오랫동안 떨어져 있던 사람을 만난 듯한 느낌을 풍기고 있었다. 무슨 영문인지 알 수가 없었다. 하지만 오빠는 별다른 대꾸 없이 이번엔 자신의 품에 안겨 있는 에롤을 바라보았다. 엘리스는 그런 오빠의 모습을 보더니 다시 말했다.

"스스로 원한 거야."

확실히 이건 별로 좋지 못한 느낌이었다. 예전부터 그랬지만 이번엔 특히 더 그랬다. 완전히 따돌림받는 느낌이었다. 도대체가 이해할 수 없는 말만 자기들끼리 여봐란 듯이 지껄이고 있으니 당연한 일이다.

결국 난 답답함을 참다못해 입을 열었다.

"저기… 어떻게 된 건지 말해 주지 않을래?"

제12장 주시자의 무구

주시자의 무구

　"그렇게 해서 나의 마스터이신 토미 군이 돌아오게 되었다는 거지. 이미 했지만 한 번 더 인사하도록 할게. 잘 돌아왔어, 마스터."

　"고마워."

　오두막집 바깥은 이미 어슴푸레하니 빛이 밝아오고 있었다. 내가 소울 브레이커에 찔린 이후에 일어난 수많은 일을 듣느라 밤이 새는 것도 몰랐던 것이다. 하긴 잃어버린 시간을 찾는 데 하룻밤 정도라면 그다지 낭비는 아니다.

　전투가 끝난 이후의 일을 얘기하던 엘리스는 잠시 숨을 고르고는 다시 입을 열었다.

　"아무튼 결과적으로는 그때 섀넌 경이라는 사람이 말실수한 게 다행인 셈이 되었지만 나로서도 사실 당황스러웠어. 그런 식으로 영혼을 단체로 몸 안에 담고 다니는 사람이라는 게 절대로 흔한 게 아니잖아."

"그걸 단번에 덜컥 믿어버리는 사람도 흔치 않지."

미친 사람이라 생각하고 그냥 무시해 버리는 게 보통 흔한 반응일 것이다. 내 말에 엘리스는 머리를 긁적이고는 겸연쩍은 듯이 대답했다.

"그게 그럴 수밖에 없는 게, 사실 나도 정상이라고는 할 수 없는 상태이다 보니 그런 거지 뭐. 게다가 메릴이라는 그분이 직접 내 몸속으로 건너와서 얘기를 해주는데 어떻게 믿지 않겠어. 다른 사람의 몸속에 들어가 본 적은 수도 없지만, 다른 영혼이 내가 있는 몸속으로 들어오는 건 정말 처음 하는 경험이었다고."

"다른 사람의 몸속에 들어가?"

"아, 그러고 보니 마스터한테는 아직 얘기 안 했겠군. 그러니까 내가 모습을 항상 바꾸어서 다니는 방법이 바로 그거야. 영혼이 직접 몸을 옮겨 다니는 거지."

잠시 어안이 벙벙해졌다. 단순히 최면술이나 그런 종류의 것은 아니라고 생각했지만 영혼이 직접 몸을 옮겨 다니다니.

"그럼 원래 있던 영혼은 어떻게 되는 건데?"

"응? 잠시 제압해 두는 거지 뭐. 인간의 정신 세계란 의외로 광활한 곳이기 때문에 한구석에 자리 만들어주고 꿈이라도 꾸고 있게 해두면 돼. 그러면 잠시 잠자는 걸로 생각하게 되는 거지. 그리고 다시 나올 때 적당히 중간의 기억을 짜 맞춰서 넘겨주고."

"하지만 그만큼 당사자의 시간을 갉아먹는 셈이잖아."

엘리스는 역시 좀 난감한지 머리를 다시 긁적거렸다.

"갉아먹는다라… 틀린 말은 아니지. 뭐, 알게 모르게 약간의 보상 정도는 해주고 있지만 확실히 잃어버린 시간에 비교될 만한 건 없지.

하지만 나도 나름대로 규칙은 있다구. 이를테면 특별한, 그러니까 로즈 구출 때 같은 특수한 상황을 제외하고는 아무 몸에나 옮겨가거나 하지는 않아. 자살하려고 했다가 의식을 잃은 사람이라든가, 그런 식의 몸을 잠시 빌려 쓰는 거야. 게다가 이것도 의외로 엄청 힘을 소모하는 일이라서 원하는 대로 뻔질나게 옮겨가거나 하지도 못해.”

나름대로는 어떤 기준이 있기는 한가 보다. 하지만 역시 그 부분까지는 내가 뭐라고 할 수는 없는 일이 아닐까. 보통 상상할 수 없는 능력이기는 하지만 그만큼 효율적인 능력도 드물 것이다. 어줍지 않은 변장술 같은 것보다야 몇 배는 나으니까. 누가 몸 훔치는 일을 생각할 수나 있겠는가.

“그럼 지금 그 몸은 진짜 몸이야?”

“응? 이 몸? 예쁘지? 이거 원래 내 몸 맞아.”

가슴을 젖히면서 과시하듯이 몸을 이리저리 비비 꼬는 모습을 보니 왠지 아름답기보다는 좀 웃기다. 그녀가 변신했던 여러 모습들이 겹쳐 보였기 때문이다. 그녀? 아, 그러고 보니 이렇게 되면 엘리스는 원래 여성이 되는 건가?

“응, 원래 이렇게 예뻤구나, 엘리스는.”

“그렇지?”

“그런데 왜 이런 예쁜 모습을 놔두고 다른 사람 몸을 훔치는 거야?”

내 질문이 조금 의외였는지, 잠시 대답을 못하던 엘리스는 어색하게 씨익 웃으면서 말했다.

“그게 처음에는 그냥 재미있기 때문이었어. 그렇잖아, 자신의 몸이 아닌 다른 사람의 몸으로 움직인다는 거. 다른 사람이 보더라도 무척 신기한 일이고. 게다가 처음 내 능력에 눈뜬게 사춘기 때여서 더욱더 그랬는지도 몰라."

하긴 나도 그런 특별한 능력이 있었다면 쓰지 않고는 못 배겼을 것이다. 내가 처음 주시자의 능력을 얻고 나서도 그랬지 않은가. 미친 듯이 달리고, 괜히 난 척하면서 수도를 발칵 뒤집어놓고.

"그런데 확실히 멋진 능력이기는 하지만 지날수록 내 능력이 조금씩 싫어지곤 할 때가 있어."

"응?"

"주체성의 문제랄까? 가끔은 정말 내가 누구인지, 나란 존재는 과연 무엇인지 헷갈릴 때가 많아. 옮겨간 대상이 정신력이 강하면 그 기억이 나에게 스며드는 경우도 있고. 몸은 빼고 영혼만 옮겨 다니다 보니 그런 기억들이 뒤섞일 때는 정말 내가 누구인지 혼란스러울 때가 생기곤 해. 그래서인지 지금으로썬 정말 예전에 내가 어떤 사람이었는지 잘 생각 안 날 때도 종종 있어. 하지만 역시 지금에 와서 후회한다고 해도 엎질러진 물이겠지."

잠시 푸념 비슷하게 중얼거리던 엘리스는 자신도 어색했는지 씨익 웃으며 얼버무렸다.

"일단 뭐 당장 그건 중요한 문제가 아니고, 어쨌든 그 메릴이라는 분에게서 자초지종을 듣고 나서야 대충 일이 어떻게 돌아가는지 알게 된 거지. 덕분에 소울 브레이커의 비밀도 풀린 셈이고 말이야."

"뭐?"

"전투 중에 마스터가 실드 가디언을 쓰러뜨렸지. 정확히는 마스터의 몸을 이용해서 리필린느 경이라는 분이 쓰러뜨린 거지만 그건 중요한 게 아니고, 어떻게 쓰러뜨린 것인가가 중요한 일이었지. 이름에서도 대충 감이 잡히겠지만, 그 골렘은 원래 방어용의 무기라서 어지간한 무기로는 상처도 입힐 수 없는 물건이었나 봐. 고작해야 마법이나 마법의 힘이 내재된 무기만이 유일한 방법이었지."

내가 직접 경험한 일이 아니었기에 무슨 일인지 정확히는 알 수 없었지만, 일단 들은 얘기였기에 잠자코 귀를 기울였다.

"그 상황에서 리필린느 경은 자신도 모르게 몸에서 검을 뽑아내어 사용했던 모양이야. 리필린느 경도 당시에는 그게 뭔지 몰랐는데, 전투가 끝나고 나서야 이게 뭔가 이상한 일이란 걸 깨달은 거지. 손에서 갑자기 검이 튀어나오는 일이 절대 흔한 게 아니잖아."

당사자인 리필린느 경은 별다른 말 없이 가만히 있을 뿐이었다. 아마도 엘리스가 전부 대답해 줄 것을 기다리는 모양이었다.

"그래서 생각한 거지. 이게 갑자기 어떻게 튀어나온 것인가. 이게 도대체 뭐란 말인가 하고 말이야. 그리고 깨달은 거지. 이 검이 예전에 보았던 영살검주의 검과 판박이라는 사실을. 그리고 거기서 다시 생각한 거지. 이것이 마스터의 몸속에 있는 것이 우연이 아니라면 마스터의 실종과도 무슨 연관이 있는 것은 아닐까. 그때까지는 마스터의 실종이 소울 브레이커에 의한 것이라고 생각하고 거기에 대해서만 초점을 맞췄는데, 억지스럽지만 조금 방향을 바꿔본 거야."

소울 브레이커? 정신없이 쏟아지는 이야기에 정신이 혼미해질 지경이었지만 그 단어만은 똑똑히 알아들었다. 무왕 칼스 하면 바로 떠오른다고 해도 과언이 아닌 전설 속의 마검 소울 브레이커.

"마스터의 영혼이 없어질 당시의 상황에 대해서 좀 더 생각을 해보자는 거였지. 잘 생각해 보면 몇 가지 의문이 생길 거야. 우선 첫째로 왜 하필이면 마스터의 영혼만이 사라졌던 것인가. 그리고 두 번째로 왜 그 일 이후로 소울 브레이커도 함께 없어졌던 것인가."

그러고 보니 확실히 이상한 일이었다. 내 몸속에는 나를 제외하고도 넷이나 되는 영혼이 깃들어 지내고 있었는데, 어째서 내 영혼만이 모습을 감추었던 것일까.

"사실 두 번째의 경우는 우리도 미처 생각이 미치지 못하고 있었어. 영살검주 측에서 무슨 이유에서인지 마스터를 찾기 위해 혈안이 되었다고는 해도 그 정확한 이유는 확신하지 못했었으니까. 그게 지난번의 전투에서 확실해졌을 때도 이게 마스터의 실종과 연관이 있을 것이라고는 생각지 못했었고. 그런 의미에서 지난번의 전투는 굉장히 중요한 사건이었던 거지."

나로서는 잠자코 듣고 있을 수밖에 없었다.

"조금 억지스러운 추측이기는 해도, 그래서 어젯밤 나와 마스터 안의 네 영혼은 이런 결론을 내렸던 거야."

"어떤?"

"마스터의 실종은 단지 우연히 일어난 돌발적인 사건이 아니라 어떤 공식에 의해 일어난 사건이라는 거지. 소울 브레이커가 어째서 그런 이름을 가지게 되었는가. 왜 그 검에 찔리자 그런 알 수 없는 폭발이 일어나고 마스터의 영혼이 실종되었는가. 그리고 마스터를 찌른 검이 어찌하여 사라졌는가. 참고로 소울 브레이커는 무왕 칼스 이후로 마법적인 효과를 낸 적이 없어. 그래서 주인을 가리는 검이란 얘기도 들었었지. 다시 말해서 마스터가 그 검에 찔렸을 때 이 모든 일이 일어날 수 있는 공식들이 덜커덕 들어맞았다는 얘기가 되는 거지."

나도 모르게 긴장해서 엘리스의 말에 더욱 귀를 기울였다. 엘리스 자신도 흥분했는지 잠시 숨을 고르고 있었다.

"그 공식이란 건 뭐지?"

"그게 좀 복잡해. 하지만 어려운 것도 아니지. 자, 생각해 보자고. 마스터의 영혼이 실종되었을 때와 실드 가디언을 쓰러뜨렸을 때의 공통점을."

공통점이라… 엘리스의 말에 곰곰이 기억을 떠올린 나는 생각나는 대로 천천히 대답했다.

"과연 이걸 공통점이라고 해야 할는지는 모르겠지만, 한창 심각하게 전투 중이었다는 것과 인질이 사로잡혀 있었다는 점, 그리고 소울 브레이커?"

"비슷했어. 다만 심리적인 문제는 일단 접어두고 물질적인 면만을 살펴보자. 그때와 지금 가지고 있는 것 중에 겹치는 걸 말해 봐."

"그때도 있었고, 지금도 가지고 있는 물건?"

몸을 훑어보며 보이는 대로 말하기 시작했다.

"우선 이 건틀릿과 반지, 그리고 내가 소유한 건 아니었지만 역시 소울 브레이커는 빠질 수 없을 테고… 나머지는 모르겠는걸."

"제대로 말한 거야. 그때도 가지고 있었고, 지금도 가지고 있는 건 그 세 가지 물건이지. 한 가지 굳이 더 첨가하자면 마스터 자신의 몸 정도겠지."

그래도 감이 잡히지 않기는 매한가지였기에 멍하게 엘리스를 바라보고 있을 뿐이었다. 그게 우스웠던지 다시 씩 웃으며 말하는 엘리스.

"이런 얘기 들어본 적 있어? 주시자의 무구라는 거."

"주시자의 무구?"

순간 흠칫 놀라야 했다. 주시자라는 단어가 흔한 것이라면 모르되 보통 사람들이 알 만한 단어가 아니었기 때문이다. 물론 엘리스는 보통 사람이란 단어와는 상당히 거리가 있는 인물이긴 했지만.

─걱정 마. 엘리스는 네가 주시자란 건 모르니까.

잠자코 듣고만 있던 에미가 넌지시 일러주는 목소리를 들었지만 그래도 왠지 안심할 수 없었다. 일단 가만히 모르는 채 엘리스의 다음 말을 기다렸다.

"그래. 전에 루스라는 녀석에게 소울 브레이커에 대한 조사를 부탁했었지? 녀석과 남작의 협조로 왕성 서고에 몇 명 정도 투입해서 알아낸 정보에 이런 게 있더군."

대단하다는 생각이 들었다. 아무리 협조자가 있다고 하더라도 왕성에 숨어들 생각을 하다니 말이다. 그리고 아마도 아직 내 정체가 완전히 벗겨진 건 아니라는 생각이 들어서 일면 안심도 되었다. 이뮤시엘, 그녀의 모습이 순간 떠올랐던 것이다. 어디로 튈지 모르는 그녀의 행동이 내심 불안했다.

"아무래도 소울 브레이커를 역사에 처음 등장시킨 게 무왕 칼스이기 때문에 그가 남긴 비망록이나 그런 쪽으로 초점을 맞춘 게 적중했던 모양이야. 그가 남긴 비망록 중에 이런 구절이 있었어. '이제 주시자의 무구는 모두 흩어졌다. 이제 준비는 모두 끝난 것인가.'"

무왕 칼스가 그런 말을 했다고? 그도 주시자와 연관이 있었던 것일까? 의문이 하나둘씩 무럭무럭 솟아나고 있었지만 꾹 눌러 참고 계속 엘리스의 말에 귀를 기울였다.

"처음엔 별거 아니라고 생각했지만, 아무래도 단서가 없어서 계속 헤매다가 그 귀절을 기억한 한 명이 거기에 대한 책을 찾아본 모양이야. 그러다가 어떤 사이비 예언서에서 주시자의 무구에 대한 내용을 찾았지. 대략 이런 내용이었어. '오만한 자들에게 징계가 내리리라. 주시자의 무구가 하나로 모이는 날, 이 땅에서 무익한 존재들은 영원히 사라지고 새로운 시대가 열리리라'. 그 아래엔 주시자의 무구에 대한 설명이 주욱 나열되어 있었어."

솔직히 말해서 황당무계하다고밖에 할 수 없었다. 하지만 그러면서도 앞서 그녀가 말한 무왕 칼스의 말과 어딘지 모르게 뜻이 통한다는 느낌을 받았다.

"오만하고 무익한 존재가 뭔지는 알 도리가 없었지만, 일단 그 주시자의 무구란 걸 주욱 나열해 보면 이래. 검과 손, 눈, 영혼, 그리고 제각기 식별할 수 있는 독특한 문양이 새겨져 있다고 되어 있었어."

"문양?"

"그래, 이제 아까 말했던 그 도구들을 살펴봐."

우선 건틀릿에는 주시자의 문양인 눈동자가 새겨져 있었고, 반지에는 소용돌이치는 듯한 형태의 문장이 새겨져 있었다. 그 다음은 검인가?

어떻게 해야 하는지 몰라 우물쭈물하고 있는데 마음속에서 리필린느 경이 넌지시 일러주었다.

─나에게 힘이 있다면 무언가를 부술 강한 힘이 있다면 하고 염원해 보게. 이게 맞는지는 모르지만.

마음속에서 들려오는 충고에 따라 생각을 떠올렸다. 하지만 아무런 변화도 없었다. 손에 힘도 줘보고 여러 가지 동작을 취해봤지만 모두 헛수고였다.

─좀 더 강하고 절실하게. 그냥 메모 읽듯이 힘을 떠올려 봐야 아무 소용 없어.

그렇겠지. 특별히 주문이 있는 것도 아니니까. 이거 까다롭군.

좀 더 절실한 무엇이라. 단순히 절실하게라는 단어를 떠오리는 것으로는 어림도 없으리라. 그렇다면 어떻게 해야 할까.

간단하다. 내가 힘이 없었기에 힘들었던 지난 일들을 하나둘씩 떠올리면 되는 일이다. 버림받고 슬프고 괴로웠던 기억을 하나하나 떠올렸다. 그 분노와 절망이 하나둘씩 깨어나자 간신히 지웠던 고통들도 하나씩 깨어났다. 그리고 그 고통의 순간들이 정점에 이른 순간, 조용히 소망했다. 나에게 힘을 달라고.

그것은 순식간에 일어난 일이었다. 간절한 마음으로 힘을 갈구하는 순간 나의 손에는 어느 순간 검 하나가 쥐어져 있었다. 그야말로 원래 내 손에 쥐어져 있었다는 듯이 뻔뻔스럽게 그 검은 나타나 버렸다. 화려한 마법의 빛도 살갗을 찢고 나오는 끔찍한 고통도 없었다. 예상 되는 모든 상황에 지레 겁먹고 움츠러들었던 자신이 민망할 정도로.

롱 소드라고 불리기에는 약간 더 길고 가는 검신. 검신을 따라 중간에 가늘게 패여져 있는 혈조. 혈조 안에 새겨져 있는 미세한 양각들.

전설의 마검이라고 불리기에는 별로 특이할 것이 없는 형태였지만, 검 자체에서 미약하게나마 서기가 솟아오르는 것이 예사롭지 않았다. 문양도 장식도 수수한 편이어서 손잡이 부분에 동여매어져 있는 가죽 끈 비슷한 촉감의 무언가를 제외한다면 별다를 것이 없어 보였다.

이것이 무왕 칼스가 사용했던 검이란 얘기인가? 이것으로 영살검주는 나를 찔렀던 것일까?

감회가 남다르다고 말한다면 상투적인 얘기가 되겠지만, 지금의 나로선 그렇게밖에 말할 도리가 없었다. 예전부터 꿈꾸던 영웅의 자취, 그것이 지금 내 손 안에 있는 것이다.

"보면 별다른 장식은 없지만 혈조에 작은 양각들이 새겨져 있지?"

엘리스가 의기양양하게 말했다. 그것은 방금 살펴본 대로였으므로 난 가볍게 고개를 끄덕였다.

"그럼 나머지 하나인 영혼은 뭐지?"

"그게 좀 아리송해. 영혼이라는 것이 정확히 무엇을 의미하는 것인지 모르겠단 말이야. 주시자의 무구에는 모두 문양이 새겨져 있다고 했으니 어떤 물질적인 것일 것 같으면서도 생각해 보건대 영혼이라는 것이 주시자라는 것의 자격을 말하는 것이라고 본다면 가지고는 있어도 남에게 전해주기 힘든 어떤 것이라고 생각해야 하는데, 물질적인 것이라면 무엇이라도 쉽게 남에게 줄 수 있지 않겠어? 하지만 그렇다고는 해도 역시 마스터는 그 힘을 사용할 수 있는 자격, 즉 주시자의 영혼이라는 게 있는 것이 분명해. 그렇지 않았다면 마스터는 실종되지 않았을 테니까."

엘리스의 말을 모두 정리해 보았다. 문장이 새겨져 있는 유형의 것이지만 남에게 함부로 줄 수 없는 것, 그리고 그 자체로서 주시자의 자격을 상징하는 것. 길게 따질 것도 없었다. 바로 내 심장에 새겨진 문장이 그것이었다.

주시자로서의 힘의 근원이며 그 자격을 동시에 의미하는 것이라면 결국 그 하나밖에 없었던 것이다.

수백 년간 전설 속에 묻혀 있던 무구들이 알게 모르게 이미 내 손 안에 들어와 있었다는 건 조금 흥분되는 일이긴 했지만, 이미 너무나 비상식적인 일들을 많이 겪었던 터라 의외로 담담하게 있을 수 있었다. 엘리스조차도 내가 너무 덤덤하자 열을 내면서 설명하던 게 무안한 모양이었다.

"아무튼 결론을 말하자면 마스터가 영살검주의 검에 찔린 순간 이 4가지 무구가 마스터의 몸이라는 매개체를 통해 한자리에 모였던 것이고, 그때 마침 이 무구들의 키워드를 자기도 모르게 실행시킨 마스터의 의지에 따라 이 무구들의 기능이 활성화되었다고 생각해 봐야 할 거야."

"이 무구들의 기능? 그게 뭔데?"

엘리스는 어깨를 으쓱해 보이고는 여전히 내 손에 쥐어져 있는 검을 가리켰다.

"그 검의 이름을 잊은 거야?"

"소울 브레이커?"

"그래, 영혼의 파괴자. 하지만 여기에도 이상한 점이 있어."

말하지 않아도 알 것 같았다.

"내 영혼이 소멸되지 않은 거?"

"맞아. 하지만 이것도 마스터의 몸이 직접 해답을 알려준 셈이야."

"자세히 말해 봐."

엘리스는 잠시 생각을 정리하는 듯하더니 천천히 입을 열었다.

"사실은 나도 그 메릴이란 분에게 처음 말을 들었을 때는 사실 마스터를 포기했었어. 뭐니 뭐니 해도 전설의 마검이니까. 하지만 메릴이란 분은 그러더군. 분명히 마스터의 영혼이 소멸된 건 아닌 것 같다고 말이야. 어떻게 아는 것인지는 나도 모르지만 메릴이란 분이 말하길 아무리 소울 브레이커라 해도 영혼은 파괴시키지 못한다는 거야. 영혼은 육체와 불가분의 관계이기 때문에 매개가 될 육체가 존재하는 한 영혼은 불멸이라던가? 나도 제대로 이해는 못했지만 대략 그런 말이었던 것 같아. 아무튼 그래서 난 속는 셈치고 마스터의 몸을 살펴봤지. 하지만 역시 찾을 수가 없었어."

육체가 존재하는 한 영혼은 불멸이라… 나 역시도 그게 맞는 말인지 틀린 말인지 알 수는 없었다.

　—나중에… 그건 차근차근 설명해 줄게요. 일단은 엘리스가 하는 말부터 들어보세요.

　내 마음을 알아챈 메릴이 넌지시 말해 주었다. 메릴이 볼 수는 없겠지만 난 고개를 끄덕이고 다시 엘리스에게 시선을 맞추었다.

　"그러다가 문득 이런 생각이 들더라고. 나 역시도 영혼에 관한 능력이 있어서인지는 몰라도 영혼이 그냥 허공에 매개체도 없이 떠돌아다니는 경우는 정말 흔치 않거든? 소멸된 게 아니라면 어딘가에 분명히 존재해야 하는 거잖아. 그러다 문득 주시자의 무구들에 생각이 미쳤지. 음, 그러니까 이것들이 영혼을 파괴하지 못한다면서도 그런 이름을 가지고 있는 건 나름대로의 이유가 있는 게 아닐까 하고 말이야. 그러니까 파괴시키지는 못하더라도 파괴시킨 것처럼 보이게는 할 수 있기에 그런 이름이 붙은 게 아닐까 한 거지."

　"파괴시킨 것처럼 보이게 한다고? 무슨 수로?"

　사라지지 않은 걸 사라지게 보이는 것이라면, 아!

　내 표정이 바뀌는 걸 본 엘리스는 슬며시 웃으며 말했다.

　"아마 마스터 생각이 맞을 거야. 그러니까 이를테면 봉인 같은 거지. 그 생각이 다행이 들어맞아서 마스터가 지금 이렇게 나와 대화를 하고 있는 거니까."

　"그렇군."

　"결국 이 무구들은 그냥 구색을 짜 맞춰둔 게 아니었던 거지. 무슨 보물찾기 게임 하는 것도 아니고 이걸 일일이 4개로 나누어서 그렇게 부를 이유가 없잖아. 각기 기능이 따로 있었던 거야."

　"그건 또 무슨 말이지?"

엘리스는 우선 검을 가리켰다.

"영혼을 봉인하기 위해서는 일단 상대의 몸에 닿아야 해. 누구라도 함부로 자기 영혼을 봉인하는 걸 가만히 보고 있을 사람은 없으니 강제로 하게 될 테고, 그래서 우선 이 검이 필요한 거야. 상대의 몸에 찔러 넣음으로써 무구를 사용하는 자와의 통로를 만드는 거지."

그 다음으로 건틀릿을 가리켰다.

"어떤 능력이 사용되는 것인지는 알 수 없지만, 그렇게 강제로 상대의 몸에 검을 찔러 넣고 힘을 사용하게 된다면 반발이 생길 수 있겠지. 이 건틀릿의 역할은 아마도 사용자와 검의 가교 같은 거라고 봐야 할 거야."

그렇게 말한 후 이번엔 다시 손을 뻗어 내 손에 끼어진 반지를 매만졌다.

"이 반지가 어떤 면에선 가장 중요할 거야. 바로 이 반지가 대상의 영혼을 봉인시켜 두는 장소거든. 영혼이라는 건 아마도 자격의 의미인 듯하니 넘어가고 말이야."

마치 이 무구들을 만든 사람과 같은 자세한 설명에 난 순간 어안이 벙벙해졌다. 정작 나는 그런 물건들을 가지고 있으면서도 아무런 눈치도 채지 못했는데 말이다.

이 반지는 바로 자낙, 그녀가 최후의 순간에 건틀릿과 함께 물려준 것이었다. 그럼 그녀는 이미 주시자의 무구를 두 개, 아니, 세 개나 갖추고 있었다는 얘기가 된다. 그렇다면 제시카의 반지니 뭐니 하고 여행을 떠났던 것은 결국 영살검주가 가지고 있던 소울 브레이커를 얻음으로써 주시자의 무구를 모두 갖추기 위함이 아니었을까?

이런 내 생각이 모두 맞는 것이라면 그녀는 이 무구들을 모두 갖추고 무엇을 하려고 했던 것일까. 단지 이 물건들이 의미하는 대로 주시자의 손에 모두를 돌려받기 위함이었을까, 아니면 그걸 모두 모아서 누군가의 영혼을 봉인하기 위함이었을까?

이미 자낙이, 아니, 휴리엘이 죽어버린 시점에서는 풀 수 없는 수수께끼만 하나 더 남은 셈이었다.

그런데 곰곰이 생각해 보니 왠지 어색한 부분이 있었다. 전설의 무구이든 마검이든 다 좋았지만, 왜 이런 복잡한 방법이어야 하는가. 사람을 죽이고자 한다면 영혼이고 뭐고 간에 검으로 찌르면 그만이다. 물론 확실하게 죽이기 위해서라면 또 모를 일이지만 영혼을 소멸시키는 것도 아니고, 봉인하는 정도라면 효용성이 너무 적지 않은가.

—그러고 보니 그렇군.

오랜만에 루디의 목소리가 마음속 깊은 곳에서 울려왔다. 오랜만에? 왠지 기분이 이상하다. 사실 나는 잠시 잠을 자다 일어난 것만 같은데 로즈의 일기나 엘리스의 얘기를 듣다 보니 시간의 간격을 나도 모르게 인정하고 있는 것인가 보다.

아무튼 방금 떠오른 의문을 엘리스에게 말해 보았다. 그녀는 의외라는 듯한 얼굴로 듣다가 잠시 고민하는 듯하더니 어물어물 말했다.

"그러니까 그거 정말 그러네."

루디와 마찬가지 반응이라 맥이 빠져 버렸다. 하긴 엘리스가 모든 걸 다 알고 있을 수도 없는 일이잖은가.

엘리스 자신도 어색했는지 머리를 긁적이며 말했다.

"무슨 이유가 있겠지 뭐. 괜히 심심해서 만들지는 않았을 테니까. 안 그래?"

저런 모습을 보면 영락없는 남자들 행동이었지만, 지금 이 여자 모습이 본모습이라는 건 엘리스는 원래 여자라는 소리다. 이것이 그녀가 말한 기억의 혼란인 걸까. 수많은 세월 동안 다른 사람의 기억 속에 섞여 살게 되면서 생긴 후유증?

―잡념 많은 건 여전하군.

―어쩔 수 없잖아요. 그게 토미 성격인걸.

―하긴……

마음속에서 루디와 에미가 떠드는 걸 듣고 있자니 왠지 나도 모르게 미소가 지어진다. 일종의 안도감이랄까? 이런 걸로 안도감 느낀다는 게 참 우스운 얘기기는 해도 말이다.

"아무튼 이제부터가 큰일이야."

진작부터 이 말이 하고 싶었다는 투로 진지하게 말하기 시작하는 엘리스.

"뭐가?"

"뭐가라니. 이제 마스터는 그 주시자의 무구인가 하는 걸 다 모은 셈이잖아. 안 그래도 영살검주 쪽에서 소울 브레이커 찾으려고 난리를 쳐대는데 그게 마스터 손에 있고, 싸우는 와중에 그걸 사용하는 모습까지 보여줬으니 가만히 있으려고 하겠어? 그리고 만약 이 사실이 왕실 쪽에 알려진다면 그들도 가만히 있지 않을 테고."

당연한 말이었지만 그 말을 듣는 순간 정신이 아득해지는 듯한 느낌이었다. 난감하다는 건 이런 상황을 두고 하는 말이 아닐까?

"그럼 어떻게 하지?"

"그래서 말인데. 마스터, 주시자가 뭐야?"

"응?"

난데없는 질문에 내가 당황하며 반문하자 엘리스는 사뭇 진지한 어조로 말했다.

"그렇잖아. 마스터가 그걸 다 모으게 된 건 둘째 치고라도, 아까 말했듯이 그걸 사용할 수 있는 능력이 있다는 건 그 주시자인가 뭔가 하는 것과 아무래도 연관이 있다는 얘기잖아. 뭐 짚이는 것 없어?"

다행인가? 엘리스는 주시자라는 것이 나와 연관이 있을지도 모른다고 생각할 뿐 내가 주시자라는 것까지는 생각하지 못한 모양이었다.

"글쎄, 나도 잘 모르겠는걸."

굳이 엘리스에게 주시자가 무엇인지 죄다 알려줄 필요는 없을 것이다. 왠지 조금 죄책감 비슷한 것이 들었지만, 그게 그녀에겐 더 좋을 것이다. 괜히 발설했다가 이뮤시엘이 그걸 트집 잡아 난리라도 친다면 어쩔 것인가.

"그래? 하긴 뭐 이제 깨어난 사람에게 이런 거 묻는 것도 이상한 일이지. 어쩔 수 없지. 아, 배고프지 않아? 밤을 홀랑 샜더니 배가 고프네."

"응, 나도."

"뭐 좀 해먹자. 쟤들 일어나려면 아직 시간이 좀 있으니 둘이서 오붓하게 아침을 즐기는 것도 나쁘지 않겠지. 배가 고프면 일단 머리가 안 돌아가는 법이니까 일단 먹고 다시 생각해 보자고. 좋지?"

"그래."

엘리스는 내 말이 떨어지자 빙긋 웃으며 일어났다. 그러나 나는 일어나지 않고 그 자리에 잠시 가만히 앉아 어느새 밝아지기 시작하는 바깥 모습을 바라보았다. 로즈의 일기와 엘리스의 얘기가 없었다면, 그냥 조금 자다 깬 듯한 평범한 아침이었다.

제13

방문

나와 엘리스가 대략 아침 식사를 끝내갈 무렵이었다.

"우웅……."

침실 쪽에서 잠시 웅얼거리는 소리가 들리는 듯하더니 문이 열리면서 한 명의 소녀가 걸어나왔다. 머리는 마구 헝클어지고 눈은 거의 감겼으며 옷은 엉망으로 구겨진 채로 거의 시체마냥 터덜터덜 걸어온다. 내 동생이긴 하지만 저렇게 망가진 모습을 본 적이 있었던가. 이래서야 마치 밤새 술에 절었다가 막 깨어난 사람 같지 않은가.

"배고파."

자고 깨서 첫 마디가 배고파라니, 그래도 조금쯤은 감격적인 상봉을 기대했었는데 이건 도대체가.

하지만 생각해 보면 로즈는 내가 어떤 일을 겪었는지 아는 바가 하나도 없을 테니 그게 당연한 반응인지도 몰랐다. 하지만 좀 섭섭한 건 사실이다.

그런데 로즈가 저렇게 귀여웠던가. 그리고 보니 정말 저런 모습은 처음 보는 듯하다. 뭐랄까, 이제까지는 언제나 단정한 모습만 보여주곤 했었으니까. 저런 모습은 정말 어릴 때 이후로 처음인 것 같다. 음, 그런데 정말 언제부터 로즈가 흐트러진 모습을 보이지 않게 되었더라.

기억이 안 나는군. 하긴 뭐 그게 중요한 건 아니지.

"잠시 기다려."

엘리스 역시 그런 로즈의 모습이 귀여웠던지 빙긋 웃으며 몸을 일으켰다. 그리고 부엌으로 몸을 돌리다가 잠시 멈칫하더니 로즈를 향해 한마디 했다.

"하지만 그전에 좀 씻고 옷 좀 챙겨 입으렴. 아무리 사랑스러운 오빠와 사부 앞이라고는 해도 그런 모습은 좀 실례가 아닐까?"

"음?"

아직 잠이 덜 깼는지 웅얼거리면서 자기 모습을 살피는 로즈. 그러다가 멈칫하더니 고개를 들어 눈을 비비며 엘리스의 뒷모습을 주시하기 시작했다. 뭔가 이상하다는 표정으로 계속.

잠시 동안 그렇게 엘리스가 부엌에서 음식을 접시에 담는 모습을 지켜보던 로즈는 엘리스가 다시 몸을 돌리기가 무섭게 소리를 질렀다.

"당신, 누구야?"

음? 갑자기 왜 그런 질문을…

나나 엘리스나 잠시 어리둥절해서 로즈를 지켜보았다. 하지만 곧 둘 다 왜 로즈가 갑자기 그런 질문을 한 건지 이해할 수 있었다. 바로 엘리스의 바뀐 모습 때문이었다.

하지만 이해했다고 문제가 해결되는 건 아니다. 이걸 어떻게 납득시

켜야 한담.

결국 내가 할 수 있는 일이라고는 당사자인 엘리스를 바라보는 것뿐이었다. 사실 나도 정확히 어떤 방법을 사용해서 그녀가 그렇게 모습을 자유자재로 바꾸는지 알 도리가 없기도 했고 말이다.

이전에는 무슨 최면술이나 그런 종류의 것이라고 생각했었는데 자주 겪어볼수록 그렇게 단순한 것이 아니라는 생각이 나 역시 간혹 들었던 것이다.

그렇지만 엘리스는 별거 아니라는 듯이 그저 어깨를 으쓱해 보이면서 대답했다.

"누구긴 누구야. 네 멋쟁이 사부지. 잠이 덜 깬 거니? 세수하라니까 왜 말을 안 들어?"

역시나 모습은 바뀌어도 말투는 그대로란 건가. 로즈 역시도 같은 생각인 듯 머리를 갸웃거리더니 다시 말했다.

"내 사부는 몸집 큰 변태 중년이라고. 당신같이 예쁜 여자가 아니란 말야."

과연 직설적이라고 해야 하나. 저렇게 당당하게 본인을 앞에다 대고 예쁘다고 말하다니. 하긴 여자니까 그런 게 가능한지도 모르겠다. 게다가 지금 저 말투는 그냥 길가에 핀 꽃이 예쁘다고 지나가다 말하는 것과 별다를 게 없었다. 남자라면 저런 식으로 여자한테 예쁘다는 말은 죽어도 못 할 거다. 더욱이 지금 엘리스의 모습처럼 거의 신비하기까지 한 아름다움을 앞에 두고서는 말이다.

음? 그리고 보니… 정말 예쁘긴 하다. 어젯밤에는 경황이 없어서 차마 인식하지 못했었는데, 지금 이렇게 다시 보니 정말 장난 아니다. 세상에.

뭐랄까. 이제까지 숱한 미인을 봤지만, 하긴 그래 봐야 에롤이나 메프, 그리고 그 언니인 천사와 거기다가 자낙과 이뮤시엘에 아스트리스 공주님도 나름대로 미인이었고…

헉! 그러고 보니 나, 정말 미인이란 미인은 죄다 본 거 같다. 내가 눈이 낮아서 보는 여자마다 죄다 미인으로 보이는 건지는 모르지만. 그렇다고 하더라도 어떻게 만난 여자들마다 죄다 그렇게 예뻤던 걸까. 이제까지는 전혀 그런 생각 떠올린 적이 없건만 생각해 보니 이건 정말 장난이 아니다.

"후후훗, 이게 내 본모습이라니까. 어제 말해 줬는데 기억도 안 나나 보네."

"어제?"

로즈는 잠시 어리둥절한 표정으로 무언가 생각하기 시작했다. 잠시 그러고 있다가 갑자기 소리를 빽 질렀다.

"맞아! 어제! 어젯밤 뭐 한 거야!"

순간 나와 엘리스는 동시에 서로를 바라보았다. 하지만 나나 엘리스나 서로 난감하기는 마찬가지였다. 내 영혼이 실종되었다가 되돌려진 거라는 얘기를 해야 하나. 그렇게 되면 내가 가출 중에 벌였던 일들부터 차근차근 말을 해야 할 텐데. 솔직히 귀찮기도 했고, 무엇보다 로즈가 이제 그걸 알아야 할 이유가 없었다. 사실 로즈가 납치되었던 일만 해도 나 때문이었고, 만약 더욱 깊은 사정을 알게 되면 필시 가만히 앉아서 구경만 할 리가 없다는 걸 뻔히 알면서 말해 줄 수는 없었다.

결국 둘러대야 하는데 이걸 어떻게 둘러댄담.

"음, 그러니까 그건……."

왠지 몰아붙이는 듯한 로즈의 시선에 일단 말은 꺼냈지만 어떻게 말을 해야 할지 난감하기만 했다.

그때였다. 문득 다시 방문이 열리며 에롤이 천천히 걸어나왔다. 그리고 누가 먼저랄 것도 없이 나와 에롤의 시선이 정확하게 맞부딪쳤다.

에롤.

나도 모르게 입속으로 가만히 그녀의 이름을 되뇌었다.

뭐랄까. 묘한 기분이었다. 아니아니, 그런 간단한 말로 형용할 수 있을 만큼 간단한 게 아니었다. 착잡하다고 해야 하나, 아니, 그렇다기보다도 약간은 들뜬다고 해야 하나. 아니었다. 이 정도의 말로도 표현할 수가 없었다.

문득 그녀를 마지막으로 본 게 언제였는지를 떠올렸다. 어제는 일단 경황이 없기도 했고 사실 거의 얼떨떨한 기분이었기 때문에 그런 생각이 떠오르지 않았지만, 이렇게 나를 향해 똑바로 시선을 맞추는 그녀를 보게 되니 감회가 새로울 수밖에 없었다.

"미안, 토미. 내가 늦잠을 잤네."

나도 모르게 얼굴이 화끈거림을 느꼈다. 그리고 그걸 느낀 순간 황급히 그녀를 외면했다.

나로서도 어쩔 수 없는 반응이었다. 그러다가 문득 깨달았다. 내가 이른바 미녀들을 그토록 많이 보았음에도 그걸 제대로 인식하지 못한 이유가 무엇이었는가를.

그렇다. 난 이미 에롤이라는 대상에게 온통 마음을 빼앗긴 상태였기에 다른 사람에게 눈길을 제대로 주지 못하고 있었던 것이다.

정말 웃기지 않는가. 그토록이나 그녀로 인해 상처받고 괴로워했음에도 불구하고 의식 깊은 곳에서는 아직도 그녀를 모든 여자의 기준으로 생각하고 있었던 것이다. 나란 놈은 정말 바보인 걸까.

"토미?"

문득 에롤의 목소리가 다시 들려왔다. 그녀는 의아해하면서도 왠지 걱정하는 듯한 표정을 짓고 있었다.

또다시 떠올랐다. 나는 이제 막 그녀와 다시 대화를 나누게 된 것이지만 그녀는 이미 며칠 전부터 나와 대화를 나누고 있었다는 사실을. 그리고 이곳에서 그녀가 마음 편히 대화를 나눌 사람은 아이러니하게도 나뿐이라는 사실을. 그녀는 사실상 가족이나 주위의 친하던 사람들과 모두 떨어져 아는 사람도 거의 없는 곳에서 외따로 떨어져 있다는 사실을.

인간이란 정말 교활하고 이기적인 생물인가 보다. 그녀의 처지를 깨닫자 마음속으로 먼저 떠오른 생각은 단 한 가지였다.

이건 분명한 기회다. 이 기회를 살려 그녀의 마음을 얻자.

하하, 정말 내가 생각해도 유치하고 가증스러운 생각이 아닌가. 그녀가 뻔히 누구에게 마음이 가 있고 누구를 그리워하는지 알면서 말이다.

"토미?"

"아, 응. 에롤이 늦잠 잔 게 아니야. 우리가 일찍 일어난 거지. 엘리스, 에롤의 식사도 좀 준비해 줘."

문득 엘리스를 돌아보며 그렇게 말하는데 이 녀석의 표정도 뭔가 야릇하다. 하긴 뭐 엘리스도 나와 에롤의 관계는 익히 알고 있을 테니까.

쳇, 눈치없는 녀석 같으니라고. 알면 눈치껏 좀 에롤의 시선을 좀 돌려보든가 하지.

"엘리스?"

“어, 응. 기다려.”

다시 한 번 부르자 엘리스는 그제야 정신을 차린 듯 화들짝 놀라며 탁자에 로즈의 접시를 내려놓은 후 부엌으로 다시 몸을 돌렸다. 그러자 에롤이 급히 나서며 그런 그녀를 뒤따랐다.

“제가 할게요.”

“괜찮아. 그 대신 가서 우선 세수라도 간단히 하고 와. 아참, 로즈, 너 아직도 그러고 있냐? 너도 얼른 가서 세수하고 오라고.”

결국 에롤과 로즈는 엘리스에게 등을 떠밀려 욕탕으로 씻으러 들어갔다. 투덜대는 그녀들을 밀어 넣은 후 욕실의 문을 닫은 엘리스는 잠시 숨을 돌리는가 싶더니 나를 돌아보며 나직하게 말했다.

“이봐, 마스터.”

“응?”

“그렇게 일일이 반응하면 어떻게 하자는 거야?”

왠지 조금은 화가 난 듯한 말투였다. 무엇을 말하는 것인지는 바로 감이 왔지만 난 애써 모른 체했다.

“무슨 소리야, 뜬금없이.”

“딴청 피우지 말라고. 내가 무슨 소리 하는지는 마스터가 더 잘 알 텐데.”

“⋯⋯.”

어느덧 욕실에서는 에롤과 로즈가 장난치는 소리가 들려오기 시작했다.

“마스터, 나도 근래에야 대략 사정을 알게 됐지만⋯ 내가 이런 참견 하는 거 별로 모양새가 보기 좋지 않다는 거 잘 알지만 말야, 그래도 할 말은 해야겠어. 언제까지 그렇게 멍청하게 굴 셈이야?”

"그만 해둬."

이러면 안 된다는 것쯤은 나 자신도 잘 알고 있다. 하지만 그게 어디 마음대로 되는 일인가 말이다.

"나도 노력하고 있어."

억지로 그렇게 내뱉은 뒤 묵묵하게 하던 식사를 계속했다. 무슨 맛인지 느껴지지도 않을 지경이었지만, 나는 그것이 지금 내게 있어 가장 중요한 일인 양 가장하고 거기에 몰두하는 척했다.

엘리스는 더 이상 말하지 않고 그런 나를 잠시 물끄러미 바라보기만 했다.

욕실에서는 여전히 에롤과 로즈가 즐겁게 장난치는 소리가 들려오고 있었다.

그때였다,

갑자기 누군가 문을 두드리는 소리가 들려온 것은.

순간 엘리스의 얼굴에 긴장감이 어리며 조심스레 문 옆으로 다가가 바깥의 기척을 살피기 시작했다. 나야 물론 어떻게 된 영문인지 모르니 그저 그녀의 행동을 멀뚱거리며 바라볼 도리밖에 없었지만, 아무 이유도 없이 저런 행동을 취할 리가 없기에 내심 긴장하며 슬며시 몸을 일으켰다.

다시 한 번 문을 두드리는 소리가 들리더니 이번엔 곧바로 어떤 목소리가 뒤이어 들려왔다.

"실례합니다."

분명 낯익은 목소리였지만 누군지 쉽게 떠올릴 수가 없었다. 하지만 엘리스는 그 목소리를 듣곤 얼굴을 찌푸리며 갑자기 벌컥 문을 열었다.

문이 열리자 눈에 들어온 것은 콧수염을 멋들어지게 기른 한 명의 젊은 기사였다.

그는 바로 리필린느 남작이었다.

남작은 가벼운 갑옷을 차려 입고 그 위에 망토를 덧입어 간소하게 무장을 차리고 있었고, 그 뒤에는 검은 갑옷을 입은 젊은 기사 한 사람이 말 두 마리를 끌고 조용히 서 있었다.

그런데 저 얼굴은!

"데런!"

정신이 갑자기 확 들면서 나도 모르게 고함을 치고 말았다.

갑작스런 나의 외침에 욕실에서 떠드는 소리가 뚝 그침은 물론이고 문가에 서 있던 세 사람의 시선도 일제히 나를 향했다.

그중에도 특히 남작은 의아한 눈초리로 나를 보더니 이내 껄껄 웃으며 말을 건넸다.

"아니지, 이제는 필리로제스라고 불러야 맞지. 자네가 짓고서도 그새 잊은 건가?"

하지만 저 얼굴은 분명 데런의…

하지만 자세히 보니 어쩐지 인상이 달랐다. 분명히 닮았지만 표정이라든가 그 밖에도 눈초리라든가 입매라든가 하는 부분이 조금씩 다르다는 걸 느낄 수 있었다.

─처음 봤으니 무리도 아니지. 데런 동생이야. 루스라고.

루스?

그게 누구지? 분명 낯선 이름은 아닌데. 아!

그제야 그게 누구인지 떠올랐다. 로즈의 일기에 나와 있던 바로 그 남자.

다시 돌아봐도 정말 닮았다. 아무리 형제라고는 해도 저렇게 닮다니.

하지만 정작 당사자인 루스, 아니, 필리로제스는 별다른 표정도 없이 그저 묵묵히 남작의 뒤에 서 있을 뿐이었다.

문득 남작이 유쾌한 목소리로 말했다.

"그나저나 아무리 불청객이라고 해도 계속 이렇게 세워둘 셈인가?"

남작의 말에 엘리스가 시선을 돌려 나를 바라보았다. 조금쯤은 불쾌하다는 감정이 서려 있었지만 그것은 분명 나에게 허락을 구하는 표정이었다.

그다지 나쁜 감정도, 그렇다고 싫은 감정도 없는 인물이었고 일단 로즈를 구출하는 데 도움을 주었다는 것도 알고 있었기에 나는 선선히 고개를 끄덕이며 말했다.

"들어오십시오."

"고맙네."

형식적인 인사와 함께 남작이 안으로 들어왔다. 뒤에 서 있던 필리로제스라는 남자도 문가에 말을 묶어두고 뒤따라 들어왔다.

"대단한 미인이시군요. 레이디의 이름을 물어도 될는지."

뭐라 해도 일단 남작은 기사였다. 엘리스가 문을 닫고 내 곁으로 다가오자 대뜸 먼저 꺼낸 말이 그것이었으니 말이다.

하지만 엘리스는 여전히 불쾌한 얼굴로 얼굴을 찡그리며 간단하게 대답했다.

"굳이 말씀드리고 싶지는 않군요."

어쩐지 삐친 여자애의 말투가 연상되는 대답이었는지라 나도 모르게 피식 웃고 말았다. 하긴 저게 본모습이라니 그럴 만도 하겠지만, 왠지 예전에 보여주었던 여러 가지 모습들이 겹쳐지자 나도 모르게 나온 웃음이었다.

"아, 이런. 죄송합니다."

하지만 남작은 별 상관 없다는 투로 유들유들하게 대꾸하고는 다시 나를 향해 말했다.

"자네는 정말 복도 많군. 전에 에롤이란 소녀도 무척이나 아름답던 데 다시 또 이런 미인을 숨겨두고 있을 줄이야. 나이 차는 좀 있어 보이지만 보기는 좋군."

엘리스가 분명 미인이긴 하지만, 그것도 눈에 확 들어오는 그런 미인이기는 하지만 왠지 저런 공치사는 별로 기분이 좋지 않다. 내가 바람둥이라고 비꼬는 것처럼 들렸기 때문이다.

"별말씀을요."

아무것도 아니라는 듯이 가볍게 대꾸하고 말았지만 어쩐지 별로 마음에 들지 않기는 매한가지다.

분명 남작은 그다지 험악하게 생겼다거나, 예의가 없다거나 한 것은 아니었다. 하지만 뭐랄까, 왠지 모를 거부감이 든다고 해야 할까? 아무튼 별로 친해지고 싶지 않은 사람이었다.

이런저런 이유 때문에 잠시 묘한 대치를 이루고 있는 사이 욕실의 문이 열렸다.

"토미, 무슨 일이야?"

마침 에롤이 문을 열고 밖으로 나온 것이다. 그 뒤를 로즈 역시 궁금함이 가득한 얼굴로 뒤따르고 있었다.

역시 아름다웠다.

물기가 마르지 않아 반짝거리는 머릿결과 촉촉히 젖은 피부.

난 정말 중증인가 보다. 제길.

에롤은 본 남작은 다시금 만면에 미소를 가득 담았다.

"안녕하십니까, 에롤로미네 양. 다시 뵙게 되어 영광입니다."

확실히 남작의 예의는 뭔가 부자연스러웠다. 일단 우리 중에 귀족이
라고는 하나도 없었는데도 저렇게 깍듯하게 예의를 차리는 것부터가
그랬고, 그 예의라는 게 어쩐지 과장된 것만 같이 느껴지는 것도 그랬
다.

"네. 안녕하세요, 남작님."

에롤은 약간 얼떨떨한 표정으로 얼굴에 홍조를 띠며 고개를 숙여 답
례했다.

왠지 모르게 조금 기분이 나빠졌다.

남작과 나의 처지, 비교하자면 정말 내 자신이 처참해 보일 지경이
다. 남자로서, 그리고 한 사람의 인간으로서 내가 남작보다 나은 점이
라고는 무엇 하나 보이질 않았다. 가문, 돈, 명예, 외모, 지위, 실력…
무엇으로 따져도 남작이 한 수 위였다. 그래서 난 그를 경계하고 질투
하는지도 몰랐다.

질투.

그런가. 나는 남작을 질투하고 있는 것인가.

에롤의 저런 모습을 다른 사람과 공유한다는 자체가 싫었는지도 몰
랐다. 엘리스나 로즈는 일단 여자이므로 그냥 넘길 수 있었지만 남작
은 엄연히 남자였다. 진짜 유치한 생각이라고 나 자신도 생각했지만
감정이란 게 어디 사람 마음대로 되는 것인가.

빌어먹을.

어떻게 가면 갈수록 더욱더 수렁 속으로 빠져드는 기분이다.

포기하자고 분명히 마음먹었던 것 같건만, 나란 놈은 왜 이렇게 의지가 빈약한 걸까.

"한가하게 인사나 하려고 오신 건 아닐 테고 어쩐 일이신지요?"

문득 들려온 엘리스의 냉랭한 말에 정신이 화들짝 들었다.

남작은 여전히 유들유들한 미소를 입가에 가득 문 채로 엘리스를 돌아보며 말했다.

"아, 물론 그래야지요. 하지만 그전에 저희가 아직 식사를 못해서 말입니다. 실례가 안 된다면 같이 식사를 나눠도 될는지."

역시 생각했던 대로 여간 능글맞는 게 아니다. 엘리스의 부들부들 떠는 손을 보아하니 거절하고 싶은 마음이 태산인 것 같지만, 남작쯤 되는 사람에게 섭섭하게 대해봐야 좋을 게 없으므로 난 그녀의 손을 슬며시 쥐어주며 조용히 말했다.

"엘리스, 귀찮더라도 조금 수고해 줘."

물론 이 말의 중요한 문맥은 '귀찮더라도'이다. 남작도 그 정도는 알아들었겠지만 별다른 내색을 하지 않은 채 껄껄 웃었다.

"수고를 끼쳐 드려서 죄송합니다. 하지만 이런 미인의 요리를 맛볼 수 있는 영광을 가진다는 건 흔히 있는 기회가 아니므로 실례를 무릅쓰고 말씀드린 것이니 양해해 주십시오."

그렇게 말하고는 대뜸 내 맞은편으로 의자를 당겨 앉았다. 정말 기름기가 줄줄 흐르는 듯한 말솜씨다. 느끼하다는 건 역시 이럴 때 쓰라고 있는 말이겠지.

엘리스는 열이 받은 표정이었지만, 내가 다시 한 번 고개를 끄덕이자 획 하고 돌아서서 주방으로 향했다. 나는 그녀의 뒷모습을 보며 남몰래 한숨을 내쉬고는 여전히 남작 뒤에 서 있는 데런을 꼭 닮은 검은 갑옷의 기사, 필리로제스를 향해 말했다.

"그쪽 분도 앉으시지요."

순간 필리로제스의 얼굴에 약간 의아한 듯한 표정이 서렸다.

"그래, 자네도 앉게. 아침 식사를 못한 건 자네도 마찬가지니까."

남작의 말이 떨어지자 필리로제스는 그제야 남작에게 가볍게 목례하고는 그의 옆 자리에 가서 앉았다.

"저기, 저희는 방에 들어가 볼게요. 말씀들 나누세요."

에롤은 그 말을 남기고 로즈와 함께 도망치듯이 방으로 들어가 버렸다. 젠장, 모처럼 정말 오랜만에 에롤이랑 오붓한 아침 식사를 하나 했는데.

"흠, 그럼 일단 식사가 준비될 동안 간략하게 본론부터 말하겠네."

갑자기 목소리가 진지해진다. 말투도 좀 바뀌었고. 어쩐지 장난기가 서려 있는 듯하던 눈동자도 예사롭지 않은 날카로운 눈빛을 뿜어내기 시작했다. 역시 이 사람도 예사 인물은 아닌 게로군.

덩달아 나 역시 긴장할 수밖에 없었다.

문득 남작은 날 보며 피식 웃었다.

"음, 긴장할 건 없고 천천히 내 얘길 들어주게. 우선 며칠 전의 전투는 기억하겠지?"

솔직히 난 대략적인 내용을 들은 것뿐이지만 자세한 사정을 남작에게 말할 이유가 없었기에 그냥 조용히 고개만 끄덕였다.

"내가 여기 온 건 그 뒷수습 때문일세."

뒷수습이라… 무슨 문제일까.

하지만 오래 고민할 것도 없었다. 내가 남작을 자세하게 아는 건 아니었지만, 그 전투에서 가장 충격적이었던 것이 무언가를 떠올리는 건 어려운 일이 아니었다.

"공주님 문제인가요?"

"그렇네."

남작은 목이 타는지 옆에 놓여 있던 컵을 들어 단숨에 벌컥벌컥 마셨다. 후, 저거 엘리스가 마시던 물컵이었는데. 엘리스가 알면 난리를 치겠군.

"이번 일로 내 처지가 아주 곤란해졌네. 일단 공주님이 그렇게 영살 검주에게 가버린 건 전적으로 호위기사의 직무를 수행하는 내 책임이 되니까 말이야."

분명이 그랬다. 호위기사의 직무에 있는 자가 그 일을 팽개치고 전투에 나선 것이니만큼 확실히 책임을 벗어날 도리가 없을 것이다.

"일단은 그냥 잠시 행방 불명된 것으로 얼버무리기는 했지만, 영살 검주 쪽으로 간 것이 알려지는 건 시간문제겠지. 일단 전투에 참가했던 병사들에게 입막음은 했지만, 그게 얼마나 버틸지는 나로서도 확신할 수가 없다네."

"그래서 제게 원하는 게 뭐죠?"

이런 얘기를 괜히 나한테 꺼낼 이유는 없었으므로 단도직입적으로 남작에게 질문을 던졌다.

남작은 가만히 손을 모으고 잠시 생각하는가 싶더니 누군가 들을까 두려운 듯한 나직한 목소리로 말했다.

"공주님을 찾아오게."

"네?"

당황스럽다고 해야 하나. 갑작스런 요청에 순간 어안이 벙벙해졌다. 남작의 처지가 어떤지는 충분히 이해가 간다. 하지만 왜 나한테 공주님을 찾아오라고 하는 것인지 도통 이해가 가지 않았다.

"원래는 내가 직접 부하들을 이끌고 가야 맞겠지만, 여러 가지로 복잡한 사정이 있네. 참으로 이런 말 하기가 나 역시 거북하기는 하네만, 눈 한번 딱 감고 해줄 수 없겠나?"

"그걸 말이라고 하나요? 마스터도 여러 가지로 바쁘다고요. 무턱대고 당신 일을 도와줄 만큼 한가하지 않은 건 마스터도 마찬가지예요."

접시 두 개를 받쳐 들고 다가오다가 그 말을 들었는지 엘리스가 갑자기 버럭 소리를 질렀다. 솔직히 당장 뭘 해야 하는지 나는 잘 몰랐지만 그렇다고 남작의 요청을 냉큼 따르고 싶은 마음은 없었다.

남작이 무슨 꿍꿍이인지는 알 도리가 없었지만 그와 나 사이에 어떤 중요한 관계가 있는 것도 아닌 시점에서 무턱대고 받아들일 수는 없는 노릇이었으니까.

결정적으로 영살검주, 그들과는 되도록 피하고 싶은 것이 내 심정이었다. 여러 가지로 그들과 그다지 좋은 관계가 아니라는 건 말할 필요도 없는 노릇이고, 안 그래도 소울 브레이커 때문에 가뜩이나 그쪽에서 나를 찾지 못해 혈안이 되어 있는 시점에서 스스로 그들을 찾아갈 이유는 전혀 없는 것이다.

사실 소울 브레이커가 나에게 어떤 효용성이 있는 건 아니었다. 영혼을 봉인시키는 마검? 그런 게 나한테 무슨 소용이 있단 말인가.

"으음, 토머스 군이 바쁘다는 건 나도 잘 알고 있소. 하지만 어차피 우린 이미 운명 공동체요."

엘리스의 말에 잠시 착잡한 표정을 지은 남작은 그렇게 말했다.

이건 또 무슨 소리지?

"운명 공동체라뇨?"

"일단 내가 그 전투를 하게 된 이유, 거기에 자네가 연관되어 있다는 점이 우선 첫 번째일 걸세. 직권으로 병사를 끌어내고, 소득도 없이 손실만 잔뜩 떠안은 데다 공교롭게 그 시간에 공주가 실종되었으니 이건 나로서도 피해내기 힘들겠지. 가능하면 전말을 나도 밝히려고 노력하지는 않겠지만, 밝히려고 노력한다면 사정관들이 어떻게든 이것저것 들추어낼 걸세."

"그래서요? 그게 나랑 무슨 상관이죠?"

남작은 고개를 갸웃거리더니 다시 말했다.

"상관이 있지. 그렇게 되면 여러 가지로 껄끄러운 게 많지 않겠나? 우선 저기 방금 보았던 에롤이라는 아가씨부터."

뭐?

에롤이 문제라니 무슨 말인가. 에롤이 처음에 목적이 돼서 그들이 그런 일을 벌인 것이기는 해도 그녀 역시 사실상 희생자인데.

"간단한 얘기일세. 귀족원에서는 아직까지 수인족을 야만인이나 인간 이하로 보는 머리 빈 인간들이 많아. 조금 조사해 봤네만, 에롤이라는 아가씨 출신이 평범하지 않더군. 특이한 걸 즐기는 귀족들의 변태 취향에 드러나 봐야 별로 좋을 게 없겠지."

왠지 화가 울컥 치밀어 올랐다.

"그건 협박입니까?"

"아니아니, 이건 그냥 곁가지에 불과해. 그 외에도 여러 가지 문제가 있지. 공주를 탈출시킨 인물들, 혹시 누구인지 아나?"

아차!

그 말을 듣는 순간 갑자기 닉이라는 이름이 나의 뇌리를 스쳐 지나갔다.

남작은 그런 나의 모습을 보고는 쓸쓸하게 웃으면서 계속 말했다.

"이번에 공주님이 수도를 빠져나가 영살검주에게 가게 된 건 여러 가지로 복잡한 사연이 있네. 그런 것까지 일일이 말할 필요야 없겠지만 중요한 건 공주님을 탈출시킨 건 남모르게 수도에서 암약하고 있던 영살검주의 하위 조직이라는 거야. 우린 그들이 그렇게 수도 안에서 활동 중이라는 걸 전혀 눈치 채지 못했으니까. 평소에는 그냥 평범한 시민으로서 생활하다가 이런 식으로 갑자기 등 뒤에 비수를 꽂은 셈이지."

"외부인들이 아닌 토박이들이었으니 눈치 채기 더 어려웠겠지."

엘리스가 조용히 한마디 덧붙이자 남작은 고개를 끄덕이며 입맛을 다시고는 다시 말을 이었다.

"레이디 말이 맞소. 아마도 영살검주가 수도에 있던 당시부터 암암리에 만든 조직인 듯 보이더군."

"그래서요? 저희와 무슨 상관이 있죠?"

나의 말에 남작은 어이없다는 듯 씩 웃더니 조용히 대답했다. 여느 때보다 더욱더 빛나는 시선으로 나를 바라보며.

"몰라서 묻나? 나는 지금 닉이라는 남자에 대한 얘기를 하려고 하는 걸세."

결국 우려하던 바가 현실이 되고 말았다. 도대체 왜 내가 얼굴도 본 적 없는 사람 때문에 발목을 잡혀야 하는지 도무지 알 도리가 없었지만 최대한 감정의 동요를 감춘 채 가만히 남작의 얼굴을 바라보았다.

남작은 그런 나를 바라보며 의미 모를 미소를 잠시 지었다 곧 표정을 없애고는 천천히 입을 열었다.

"사실 나로서야 자세한 것은 알 도리가 없지만 말일세. 시녀와 유모,

그리고 호위병들의 말을 종합해 본 결과 공주님을 납치해 간 무리 중의 한 명이 베라크루즈 상회의 점원이었다는 걸 어렵지 않게 알아낼수 있었지. 그 만남의 원인이 된 것이 바로 자네의 동생인 로즈 양이라는 것도 알 수 있었고."

"협박하는 겁니까?"

"협박이라니, 무슨 그런 섭섭한 말을. 나는 단지 자네나 자네 집안의 사람들이 이제 나와 같은 운명을 공유하고 있음을 알리려 한 것뿐일세."

협박이 아니라고 말은 하고 있었지만 그걸 말 그대로 받아들일 멍청이가 있을까.

남작의 말은 간단했다.

만약 자신에게 협조하지 않는다면 결국 나나 나의 가족들은 그가 감당하게 될 책임의 무게를 동시에 걸머지게 될 것이라는 암묵적인 경고였다.

잠시 침묵할 수밖에 없었다.

간단한 문제가 아니었다. 그저 마음에 들지 않는다는 이유로 거절할 수 없는 완벽한 올가미인 셈이었다.

만약 남작의 제의를 거절하게 된다면 닉이라는 남자로 인해 연관되어진 우리 가족은 자칫 반역죄라는 엄청난 형벌의 제물이 될지도 몰랐다.

그렇게 되면 아버지가 이제까지 쌓아 올린 모든 것은 단번에 박살이 나고 만다. 아니, 단순히 베라크루즈 상회가 망하는 정도라면 오히려 일이 간단할지도 몰랐다. 자칫하면 우리와 가까이 지내던 모든 사람에게도 피해가 돌아갈 수 있는 일이었다.

젠장.

저절로 입에서 상소리가 터져 나왔다.

어떻게 된 것인지 아직도 어리벙벙했지만, 그래도 혹시나 이제는 조금 편안한 마음으로 살 수 있는가 싶었는데 다시 벼랑 끝으로 내몰린 기분이었다.

가장 기분 나쁜 건, 또다시 내 의지가 아닌 다른 사람의 의지로 내 인생이 이리저리 나뒹굴기 시작한다는 것이었다.

하지만 어쩔 도리가 없었다.

다만 내가 할 수 있는 일이라면 되도록 이 빌어먹을 운명을 다른 사람들에게 더 떠넘기지 않는 정도뿐이었다.

"한 가지 부탁이 있습니다."

"말해 보게."

"말씀드렸는지 모르지만 저와 로즈는 크라테리움에 입학하기 위해 수도에 왔습니다. 저는 아무래도 힘들겠지만 로즈는 일단 입학해야 합니다."

별일 아니라는 듯 남작이 고개를 끄덕인다. 확실히 권력을 지닌 자는 이런 위기 상황에서도 태연할 수 있는 것일까.

어쩐지 무언가 다시금 울컥하는 기분이었지만 한 가지 더 말하고 싶은 내용이 있었으므로 꾹 눌러 참아야 했다.

"그리고 저 대신 에롤을 크라테리움에 넣어주십시오."

"에롤 양을?"

영문을 모르겠다는 듯한 남작의 말에 정색하며 내 생각을 토로했다.

"예. 그리고 당분간 남작께서 책임지시고 에롤과 로즈를 맡아주셨으면 합니다. 이것이 받아들여지지 않으면 전 남작의 제의를 거절할 수밖에 없습니다."

"흠."

남작은 내 얼굴을 잠시 바라보며 무언가 생각하는 듯하다가 천천히 고개를 끄덕이며 대답했다.

"그러도록 하지."

"감사합니다."

"감사랄 것까지야. 하지만 왜 자네 주위에 이런 미인들이 몰리는지 알겠군."

빙긋 웃으며 하는 남작의 말에 난 잠시 어리둥절해졌다. 갑자기 그게 무슨 소리인가.

"무슨 말씀이신지?"

남작은 여전히 미소를 지은 채로 힐끔 엘리스를 바라보았다. 엘리스는 무언가 굉장히 화가 난 듯한 표정으로 남작을 노려보고 있었다.

"별말은 아닐세. 아무튼 고맙군. 일단 나머지 자세한 내용은 인편으로 연락해 주도록 하겠네."

고개를 저어 보이며 그렇게 대답한 그는 넌지시 엘리스를 향해 말했다.

"레이디, 스푼과 포크를 좀 주시지 않겠소? 제가 지금 무척 배가 고프기는 한데 그래도 명색이 귀족인지라 음식을 손으로 먹기는 좀 그렇군요."

정말 내키지 않는 시간들이었지만 그래도 싫은 내색하지 않고 용케 남작과 식사를 나누었다. 남작은 대동했던 필리로제스라는 기사에게 세부적인 사항을 알려주겠다고 말하고는 식사를 마치고 떠나갔다.

좋은 기분이라고는 절대 할 수 없었지만, 그래도 배웅을 한 다음 돌아왔는데 들어오자마자 대뜸 엘리스가 버럭 소리를 질렀다.

"마스터, 제정신이야?"

길게 말하지 않더라도 무슨 말을 하는 건지 못 알아들을 이유가 없었다. 남작의 제의를 너무 순순히 받아들였다는 얘기겠지.

"어쩔 수 없잖아."

변명이라고 하기에는 역시 너무 궁색했지만 그게 사실이기도 했다. 나 혼자만의 일이라면 모르되 다른 사람들까지 연관되어진 일을 내 멋대로 해버릴 수는 없는 일이 아니겠는가.

"뭘 어쩔 수 없다는 거야? 그래, 공주를 찾으러 떠나는 건 그럴 수도 있다고 쳐. 하지만 스스로 볼모까지 맡기고 가겠다는 건 도대체 뭐냐고!"

볼모? 아아, 로즈와 에롤에 대한 얘기인가 보군.

하지만 그것 역시 어쩔 수 없었다. 이전처럼 무턱대고 들어갈 수도 없는 마당이고 이번엔 아마도 작심하고 가지 않을 수 없는 마당에 에롤이나 로즈를 데리고 갈 수는 없는 노릇이었다. 게다가 공주 스스로의 의지로 영살검주에 간 만큼 설득해서 데리고 나올 수도 없는 노릇이었다.

그렇다면 결국 잠입해서 기절이라도 시킨 다음 몰래 데리고 나와야 하는데, 그걸 혼자서 할 수도 없는 노릇 아닌가. 결국 엘리스와 길드의 도움이 없이는 어찌해 볼 수 없는 것이다.

길드 인원과 엘리스를 대동하게 된다면 당연히 에롤과 로즈의 보호에 필요한 인력에도 차질이 생긴다. 그러니 별로 내키지는 않더라도 남작의 보호 아래 두고자 하는 것이다.

"볼모… 그럴 수도 있지만, 이번 일은 나 혼자서 할 수 있는 일이 아니잖아. 전처럼 운을 기대할 수도 없는 노릇이고."

엘리스도 그 부분은 어쩔 도리가 없는지 잠시 잠자코 무언가 생각하는 듯했다.

"게다가 난 어쩔 수 없다고 해도 로즈는 크라테리움에 들어가야 해. 그건 아버지와의 약속이었으니까. 나는 들어가지 못하더라도 로즈는 들어가서 공부를 해야 해."

"하지만 에롤까지 남작 손에 쥐어줄 이유가 없잖아."

에롤⋯

"글쎄."

아무래도 입 안이 텁텁하게 느껴지는지라 피식 쓴웃음을 지었다.

"어차피 남겨두고 가야 한다면 둘을 따로 두는 것보다 함께 두는 게 좋지 않겠어? 그게 경호하기에도 편할 테고. 그리고 아까 보니까 둘이 꽤 친한 거 같더군."

나도 모르게 문득 에롤이 들어가 있는 방문 쪽을 바라보았다.

"에롤은 무척이나 외로운 애야. 저 나이라면 또래의 친구 한둘쯤은 있어야 하는데도 그 애 주위에는 아무도 없어. 자매가 있지만 지금은 연락하기도 어려운 상황이고."

슬며시 엘리스를 돌아보며 다시 말했다.

"이해해 주지 않겠어?"

엘리스는 왠지 고개를 숙인 채 대꾸하지 않았다. 다만 묵묵히 바닥만을 바라보던 그녀는 조용히 나를 외면하며 말했다.

"바보 같은."

나와 엘리스는 잠시 그렇게 말없이 서 있었다.

끼익.

문득 방문이 열렸다.

고개를 돌려 바라보니 에롤과 로즈가 고개를 빠끔히 내밀고 궁금함이 가득한 표정으로 우리 둘을 쳐다보고 있었다.

"간 거야?"

어쩐지 사이좋은 자매마냥 그렇게 있는 모습을 보고 있자니 나도 모르게 미소를 지었다. 생각해 보면 에롤이 저렇게 편안하고 자연스러운 표정을 지었던 걸 본 적이 언제였던지.

"응. 너희도 아침 식사 해야지."

"아휴, 배고파서 미치는 줄 알았네. 남작인지 뭔지 왜 그렇게 식사를 천천히 하는 거야? 하여튼 겉멋 든 귀족이란 작자들은 아무래도 마음에 안 들어."

로즈가 투덜거리면서 냉큼 주방으로 달려나왔다.

"아, 식기가 모자를 테니 설거지를 해야 할 텐데."

"생각났으면 빨리 좀 해줘. 그리고 가능하면 남작이 쓴 식기는 좀 치워주고. 가급적 그 사람과는 같은 식기를 쓰고 싶지 않으니까."

내가 로즈의 말에 피식 웃으며 설거지를 하기 위해 주방 쪽으로 가는데 문득 엘리스의 중얼거리는 소리가 들렸다.

"하긴 원래 그랬으니까. 아주 오래전부터."

들릴 듯 말 듯한 혼자말이었다.

아주 틀린 말은 아니었기에 난 그저 내색하지 않고 주방에 다가갔다. 하지만 식기를 집기 전에 누군가의 부드러운 손이 내 손을 잡았다.

에롤이었다.

"괜찮아. 내가 할 테니 이리 줘."

"하지만……."

그녀의 피부가 맞닿자 나도 모르게 피가 얼굴로 몰리는 느낌이었다. 이러지도 저러지도 못하고 우물쭈물대는데 문득 로즈의 호통이 들려왔다.

"안 돼! 자기가 먹은 식기는 자기가 닦게 하라고!"

"그, 그래. 이건 내가 할 테니 에롤은 좀 쉬어."

"그래도…….."

그때 다시금 로즈가 버럭 소리를 질렀다.

"얼른 설거지해 오라니까! 나 지금 배고파서 미칠 지경이야!"

"으, 응!"

"토미?"

허겁지겁 식기들을 끌어 모아 설거지 통에 넣은 후 밖으로 달음질쳤다. 로즈의 말에 정신이 번쩍 들었다기보다는 계속 에롤이 내 손을 잡고 있으면 정신을 잃을 것만 같아서 그런 행동을 한 것이다.

문득 루디의 투덜거림이 느껴졌다.

―에휴, 이놈 이래 가지고 언제 제대로 여자 친구라도 사귈는지.

그러게나 말이다.

아무튼 설거지 통을 들고 밖으로 나오자 이미 해가 까마득히 떠올라 있었다. 숲 속이라 나무들이 죄다 태양을 가리고 있었지만, 수많은 빛살의 기둥이 비스듬히 뉘어져 있는 모습들을 보자니 감탄이 절로 나왔다.

그런데…

막상 감탄하는 것까지는 좋았는데, 문제가 있었다.

물가가 어디지?

그냥 잠 한번 자고 일어난 것 같은데 그사이 수많은 시간이 흘러 있고 깨어보니 영문 모를 낯선 곳인지라 내가 이곳 지리를 알 턱이 없는 것이다.

설거지를 하긴 해야 하는데, 이거야 원.

무턱대고 나왔는데 다시 들어가서 물어보자니 그것도 영 꺼림칙하고. 이걸 어쩐다, 엘리스한테 슬쩍 물어보기라도 할 걸 잘못했군.

—저쪽 장작 더미 옆에 보면 작은 오솔길이 있어요. 그리로 따라가면 작은 개울가가 나올 거예요.

문득 마음속에서 조용한 목소리가 전해져 왔다. 메릴이었다.

기쁜 마음에 막 고맙다는 말을 떠올릴 즈음 다른 목소리가 하나 더 들려왔다.

—쳇, 그냥 놔두지. 간만에 저 녀석 어리버리한 모습을 한 번 더 보나 했더만.

—하여튼 변태야, 변태. 왜 그렇게 꼭 다른 사람이 곤란한 걸 보고 싶어서 난리람.

—뭐? 누가 변태라는 거야!

—글쎄, 누굴까.

갑자기 귓속이 왕왕 울리는 듯한 고함들이 마음속에서 연달아 퍼지자 아찔한 기분이 되었다.

후, 루다나 에미나 여전하군, 여전해.

하지만 귀를 틀어막는다고 안 들리는 것도 아니고 그 말싸움을 걸러낼 수 없는 아무런 방도가 없는 나로서는 그저 그들이 떠드는 대로 고스란히 들어줘야 했다.

근데 의외로 이 사람들 싸우는 거 듣고 있자면 꽤 재미있다.

분명 루디도 에미도 내 마음속에 있는 다른 사람들과 이런 논쟁을 하는 법이 없다. 따지자면 나름대로 앙숙인 셈인데, 어쩐지 두 사람 싸우는 걸 듣고 있자면 그걸 즐기는 듯한 인상이 들곤 한다.

물론 처음에는 그냥 사이가 나쁜가 보다 하고 넘겼는데 언제였더라? 에미가 잠든 채 훌쩍거리고 있는 걸 루디가 다독여 주는 모습을 보고는 조금씩 생각이 바뀌기 시작했던 것이다.

그러고 보면 참 대단하다는 생각도 든다. 이제 육체도 없이 그저 영혼으로 남아서도 누군가를 사랑할 수 있다는 게 말이다. 음, 사랑이라고 그러면 그건 너무 앞서 간 건가?

사랑이라…

확실히 육체가 없는 상태에서 단지 영혼끼리 그런 감정을 나눈다는 게 어찌 보면 참 말이 안 되는 것 같기도 하다. 물론 내 기억과 정신의 작은 공간 안에서 그들 자신의 모습을 실체화시키는 방법으로 서로의 모습을 확인할 수 있다고는 하지만, 그건 어차피 허상이 아닌가.

으음.

하긴 뭐 내가 상관할 일은 아니다. 그들이 설령 실체가 있든 없든 간에 서로의 존재를 느끼고 거기에서 어떤 감정을 느낀다고 나한테 어떤 불이익이 돌아오는 것도 아니고.

하지만 왠지 부러웠다.

후, 난 정말 무슨 병이라도 걸린 걸까.

이놈의 헛짓은 소울 브레이커에 찔려도 안 없어지나 보네. 따로 이것만 봉인시키는 방법은 없을까나.

루디와 에미의 계속되는 말싸움은 한 귀로 흘리며 엉뚱한 생각을 하다 보니 어느새 개울가에 도착했다. 그릇을 내려놓고 그릇마다 물을 조금씩 흘려 넣고는 하나씩 닦기 시작했다. 에롤과 로즈가 사용할 식기이니 깨끗이 씻어야지.

그렇게 막 식기와의 전쟁을 벌이고 있을 때였다.

"훗, 설거지라."

어디선가 낯설지 않은 여자 목소리가 들려왔다.

문득 고개를 들어 주위를 살폈다. 하지만 주위에는 사람의 모습이라고는 전혀 보이지 않았다.

환청이라도 들은 건가 싶어서 고개를 갸웃거리는데 갑자기 무언가 개울 반대 편에 툭 떨어져 내린다.

불타오르는 듯한 금발을 머리 뒤에서 질끈 동여맨, 약간 어린 듯하면서도 날카로운 인상의 한 여자가 검은 가죽 옷으로 온몸을 감싼 채 나를 응시하고 있었다.

"오랜만이지?"

그녀는 바로 이뮤시엘이었다.

나도 모르게 벌떡 일어나 그녀를 주시했다. 그녀는 언제나처럼 오만해 보일 정도로 무척이나 당당했다.

양손을 허리에 짚은 채 약간 삐딱하게 서서 의미 모를 미소를 지은 채 나를 바라보는 모습은 마치 콧대 높은 귀족 아가씨가 거리의 부랑자를 바라보는 듯해서 기분이 왠지 나빴지만 그건 사실 부차적인 문제였다.

문득 다른 기척이 없나 살펴보았다. 엘리스에게 들은 대로라면 그녀는 이전의 휴리엘 퍼핏에 엔자마저도 퍼핏으로 만들어서 데리고 다닌다고 했으니 어딘가에 그 둘을 잠복시켜 뒀을지도 모르는 일이었다.

사실 이뮤시엘이 그러려고 마음만 먹는다면 나 같은 것은 상대가 되지 않을 수도 있었다. 뭐라 해도 그녀의 능력은 그녀로부터 무예의 기본을 배운 내가 더 잘 알고 있으니까.

그녀는 나에게 있어서 사실상 사부나 다름없었다. 내가 지금 그래도 보통 사람들보다 강한 신체를 갖게 된 것은 전적으로 그녀의 수고 덕분이니까.

"너무하는군. 이런 아리따운 아가씨가 인사를 했으면 답례라도 하는 게 예의잖아."

그녀가 고개를 약간 돌리며 한쪽 눈을 약간 찡긋하는 모습은 나름대로는 귀엽다고도 할 수 있었지만, 그런 건 지금 상황에서 아무 상관도 없는 일이었기에 무시하며 내가 궁금해하는 것들을 꺼내 들었다.

사실 그런 그녀의 행동 자체가 그녀와는 어울리지 않는 것들이라서 모른 척했다고 하는 편이 맞을지도 모른다.

"무슨 일이죠?"

이뮤시엘은 내 질문에 자세를 바로하고 진지하고 강렬한 눈빛으로 나를 똑바로 쳐다보았다. 예전 같았다면, 그러니까 주시자의 신전에서 그녀에게 무술을 배울 때의 나였다면 나도 모르게 위축되어서 시선을 피했겠지만 지금의 나는 그렇지 않았다. 오히려 그녀의 시선을 똑바로 마주 받아쳤다.

잠시 동안의 대치가 이어지다가 문득 그녀는 피식 웃으며 천천히 입을 열었다.

"좋은 눈빛이긴 하다만, 역시 넌 아직 멀었군 그래."

"무슨 용건이냐고 물었습니다."

나의 차가운 대꾸에 그녀는 오히려 가소롭다는 듯이 콧방귀를 뀌었다.

"그러고 보니 나도 여기서 노닥거릴 틈이 없군. 뭐, 좋아. 그러면 한

가지만 말하고 난 가보겠다."

꼼짝없이 한바탕할 각오를 했었건만 너무나 쉽사리 물러나는 느낌이어서 오히려 당황했다.

"뭘 말입니까?"

어쩐지 그녀의 페이스에 밀리고 있다는 느낌이 들었으나, 그걸 어떻게 타개한다든지 할 수 있는 방법이 있는 것도 아니었기에 순순히 그녀와의 대화를 이어 나갔다.

"그 파란 머리 여자를 조심해라."

파란 머리?

파란 머리라면… 엘리스를 말하는 것인가?

좀 어리둥절해졌다. 무슨 뜬금없는 엘리스 얘기란 말인가. 왜 그녀를 조심하라는 거지? 나에게는 단 하나뿐이라고 해도 과언이 아닌 사람인데 어째서 그녀를 경계하라는 걸까.

하지만 역시 이뮤시엘 또한 주시자였고, 내가 말을 안 들어서 조금의 응징을 한다면 모를까 기본적으로 그녀와 나는 같은 주시자이기에 같은 편이라고 해도 무관한 사람들이었다. 확실히 그녀가 나에게 전적인 신뢰를 보낸다거나, 반대로 그녀를 내가 전적으로 믿는다거나 하는 경우는 없었지만 말이다.

그런 그녀가 나에게 어떤 말을 했다면 그것은 보다 주시자의 일에 충실하기 위한 어떤 경고나 주의의 의미를 담은 것이라고 보아야 무방했다. 하지만 엘리스가 주시자와 무슨 연관이 있다고 그녀를 경계하라는 걸까.

"파란 머리라면 엘리스 말인가요?"

"엘리스라… 후후, 역시 그랬군."

인상착의는 알아도 이름은 몰랐던 걸까. 그녀는 엘리스라는 이름을 듣자 손등으로 턱을 가볍게 문지르며 대답했다.

"아무튼 난 할 말 다 했으니 이만 가보겠다. 내가 한 말 허투루 듣지 말고 항상 명심하도록."

"잠깐만요!"

하지만 내가 미처 불러 세우기도 전에 그녀의 모습로 비춰 들어온 햇살에 녹는 것마냥 스르르 사라져 미처 깨닫기도 할 사이에 이곳에 그녀가 있었다는 어떠한 흔적도 남아 있지 않게 되어버렸다.

멍한 표정으로 한 손을 내밀고 서 있다가가 문득 화들짝 정신이 들었다.

뭐지.

내가 혹시 환청이라도 본 걸까?

아니, 환청이라기엔 너무나 생생했다.

뭐랄까, 그냥 꿈에서는 절대 느낄 수 없을 날카로운 존재감이 아직도 여운을 남기며 대기 중에 흐르고 있는 것이다.

하지만 잠시 시간이 흐르고 당황스러움이 조금 진정되자 그녀가 남기고 간 말의 의미를 찾기 위해 머리를 굴려야 했다.

엘리스를 조심하라니?

하지만 머리를 굴린다고 그게 어디 답이 나올 일인가. 어째서 그녀를 경계해야 하는지는 말해 주지도 않은 채 그렇게만 말하고 사라지다니 도대체 무슨 생각인 걸까.

하도 당황스러운 일인지라 내 머리 속은 온통 뒤죽박죽이 되어버렸다.

사실 생각해 보면 그동안 엘리스는 참 열심히 나를 돕고는 했다. 사실상 현재 내게 남은 유일한 동료라고 해도 틀린 말이 아닐 정도로.

하지만 곰곰이 생각해 보면 그녀는 길드나 자신과는 상관없는 일까지도 너무나 헌신적으로 일을 처리해 왔다. 에롤의 일이나 로즈의 일 같은 게 그렇지만, 아니, 그렇게 따지면 의심스러운 게 한두 가지인가.

으윽, 한번 의심이 고개를 쳐드니 한도 끝도 없는 것 같다. 아무래도 엔지의 일이나 자낙의 일 같은 게 자꾸 겹치다 보니 그런 것 같다.

이건 혹시…

무슨 교란책 같은 건 아닐까?

확실히 내가 가출 후에 겪은 여러 가지를 알고 이해한다면 이건 확실히 효과적인 방법이다. 엔지의 일은 모른다 쳐도 자낙과의 일은 확실히 알고 있을 테니까. 신전에서 힘을 원하느냐고 설득할 때 이용했던 것도 그것이니까.

하지만 문제는 그럼으로써 이뮤시엘이 얻는 것이 과연 무엇인가 하는 점이다. 분명 저번에 나나 엘리스와 한바탕 붙기는 했지만 그건 내가 알지도 못하는 주시자의 일인지 뭔지 때문에 그런 것이고, 그녀가 원하는 대로 직무에 충실하다면 나나 엘리스에게 이런 식으로 바람을 넣는다고 해서 무슨 소용이 있겠는가. 엘리스와의 관계를 돈독히 한다고 해서 지금의 나에게 도움이 되면 됐지 해로울 일이라고는 없는데.

골치가 아프다.

뜬금없는 한마디에 이렇게 골치를 썩이는 내 자신이 한심하기도 하다.

"에이 씨! 내가 이럴 줄 알았어. 배고파 죽겠다니까 지금 거기서 뭐하는 거야?"

"응?"

문득 들려온 고함 소리에 고개를 돌려보니 로즈가 볼을 부풀리고 허리에 양손을 짚은 채 나를 바라보고 있었다.

"정말이지, 요즘 좀 나아졌나 싶었더니만 그 버릇이 어디가? 이리 줘, 내가 할 테니. 하여튼 간에 흐리멍덩해 가지고는."

발을 쿵쿵거리면서 다가와서는 아직까지 멍청하니 들고 있던 식기를 낚아챈다. 그리고는 자리에 털푸덕 주저앉아서 식기를 씻기 시작했다. 아니, 그러려다 말고 몸을 번쩍 일으켜 나에게 대들듯이 소리를 버럭 질렀다.

"도대체가 정신이 있는 거야! 기름기 잔뜩 묻은 식기를 씻으면서 달랑 그릇만 들고 오냐!"

"응?"

그게, 그러니까… 정말 그렇네.

"뭘 우두커니 있는 거야! 얼른 비누라도 가지고 와야 할 거 아니냐고!"

"어? 아, 알았어."

갑자기 몰아치는 로즈의 말에 기가 질려서 나도 모르게 허겁지겁 집으로 달려가 문을 활짝 열었다. 막 식탁에 앉아서 음식을 입에 넣으려고 하던 엘리스와 에롤이 놀란 눈으로 멀뚱히 바라보았다. 나 역시 그런 그들의 눈길에 마주치자 몸이 굳어버렸다.

입에 넣으려던 음식을 다시 접시에 내려놓은 엘리스가 어리둥절한 표정으로 말했다.

"마스터? 왜 그러고 있어, 멍청한 표정으로?"

"응? 아니, 그게… 그러니까 식기를 닦아야 하는데 비누 같은 거라도 있나 해서."

우물쭈물하는 나의 대답에 엘리스는 피식 웃었다.

"훗, 안 봐도 훤하군. 로즈가 달려가더만 한마디 들은 모양이지?"

"아니, 뭐 그렇다기보다는……."

"후훗."

숨죽인 작은 웃음소리에 돌아보니 에롤이 고개를 숙이고 입을 가린 채 애써 웃음을 참고 있는 것이 보였다.

이런…

"아아, 창피해할 거 없어. 어차피 마스터가 약간 어리숙한 거야 다 아는 거니까. 그보다 얼른 개울가로 다시 가는 게 좋지 않겠어? 늦으면 로즈가 또 한바탕할 텐데."

"아, 맞다."

엘리스의 말에 허겁지겁 주방으로 달려가 선반을 뒤져 비누를 찾아 가지고 다시 급하게 발걸음을 옮겼다.

문득 두 여자가 소근대는 게 얼핏 들렸다.

"토미는 좋은 오빠네요."

"뭐, 부려먹기엔 좋지."

내 위신이 바닥에 떨어져 통통 튕기면서 진창에 퐁 하고 빠지는 듯한 환청이 들린다. 에휴.

"빨리 와! 나 배고파 미치겠다고!"

"알았어, 간다니까!"

후닥닥 달려서 비누를 건네주자 로즈는 그걸 휙하고 낚아채고는 바로 주저앉아 설거지를 하면서 중얼거렸다.

"에롤 언니는 별로 상관없다고 그러면서 오빠 먹다 남긴 식기에 그

대로 덜어다 먹었지만 난 그런 거 싫다고. 으, 느글거려. 그 버터를 한
양동이는 처바른 듯한 남작이랑 어떻게 같은 식기를 쓰냐고."

음?

잠깐 지금 뭐라고 그런 거지?

"에롤이 내 식기에?"

"나원 참, 멍청한 게 옳으면 어쩌냐고 그렇게 말려도 그냥 웃으면서
괜찮다고 그러는데 뭐라고 그러겠냐고. 하긴 멍청한 걸로 따지자면 에
롤도, 아! 아니지. 이러면 에롤한테 욕이 되겠네."

그 뒤로 뭐라고 계속 투덜거리기는 했지만 왠지 모르게 머리로 피가
몰리는 듯한 느낌이어서 다른 말은 귀에 들어오지도 않았다.

하아…

난 정말 중증인가 보다.

제14장 출발, 그리고…

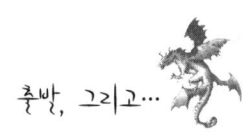

출발, 그리고…

"하아, 살겠다."

"정말 배가 고팠나 보구나?"

"말도 말라구. 배는 고파 미치겠지, 남작은 온갖 격식 다 차리면서 꾸무럭대지. 아휴, 난 나중에 결혼할 때 절대 귀족은 쳐다보지도 않을 거야."

"귀족이 널 보기나 한대?"

식사를 마친 로즈가 식탁 의자에 기대며 탄성을 지르는 것이 들리자 나는 몸을 일으켜 세 여자들이 둘러앉아 수다를 떨고 있는 식탁으로 다가갔다. 엘리스가 여자의 모습으로 바뀌었다고는 하지만 금세 저렇게 친해질 수도 있는 건가? 정말 불가사의다.

하지만 저렇게 세 명을 앉혀놓고 보니 남작이 부러워할 만도 하다 싶었다. 로즈가 좀 외모가 달리긴 하지만 뭐, 그래도 일단 어리니까 귀

엷게… 봐주기는 좀 어려워도……. 이런, 내가 지금 무슨 생각을 하는
거지?

내가 다가서도 세 여자는 자기들 대화에 취해 거들떠보지도 않는다.

쩝.

아무리 그래도 무시라니.

하지만 어쨌든 할 말은 해야겠기에 나름대로 진지한 어조로 입을 열
었다.

"할 말이 있어."

내 말이 떨어지자 맨 먼저 엘리스가 고개를 돌려 나를 바라보았다.
에롤은 손을 들어 로즈의 말을 중단시키고 나를 돌아보았으며, 로즈는
뭔가 말하려고 입을 열다가 제지당하자 얼굴을 찡그린 채 나를 향해
톡 쏘듯이 말했다.

"뭔데?"

저거 정말 내 동생 맞나.

후, 하지만 뭐 어제오늘 일도 아니니 내가 참아야겠지.

"아무래도 나 크라테리움에 못 갈 거 같아."

그 말을 하자 엘리스는 무슨 말을 하려는지 알았다는 듯 고개를 끄
덕이고는 의자 등받이에 등을 기대며 조용히 뒤로 물러났고, 에롤은 영
문을 모르겠는지 그저 그 아름다운 눈동자를 깜박였으며, 로즈는 안 그
래도 찌푸린 얼굴을 더욱 찌푸리며 고개를 갸웃거렸다.

으음, 막상 얘기를 꺼내려니까 뭐라고 말해야 할지 굉장히 어색하
다. 공주를 구출하러 간다는 얘기를 드러내 놓고 하자니 그것도 좀 그
렇고, 남작이야 내게 일을 맡기기 위해 스스럼없이 얘기했다고 해도 이
런 종류의 일은 어디까지나 비밀이었고, 그런 걸 알게 되면 나나 엘리

스도 없는 수도에서 남작의 영향력 아래 있어야 하는 로즈나 에롤에게 해가 될 수도 있는 일이기 때문이었다.

잠시 나를 의심스러운 눈초리로 쳐다보던 로즈가 다시 먼저 입을 열었다

"혹시 남작이 아까 온 게 그것 때문이야?"

어떻게 말해야 할까. 음, 일단 남작이 오고 나서 이런 얘기를 바로 꺼냈으니 바보가 아니고서야 남작이 관련되어 있다는 정도는 쉽게 눈치 챌 수 있을 것이다. 그렇다면 이 정도는 맞다고 해줘도 별 상관은 없으리라.

"그래."

"위험한 거야?"

그 다음은 에롤의 질문이었다. 솔직히 엄청나게 위험한 일이지만 그렇다고 에롤에게 그런 말을 할 수는 없었기에 나는 그저 씩 웃으며 고개를 저었다.

"아니, 그렇게까지 위험한 건 아니야. 남작도 생각이 있는데 위험하고 복잡한 일을 나같이 아직 성년도 안 된 꼬맹이에게 맡기려고 하겠어?"

내가 이렇게 말을 잘했던가. 스스로도 자신이 한 말에 놀랄 뿐이었다.

내 말이 통했는지 로즈는 입을 삐죽거리며 고개를 끄덕였다.

"하긴 뭐, 오빠 같은 흐리멍덩하고 어리숙한 사람을 중요하고 위험한 일에 쓰겠다면 남작의 머리도 정상은 아니겠지. 충분히 이해가 가네, 그건."

윽.

순간 울컥할 뻔했지만 그래도 에롤 앞인지라 억지로 미소를 지으며 로즈의 말에 대답했다. 하지만 어쩐지 온몸의 털이 곤두서는 것마냥 온몸이 간질거리며 식은땀이 맺히는 느낌이었다. 후, 로즈, 너 나중에 두고 보자.

"그래, 그렇지 뭐. 그러니까 별로 걱정하지 않아도 돼."

"그런데 가만 생각하니까 한 가지 이상한 점이 있네."

문득 다시 로즈가 머리를 톡톡 두드리며 말하기 시작했다. 이 기지 배가 이번엔 또 뭔 말을 하려고 그러지.

"뭐가?"

"그렇잖아. 별로 위험하지도 않고 중요하지도 않은 일인데 왜 크라테리움에 못 갈 거 같다는 거야?"

순간 다시 에롤의 표정에 걱정이 배어 나오기 시작한다. 그리고 두 사람은 모르고 있었지만 등받이에 기대 멀찍이 우리 모습을 지켜보는 엘리스의 표정에는 묘한 미소가 걸렸다. 아마도 내가 난처해하는 모습을 즐기고 있는 것이리라.

어째 내 주위엔 죄다 적들뿐인 거냐.

"아니, 그러니까 그게 시간이 좀 오래 걸리는 일이라서."

식은땀을 삐질거리며 간신히 그렇게 대답하자 로즈는 마치 기다렸다는 듯이 잽싸게 질문을 던졌다.

"무슨 일인데?"

거짓말도 한두 번이지, 계속 둘러대려니까 정말 미칠 지경이다. 특히나 에롤의 저 걱정스러운 표정이 내내 내 가슴을 옥죄고 있었다.

"그건 말할 수 없어."

"그래?"

에롤은 계속 걱정스러운 표정으로 날 지켜보고 있었지만 로즈는 재미있는 걸 집어내었다는 듯이 빙긋이 웃으며 말했다.

"그럼 아빠한테 한마디 해줘야겠네. 오빠가 리필린느 남작이 내린 어떤 지시를 받고 비밀 임무를 수행하러 가느라고 크라테리움에 못 간대요 하고 말이야. 그럼 무척이나 기뻐하시겠지?"

정말 언제나 생각하는 거지만, 이 기지배는 정말 너무 영악하다. 어떤 때는 나랑 실수로 몸이 바뀌어서 태어난 게 아닌가 싶을 정도니까.

정말 난감한 일이다. 이제 어쩐다지.

그런데 그때까지 등받이에 기대서 대화를 지켜보던 엘리스가 문득 한마디 던졌다.

"마스터, 무슨 생각인지는 알겠는데, 어차피 상관없지 않아? 남작 집에 있게 되면 거기 사람들이 얘기할 수도 있는 거고. 위험하기는 하지만 죽으려고 작정하고 가는 것도 아닌데 굳이 숨길 거 없잖아."

"아니, 그게 뭐 그렇기는 한데."

그때 갑자기 로즈가 벌떡 일어나더니 버럭 소리를 질렀다.

"잠깐! 지금 뭐라고 했어?"

"응? 뭐가?"

얼떨떨한 기분에 반문을 했는데 로즈는 마치 달려들듯이 내 멱살을 붙잡고는 더욱더 큰 소리로 소리를 와와 질러댔다.

"지금 그랬잖아! 남작 집에 있게 된다고? 그거 설마 내 얘기야?"

머리가 왕왕 울릴 정도로 소리를 버럭버럭 질러대는 통에 정신이 하나도 없었다.

"그, 그래, 맞아."

로즈는 잠시 입을 벌린 채 말을 하지 못했다. 왜 그러나 싶어 물어보려고 했지만 그전에 다시 소리를 버럭 지른다.

"싫어! 난 절대로 싫다고! 어째서 내가 그런 능글맞은 아저씨랑 같은 집에서 지내야 되지? 난 절대 그렇게 못해!"

이런…

로즈가 그렇게 남작을 싫어했던 건가.

하지만 그렇다고 해서 로즈나 에롤을 맡길 만한 적당한 장소가 있는 것도 아니었다. 무엇보다도 남작이 맡긴 임무를 수행하자면 나 혼자로는 어림도 없는 일이니까. 엘리스와 도적 길드의 힘을 모두 동원한다고 해도 가능할까 싶을 정도의 일이니까.

에롤과 로즈를 둘만 따로 놔둔다는 건 말도 안 되는 일이다. 공주를 빼돌린 게 수도 내의 영살검주 세력이라고 한다면, 그들이 전부 이번 일로 철수했다는 보장 따위는 절대 없었다. 다른 남은 인원들이 수도에 남아 있는 에롤이나 로즈를 어찌한다고 해도 막을 방법이 없지 않은가.

그래서 생각한 게 남작의 집에 맡기는 일이었다. 일단 그의 집이라면 아무리 영살검주의 부하들이 기를 쓰고 노력한다고 해도 절대 쉽게 뜻을 이룰 수 없을 테니까 말이다. 그리고 남작이 뒤를 봐주면 크라테리움 내에서도 귀족들한테 괄시당하지도 않을 테니까.

나름대로 괜찮은 방법이다 싶어서 그렇게 한 것인데 막상 당사자는 남작 자체가 싫다고 하니, 이건 또 어떻게 해야 한단 말인가.

"하지만 말야, 로즈. 왜 그렇게 결정한 건지도 생각해 보지 않겠어?"

"생각하기도 싫다고!"

하, 이거 정말 답답해서.

"그럼 도대체 왜 그렇게 정색을 하고 남작을 싫어하는 건데? 이유라도 좀 알자."

"그냥 싫어. 싫다는데 이유가 무슨 상관이야?"

아무래도 내 말을 들을 생각이라곤 전혀 없는 모양이다. 그러면 이걸 어쩌지.

그때 문득 엘리스가 등받이에서 몸을 떼고 바로 앉으면서 로즈에게 말하기 시작했다.

"로즈, 내가 한마디 할까?"

"뭔데요?"

무슨 좋은 생각이라도 있는 걸까?

나 역시 엘리스의 말에 귀를 기울이기 시작했다.

"로즈, 너도 닉에 대한 일은 알지?"

"으음……."

"그럼 말이야, 닉과 같은 사람이 수도에 또 없다고 장담할 수 있어?"

로즈는 잠시 우물쭈물하다가 조용히 고개를 가로저었다.

엘리스는 그걸 보고 빙긋이 미소 지으면서 말했다.

"나와 마스터, 그리고 전에 봤던 부하들은 모두 이번 임무를 수행하러 같이 떠나야 돼. 마스터는 걱정할까 봐 얘기를 안 했지만 그 정도로 힘들고 어려운 일이야, 사실은."

"……."

"그런데 만약 우리가 없는 사이에 누군가 너나 에롤을 납치하려고 한다면 로즈, 넌 그들 손에서 자신을 지킬 수 있어?"

"……."

로즈는 뭔가 울컥하는 표정이었지만 이내 이를 깨물며 다시 고개를 가로저었다.

"간단한 얘기야. 네 오빠는 너나 에롤의 안전을 최대한 고려해서 그런 결정을 내린 거야. 사실 나나 마스터도 남작을 좋아하지는 않지만 어쩔 수 없는 일이었어. 그러니까 이번만 잠시 마스터 말을 따라주지 않을래? 시간은 걸리겠지만 그리 오래 걸리지는 않을 테니 그때까지만 좀 참으면 되는 거야. 이해하지?"

"하지만!"

"하지만 뭐?"

로즈는 그렇게 말하면서도 막상 대꾸할 말이 없는지 이내 고개를 푹 숙이고는 자기 자리에 가서 주저앉았다.

근데 남작은 은근히 인기가 좋다고 들었는데 왜 로즈는 저렇게 끔찍하게도 싫어하는 걸까.

아, 그런데…

생각해 보니 덕분에 임무가 뭔지는 말하지 않아도 괜찮게 되었군. 이것 참.

하지만 정작 복병은 따로 있었다.

"정말 괜찮은 거야?"

로즈가 계속 틱틱거리는 와중에 들려온 작은 목소리.

그 주인공은 바로 에롤이었다.

그녀의 목소리를 듣는 순간 나도 모르게 내 가슴 한 켠에서 무언가가 덜컥 내려앉는 듯한 느낌을 받았다. 그저 지나가는 말로 한 것도 아니고 진정이 담뿍 섞인 채였으니 이러면 안 된다 하면서도 온통 그녀에게 모든 신경이 쏠려 있는 나로서는 역시 감당하기 힘들었다.

게다가…

나 역시도 불안한 것이 사실이었기 때문에 더 더욱 그랬다.

이전에 영살검주의 본거지인 무안의 성에 잠입했을 때를 생각해 보면 그건 당연한 일이었다.

그 당시 비록 혼자였다고는 하지만 영살검주와 그의 부하들에게 둘러싸여 얼마나 악전고투를 치렀던가.

그나마 경비가 허술한 상태에서 메프의 탈출을 시도했을 때도 그토록 고생을 했는데. 약간의 속임수까지 써서 별탈없이 안으로 들어간 데다 상대편에서는 나의 능력도 모르는 상황이기에 오히려 수월했을 그때도 그렇게 고생을 했는데.

일단 남작에게 하겠다고 말은 했지만 사실은 정말 막막하기 그지없는 게 지금 내 처지였다.

공주의 행동이나 말을 전해 들은 바에 따르면 그녀 자의로 영살검주를 따라간 것이라고 보아야 했다. 그렇다면 일단 그녀는 감금되거나 하지도 않을 테고 활동이 자유로울 테지만, 메프처럼 스스로 나를 따라오지는 않을 것이 분명했다.

이렇게 생각해 보면 참 웃긴 게, 오히려 내가 납치하는 쪽이고 영살검주 쪽이 지키는 셈이 된다는 거다.

그럼 난 공주와 영살검주의 사랑을 훼방 놓는 악당이 되는 건가?

이것 참.

하긴 나에겐 그런 건 일단 상관이 없다. 난 그들이 사랑을 하든 말든 간에 신경 쓸 이유가 없었다. 냉정한 말이지만 난 그저 남작이 시키는 대로 하기만 하면 될 뿐이니까. 그렇게라도 생각하는 게 나을 테니까.

"토미?"

이런. 역시 이것도 무슨 병인가 보다. 한번 생각에 빠지면 헤어 나오지 못하는 거.

"응, 괜찮아."

여전히 불안해하는 얼굴이었지만 난 그저 미소 한번 지어주고 시선을 은근히 그녀에게서 떼면서 모두에게 말했다.

"아무튼 일이 그렇게 되었으니 로즈는 남작 집으로 옮길 준비를 해. 아, 그리고 에롤도."

"나도?"

이번만큼은 다른 곳을 보고 말할 수가 없었으므로 그녀를 바라보면서 말했다. 정말 언제 봐도 예쁜 눈동자다.

아차, 이게 아니지.

"그래, 에롤도 나 대신 크라테리움에 가야 돼."

"내가? 하지만 난……."

그녀는 말을 맺지 못하고 고개를 떨군다. 아마도 모든 가족과 떨어져 혼자 지내야 하는 자신의 처지를 떠올린 것이리라.

에롤의 그런 모습을 보는 순간 나도 모르게 한 손을 들어 그녀의 어깨 위에 살며시 얹고는 말했다.

"괜찮아. 너도 남작이 맡아주기로 했어. 귀족이니 약속은 지킬 거야."

"하지만……."

"게다가 로즈나 너나 혼자 있는 건 적적할 거 아냐. 사실 내 동생이 좀 괄괄해서 여자다운 데라고는 없지만 그래도 나쁜 애는 아니니까 함께 기다리고 있어. 나도 금방 돌아올 테니까. 무슨 말인지 알지?"

"응."

어째 기운이 없긴 했지만 이 정도면 된 셈이다. 사실 더 이상 뭘 바라겠는가.

이후로 로즈는 퉁퉁 부어서는 그날 내내 투덜거렸지만 다시금 곤란한 질문으로 나를 괴롭히지는 않았다. 저 정도면 완전히는 아니라도 대충은 이해한 걸로 보아야 할까.

하지만 덕분에 귀찮은 일 한 가지는 해결을 본 셈이니 다행으로 생각해야겠지.

다음날.

어제는 그나마 잠자코 있던 로즈가 벼르고 별렀는지 아침부터 쪼아대기 시작했다.

"그래도 혹시 모르잖아. 아빠가 안부라도 물으면 어떻게 대답해야 되는데? 그러니까 대충이라도 말해 주면 내가 알아서 잘 둘러대 줄게."

아마도 어제 종일 그 구실만 생각했나 보다. 이거야 원.

"그때는 그냥 잘 있다고만 하렴."

"만약에 꼬치꼬치 캐물으면?"

하아, 정말 미치겠네.

꼬치꼬치 캐묻는 건 네 주특기라고.

"그럴 땐 에롤이 지내는 걸 대충 각색해서 써 넣으면 되잖아."

머리는 좀 나쁘지만 예전에도 잔머리 하나는 그런대로 괜찮은 게 나였다.

로즈는 순간 당황해했다. 이걸로 좀 더 밀어붙이려고 했는데 너무나 쉽게 피해가니 의외인가 보다.

그나저나 검술 연습 좀 해보려는데 왜 자꾸 눈앞에서 얼쩡대냐고.

"으음, 그럼 말이야."

뭔가 더 말하기 전에 기선을 제압해야 한다. 아예 다음 말을 하지 못하게 말이다.

그러고 보면 말싸움도 검술과 비슷한 면이 있는 거 같다. 흠, 똑같이 싸움이라 이건가?

"로즈야, 나 지금 검술 연습 좀 하고 싶거든? 그러니까 좀 비켜주지 않을래? 자꾸 눈앞에서 그러니까 불안해서 연습을 할 수가 없잖아."

물론 그 정도로 물러나면 로즈가 아니다. 집요한 구석이 있어서 어지간해 가지고는 떨어질 생각도 안 하는 찰거머리가 내 동생의 정체다. 후우, 얘 정말 내 동생이 맞는 걸까? 어떻게 나하고 이렇게 천지 차이람.

"오빠도 귀찮지? 그러니까 그냥 가르쳐 주라. 그거 가르쳐 주는 게 뭐가 어렵다고 그러는 거야?"

하하, 이젠 아주 뻔뻔스럽게 나올 작정인가 보다. 그렇다면 나도 뻔뻔스럽게 나가야겠지.

그렇게 생각하고 막 입을 열려던 찰나였다.

땅바닥에서 미세한 울림이 전해져 오더니 숲길 저편에서 말과 마차가 달리는 소리가 들리기 시작했다.

지금 여길 찾아올 사람이 누가 있더라.

고작해야 길드의 인원이라던가 남작 정도?

하지만 그 외의 경우라면?

하지만 그렇게 생각을 떠올리는 중에도 그 소음의 주인공들은 말을 달려 마침내 나뭇잎 사이로 자신들의 모습을 드러냈다.

반사적으로 로즈를 감싸며 그들의 모습을 바라보았다.

4명의 말 탄 기사가 한 대의 마차를 호위하고 있었다. 그들은 집이 위치한 작은 공터에 들어서자 바로 속도를 줄이며 멈추어 섰다. 그리고 그들 중 선두에 섰던 검은 갑옷의 기사 하나가 말에서 내려 우리에게 곧장 다가왔다. 하지만 투구를 쓰고 있었기에 누군지 알 길도 없었다.

적군인가 아군인가.

그렇지만 궁금증은 곧 쉽게 풀렸다. 그가 다가오면서 천천히 투구를 벗었던 것이다.

드러난 그 얼굴에 난 순간 헛숨을 들이켰으나 그것도 잠시, 그자의 정체를 깨닫고는 안도의 한숨을 내쉬었다.

그는 남작과 함께 왔던 필리로제스라는 이름의, 데런과 판박이처럼 닮은 꼴의 젊은 기사였다.

"루스?"

뒤에서 로즈가 중얼거리는 목소리가 들려왔다.

원래 알고 있던 사이인가?

루노에서부터 알고 지내던 사이라면 내가 모를 리 없다. 아니, 물론 내가 로즈의 사생활을 전부 알고 있다고는 말 못하지만 적어도 루노에서 저런 기사를 보기란 거의 불가능한 일이었으니까 그렇게 확신하는 것이다.

그 검은 갑옷의 젊은 기사는 곧장 우리에게 다가오더니 피식 웃으며 말했다.

"왜 그러고 있는 거야?"

어라? 나도 원래 알던 사이인가?

─기억 안 나냐? 너 없을 때 데런 동생 만났던 얘기. 귀족 집 아들내미 집에 로즈 끌려갔던 거 말이다.

그게… 아, 그렇군. 루스. 그래, 기억난다. 그런데 왜 필리로제스라는 이상한 이름을 쓰고 있는 거지?

―그거 네가 지은 이름이… 아니군. 하여튼 그건 저 친구의 가명이다. '수다쟁이 로즈'라는 뜻이었지, 아마.

루디의 설명을 듣고서야 대충 이 상황이 짐작이 갔다. 하지만 초면의 사람에게 이러니저러니 쉽게 말 붙이기 어려운 건 매한가지다. 그것도 이미 잘 아는 사람처럼 대한다는 건 특히나 더 어렵다.

하지만 내가 우물쭈물하고 있자 뒤에 있던 로즈가 내 옆으로 나서면서 그를 쓰윽 훑어보더니 한마디 했다.

"헤, 당신도 이렇게 차려 입으니 제법 귀족티가 나네?"

"훗, 원래 난 귀족이었다고."

"그런가?"

로즈도 참 희한한 녀석이라니까. 남작은 그렇게 호들갑을 떨면서 기피하더니 이 기사에게는 대하는 게 마치 동갑내기 친구 같다. 거참, 내 동생이지만 그 속은 정말 알다가도 모르겠다니까.

아무튼 일단 용건은 물어봐야겠지.

"그런데 같이 온 사람들은?"

내 말에 그는 고개를 돌려 뒤를 돌아보고는 하나씩 손가락으로 가리키며 말했다.

"우선 저 마차는 에롤 양과 로즈를 남작 저택으로 데리고 가기 위한 마차고……."

순간 로즈가 말을 끊고 나섰다.

"이봐요, 왜 에롤은 에롤 '양'이고 난 그냥 로즈야?"

이거야 원, 갑자기 뭐지?

루스? 필리로제스? 아무튼 그도 어이가 없는 듯 피식 웃더니 다시 말했다.

"훗, 그래. 그럼 에롤 양과 로즈 양. 됐지? 아무튼 마차는 그렇고, 저기 세 기사 중 둘은 마차를 호위하기 위한 인원이고 나머지 하나와 내가 임무에 같이 참가할 인원이야."

흠, 역시 남작은 발이 빠르군. 이건 하루빨리 출발하라는 암묵적인 메시지임에 틀림없었다. 하긴 그로서는 마음이 급하기는 할 테지. 공주가 실종된 기간이 늘어나면 늘어날수록 자신의 입지가 줄어들 테니까.

"그나저나 아침 좀 주지 않을래? 새벽부터 달려오느라고 지금 무척 배가 고프거든."

"우리도 식전이니 같이 들지 뭐. 가자, 오빠."

"그래."

루스는 우리와 같이 집 안으로 들어가려다 말고 갑자기 멈칫하더니 우리를 불러 세우곤 자신이 데리고 온 사람들에게 오라고 손짓하고는 말했다.

"아, 그전에 일단 이 사람들을 소개하는 게 도리겠지."

기마용 전신 갑옷으로 중무장한 두 명의 기사가 말에서 내리는 데 시간이 좀 걸리기는 했지만, 어쨌든 그의 손짓에 따라 3명의 기사와 마부 한 명이 차례로 우리 앞에 도열해 섰다.

그런데 어째 좀 분위기가 이상하다.

뭐랄까, 일단 그들의 시선은 흡사 이렇게 속삭이고 있는 듯했다.

'뭐야, 얘들은.'

시선도 그런 데다가 루스에게 눈짓을 하는 품이 이런 애들 불러놓고 뭐 하자는 거냐고 따지는 듯한 눈초리였다.

이거 은근히 기분 나쁘네.

하긴 사실 로즈와 나 둘이서 달랑 서 있으면 말 그대로 어디서나 흔히 볼 수 있는 그야말로 평범무쌍한 남매이니 사실 불평할 거리는 없을지도 모른다.

하지만 그래도 저렇게 노골적으로 깔보는 듯한 시선이라니 너무 심하지 않은가.

자기들 꼴이 어떤지나 좀 알면 좋을 텐데. 영락없는 초짜 용병 꼴을 해가지고선 누굴 깔본단 말인가.

일일이 살펴보자면 그들은 모두 같은 모양의 철판 갑옷을 입고 있었는데, 그중 하나는 흉갑을 제외한 모든 부분이 가죽으로 대체되어 있는 걸로 보아 아마 우리와 같이 가려고 나름대로 준비를 한 모양이다. 그런데 그 꼴이란 게 워낙에 가당치 않으니 원. 나름대로 움직임에 신경 쓴다고 하긴 한 모양인데 저래 가지고는 실용성은 물 건너간 셈이다.

이래서야 바보라도 어느 정도 경험만 있다면 뻔히 알아차릴 만하다. 이 기사가 설령 말 위에서는 얼마나 날고 기는지 모르지만 땅에 발을 딛고 하는 전투에는 거의 경험이 없는 초짜라고 말이다.

일단 기마용 갑옷의 경우엔 전신을 철판으로 둘둘 감고 다녀도 사실 별 상관이 없다. 어차피 말 위에서 취한 행동이라 봐야 창을 목표에 고정시키고 박차를 가하는 정도니까.

하지만 일단 말에서 내린 상태에서 싸우게 된다면 얘기가 다르다. 아니, 집단 전투라면 물론 또 얘기가 달라지긴 한다. 대열을 짜서 길고 긴 창을 내밀고 상대를 압박하는 장창병이라면 그저 창과 방패를 들고 보조를 맞추어 움직일 수만 있으면 되니까 약간 두터운 갑옷을 입어도 상관은 없다. 게다가 그들의 주 임무가 기병대의 돌격을 저지하는 일이었으니 어쩌면 그건 권장할 만한 일이었다.

하지만 싸움의 양상이 개인전 위주로 돌아간다면 얘기는 확연히 달라진다.

일단 규율과 격식이 있는 집단 전투가 아닌 난전의 양상에서는 위에 언급한 식으로 갑옷을 입었다가는 그야말로 맹수 앞에 고기를 던져 놓은 꼴밖에 안 된다. 한마디로 거북이 꼴이니 그 틈 사이로 무기를 쑤셔 넣을 수만 있으면 그 무기가 설령 짧디짧은 단검 하나일지라도 당해낼 수가 없는 이치이다.

그런 면에서 봤을 때 이 기사의 갑옷은 확실히 문제가 있었다.

일단 각 관절 부위까지 죄다 가죽으로 감겨져 있다는 점부터가 글러 먹었다. 도대체 생각이 있는 걸까? 자신이 아무리 순발력이 좋고 힘 또한 알아주는 엄청난 사람, 그러니까 이를테면 주시자 같은 부류의 사람이라도 관절이 저렇게 가죽으로 감싸여져 있어서야 제대로 된 동작을 보일 수 없다. 뭐라 해도 가죽은 신축성이 없는 거나 다름없으니까.

모든 공격과 방어는 결국 몸을 얼마나 잘 움직이느냐가 관건이다. 힘이든 속도든 간에 자신의 몸을 완벽하게 원하는 대로 움직이지 못하면 그게 제대로 발휘될 수가 없다는 아주 기본적인 상식을 어째서 모르는 것일까.

어찌 되었든 그 첫인상에서부터 우선 이 기사는 불합격이었다.

하긴 이런 말 지금 여기서 하면 콧방귀나 뀌어대겠지.

고작 우중충한 색깔의 건틀릿 하나 끼고 거의 자기 키의 삼 분의 이는 됨 직한, 그것도 그냥 대장간에서 아무거나 집어온 듯한 모양의 장검을 짚고 서 있는 동네 꼬마 정도가 아마 그의 나에 대한 첫인상이 아닐까.

ㅡ오, 놀라워. 자신에 대해 그렇게 정확히 알고 있다니.

네네, 어련하실라구요.

루디의 비아냥에 가볍게 대꾸해 준 뒤 그냥 아무것도 모르는 채 빙글거리면서 상대를 쳐다보았다.

"음, 이쪽은 토머스 군이고 이쪽은 로즈 양, 그리고 이쪽은 오른쪽부터 순서대로 하드로스, 벨파인, 제드밀란, 그리고 아가씨들의 마차를 몰게 될 벤."

다른 사람의 이름은 뭐 별 상관 없고, 나와 같이 가게 된다는 기사의 이름만 기억해 두었다. 제드밀란이라, 뭐 나쁘지는 않은 이름이네.

왠지 계속해서 깔보는 듯한 시선이었지만 그래도 자신들의 상관인 루스가 소개를 시키니 예를 표하기는 한다. 훗, 특별히 경이라는 호칭을 쓰지 않는 걸 보면 아직 이들은 작위가 없는 사람들인가 보네.

나나 로즈도 의례 정도는 아버지 성화 때문에 익혀둔 터라 무리없이 답례를 했다.

고개를 들고 바라보니 조금 의아한 표정으로 바뀌어 있다. 아마 속으로 이런 의심이 막 피어오르고 있지 않을까? 혹시 우리가 자신들이 모르는 귀족 자제들은 아닌가 하고. 루스가 자신들을 아무한테나 인사시킬 이유가 없다고 생각했다면 충분히 해볼 만한 추측이긴 한다. 물론 나로서는 좀 우스운 얘기지만.

"이분들은 누구십니까, 필리로제스 경."

결국 궁금증을 참지 못했는지 제드밀란이 말문을 열었다. 어쩌면 불안하기도 하겠지. 혹시 같이 갈 사람들이 이런 꼬맹이들인가 하고 말이야. 내가 저 사람 입장이라도 충분히 그럴 만한 일이다.

"여기 토머스 군은 앞으로 자네와 내가 도와야 할, 음… 그러니까… 대장이라고 해두지."

순간 제드밀란은 얼굴을 찡그렸다. 입을 열어 말하지는 않았지만 저건 누가 봐도 지금 농담하느냐는 뜻이었다.

루스도 그 표정이 뜻하는 바를 모를 사람이 아니었으므로 그 뒤에 이렇게 덧붙였다. 피식 웃으면서 말이다.

"좀 이해가 가지 않을는지는 모르지만 여기 토머스 군은 나보다도 훨씬 뛰어난 실력을 가지고 있네. 정 믿지 못하겠다면 시험해 봐도 좋아."

그러고선 나를 돌아보며 눈을 찡긋거린다.

아뿔싸, 당했군.

루스 역시도 내 실력이 보고 싶어서 일부러 제드밀란이라는 기사를 격동시킨 게 틀림없었다.

분명 루스는 나와 검을 겨누어본 적이 있다. 아니, 정확히 말하자면 내 몸을 조종하고 있던 리필린느 경과 대련을 좀 한 것이겠지만.

허, 이것 참. 어쩐다.

하지만 역시 나에게 선택의 기회는 없을 것 같았다. 제드밀란의 표정만 봐도 알 수 있는 일이었다.

일반적인 반응, 그러니까 씨근덕거린다던가 흥분해서 어쩔 줄 몰라한다든가 하는 건 없었지만 그의 눈빛은 나와 루스를 번갈아서 사납게 쏘아보고 있었다. 마치 루스가 자신에게 심한 모욕을 했다는 듯이. 나름대로 자기 감정 갈무리하는 법을 익히긴 한 모양인데 왠지 아직은 좀 어슬프다. 하긴 내가 이런 말 할 계제는 아니지만.

"좋습니다. 사양하지 않겠습니다."

이런, 이거 말투가 꼭 내가 도전한 것 같잖아? 역시 머리는 좀 돌아가는 모양인가 보다.

귀족이니까 많이 배워서 그렇다고 할 사람도 있을지 모르지만 머리에 든 건 많아도 멍청한 족속이 세상에는 더 많다. 에… 그러고 보니 내가 아는 귀족이라고는 달랑 공주와 남작, 그리고 루스와 루노에서 떵떵거릴 귀족 아들내미 정도군. 이거야 원, 예제가 충실치 못하네.

아차차, 딴생각하고 있을 때가 아니지.

"감사합니다. 서투르다 나무라지 마시고 많이 가르쳐 주시기 바랍니다."

아무래도 제드밀란이라는 이름의 이 기사와 사이가 틀어져 좋을 것이 없으니 일단 연막을 쳐두었다.

음, 아니다. 이거 잘못한 거 같네. 내가 이기고 나면 조롱했다고 생각할지도 모르는데.

"에휴, 하여튼 허우대만 멀쩡하면 뭐 하나. 오빠, 솔직히 내 입에서 이런 말이 나올 날이 오리라곤 절대로 상상하지 못했지만, 살살해. 불쌍하잖아."

허…

이런이런.

제드밀란이 어떻게든 흥분을 감추려고 애쓰는 게 정말 처량해 보일 지경이다. 이것 참. 일났군.

모르겠다. 이미 엎어진 물이니.

"검으로 하시겠습니까, 아니면 맨주먹으로 하시겠습니까?"

뭘로 하더라도 상관은 없었지만, 그에게도 선택의 기회를 주고자 던진 말이었다.

제드밀란은 가만히 나를 노려보면서 자신의 허리춤에 걸려 있는 검집을 툭툭 두드렸다. 뭐, 일단 기사니까 마구잡이 주먹다짐보다는 검으로 깔끔하게 하겠단 뜻이겠지.

나는 고개를 끄덕이고는 사람들이 늘어서 있는 곳에서 몇 걸음 빠져나왔다.

제드밀란은 그런 나와는 반대 편에 자리 잡고 섰다.

서로 준비를 마친 것을 확인하자 루스가 천천히 입을 열었다. 사실 그의 눈은 무언가 재미있는 장난감을 찾아낸 듯한 장난기가 가득했지만, 그 사이로 뭔가 예리한 것이 섞여 있는 것을 알아차릴 수 있었다. 역시 재미 삼아 싸움을 하도록 만든 건 아닌가 보다.

"일단 이 대련은 결투 같은 것이 아닌 말 그대로 대련이니 가급적 상대에게 상처를 입히지 말도록. 검을 놓치거나, 급소에 검이 겨누어졌는데 방어할 수 없는 상황이라면 패한 것으로 간주하겠다."

루스는 그렇게 말하고는 천천히 나와 제드밀란을 돌아보더니 조용히 선언했다.

"시작."

어찌 보면 참 웃긴 상황이기도 하다. 갑자기 꼭두새벽부터 처음 보는 기사와 대련이라니.

하긴 뭐 나도 좀 기분이 언짢았으니까 할 말은 없지만, 그래도 역시 루스의 술수에 놀아난 느낌을 지울 수가 없다.

하지만 그렇다고는 해도 기왕에 하는 거니까 제대로 해봐야겠지. 일단 내 실력을 점검할 수 있는 기회가 될 수도 있으니까.

나와 제드밀란은 천천히 원을 그리면서 상대를 주시했다.

흠, 호흡도 적당하고 발 움직임도 규칙적인 것이 상당히 뛰어난 검사인 듯…

어라? 내가 어떻게 이런 걸 아는 거지?

호흡이 어쩌고 발 움직임이 어쩌고 하는 생각을 자연스럽게 하다니?

물론 내가 리필린느 경으로부터 검술을 전수받기는 했지만 그건 그저 이론일 뿐인데. 호흡이나 발 움직임 같은 건 이론으로 알 수 있는 게 절대 아닌데.

음, 뭐 최소한 나쁜 건 아니니까 그냥 그런가 보다 하고 넘어가자.

그나저나 어떻게 제압을 해야 앞으로 군소리 안 하고 고분고분하게 따를까?

주시자의 능력을 사용하면 승복하지 못할는지도 모른다. 일단 검술이란 건 기술이고 그게 단순무식한 힘이나 속도로 눌리게 되면 그건 거의 조롱이나 다름없을 테니까.

그렇다면 나 역시 기술로 승부를 봐야 한다는 소리인데.

기술이란 게 뭐가 있나? 리필린느 검술에는 기술이라는 자체가 거의 없다. 그저 검과 몸을 일체화시켜 하나의 또 다른 신체처럼 사용한다는 게 리필린느 검술이 지닌 전부였으니까. 그걸 이루기 위한 몸가짐 하나하나의 조언들은 있을지언정 어떤 특정화된 기술이라는 것 자체가 없다.

물론 헤븐즈 볼트라는 것이 있기는 하다. 하지만 이것도 따지고 보면 그저 몸과 검을 최대한 일체화시킨 부산물에 지나지 않는다. 그저 몸과 검을 일체화시켜 하나의 화살처럼 상대를 찔러 들어간다는 것이 헤븐즈 볼트의 실체였다.

이걸 어쩐다.

하지만 더 고민할 틈이 없었다. 제드밀란이 느닷없이 검을 찔러오기 시작했던 것이다.

물론 헤븐즈 볼트에 비한다면야 어림도 없는 속력이었지만, 그래도 어지간한 검사들에 비한다면 참으로 뛰어난 실력이라고 할 만했다.

그러나 문제는 그 검에 힘이 실려 있지 않다는 것이었다.

헤븐즈 볼트의 경우 정말 혼신의 힘을 다하면 마치 내 몸 주위에 돌개바람이 이는 듯한 착각이 들 정도로 강력한 힘을 가지고 있다.

제드밀란의 검은 분명 빠르기 면에서는 수준급이었지만 그저 빠르기만 할 뿐 위력이 약했다.

일단 성인인 데다 어느 정도 오랫동안 검술을 익힌 자라면 어쩐지 너무 약하다 싶을 정도의 위력이었다.

게다가 찌르기의 경우 베기보다 신속하기는 해도 타점이 작기 때문에 빗나갔을 경우 치명적인 헛점을 보이게 된다는 단점이 있었다.

이것은 아마도 견제이리라.

그렇다면!

나는 오히려 찔러 들어오는 검을 향해 뛰어들었다. 하지만 무턱대고 뛰어든 것은 아니었다. 상대의 검이 움직이는 모습을 똑바로 직시한 다음 손목이 주는 임팩트의 절정 즈음에 달려든 것이다.

상대는 이미 찔렀던 검을 회수하는 단계였기에 돌격을 제지할 만한 특별한 방법이 없었다. 고작해야 몸을 옆으로 튕겨 나의 예봉을 피하는 정도?

하지만 정작 내가 노린 것은 제드밀란의 손목이었다.

나는 검도 쓰지 않고 그대로 제드밀란의 손목을 잡아 꺾어버렸다. 그리고 손목을 꺾기가 무섭게 상대의 울대에 검을 들이밀었다.

그런 다음 경악에 물들어 비명조차 지르지 못하고 있는 그의 얼굴을 향해 조용히 말해 주었다.

"제가 이긴 것 같네요."

제드밀란은 얼떨떨한지 아무 말도 못하고 눈을 크게 치켜뜬 채 입만 쩍 벌리고 있었다. 하긴 좀 놀랄 만도 하다.

사실 그가 확실히 방심한 점이 없지는 않았다. 일단 내가 어느 정도 실력이 된다는 것을 알았다면 그런 식으로 견제 따위를 해볼 이유가 없을 테니까.

실전에서 검을 움직인다는 건 상대의 목숨을 노릴 때뿐이다. 견제라는 건 쉽게 말하자면 위협과 같은 것으로 상대와 나의 거리를 가늠해보는 것 이외에 상대의 방위를 미리 차단한다는 목적이 있었지만, 서로 생명을 걸고 하는 전투에서라면 쓸데없는 일에 불과했다. 아무래도 찌르기 자체가 헛점이 많은 공격이니 말이다.

하긴 그렇다고는 해도 그 타이밍을 정확히 읽고 그 틈을 이용해 제압한다는 건 보통 어려운 일이 아니다. 물론 내 입으로 이런 얘기 하면 잘난 척한다고 할는지는 모르지만 사실 예전까지만 해도 그런 거 꿈도 못 꾸었었다. 호흡을 읽고, 발 움직임을 보고, 상대의 공격이 극점이 어딘지 파악한다는 그런 일 따위 절대 상상도 못했었다.

이유가 무얼까. 난 잠시 자다 깨어난 정도로밖에 생각되지 않는데, 그 중간에 무언가가 또 있었던 걸까.

아무튼 나는 그의 팔을 잡고 있던 손을 풀어주고 칼을 거둔 다음 가볍게 고개를 숙여 인사하고는 루스에게 다가갔다. 하지만 제드밀란은 그런 나를 말없이 놀란 표정으로 계속 주시하기만 할 뿐 움직이지도 않았다.

내가 다가가자 루스와 로즈는 그래도 씨익 웃으며 반겼지만 그들을 제외한 다른 두 명의 기사와 마부의 표정은 정말 볼 만했다. 뭐가 어떻게 된 건지 도저히 모르겠다는 그런 표정을 지은 채 나와 제드밀란을 번갈아 바라보고만 있었다. 하긴 거의 정기사나 다름없는 자를 성년도 안 된 꼬맹이가 숨 한 번 들이쉬기도 전에 제압하는 걸 보고 놀라지 않으면 그게 사람이겠는가.

루스는 내가 다가가자 내 어깨를 손바닥으로 툭툭 치면서

"여전하군."

"별말씀을."

속이 뻔히 들여다보인다. 목적이 정확히 뭔진 몰라＿ ＿무러 ＿런 거라는 걸 뻔히 아는데 말이다.

생각해 보면 루스 역시도 줄곧 밖에 있다가 이제사 남작 휘하에 다시 편입된 것일 테니 반감 같은 게 없다고는 보기 어려울 것이다. 역시 그럴 때는 실력을 보여서 뒷말이 안 나오게 하는 게 최고겠지만, 자기가 나서면 모양새가 역시 안 좋으니 나에게 대신 하도록 만든 게 아닐까?

그렇다고 해도, 어쨌거나 기분 좋게 받아들이긴 힘들다. 뭐라 해도 누군가 나를 이용한다는 자체가 기분 나쁘니까.

하지만 그걸 티 낼 수도 없는 일이다. 일단은 잠시지만 함께 일을 해야 하니까. 가급적 친한 게 좋지 않겠는가.

"그럼 들어가서 식사나 같이 하죠."

"음, 그러지. 자네들도 들어오게."

루스가 손짓하자 아직까지도 어리둥절한 표정으로 나와 제드밀란을 바라보던 세 사람은 그제야 조용히 우리 뒤를 따라왔다.

훗, 잠시 대련 한번 한 것뿐인데 움직임이 이미 달라져 있었다. 아까는 미기적대는 태도가 보일 듯 말 듯 감추어져 있었는데 이젠 빠릿하게 움직인다. 루스는 아마 이걸 노린 건가 보다. 뭐, 아니라고 해도 상

관은 없지만.

그런데,

내가 막 문 손잡이를 잡고 문을 열려던 찰나였다.

갑자기 문이 안쪽으로 확 당겨졌다!

"앗!"

문을 열려고 중심을 기울이면서 막 힘을 주던 찰나였기 때문에 난 아차 하는 사이에 앞으로 쏠리며 비틀거렸다. 하지만 막 넘어지려는 찰나 무언가 푹신한 것에 얼굴을 부딪치는 바람에 멈추어 설 수 있었다.

그런데 이 느낌은?

설마… 설마…

아무래도 불길한 예감에 허겁지겁 뒤로 물러나며 고개를 들려고 했다.

그런데 다시 그 순간!

마치 눈에서 화려한 폭죽이 파파팍 하고 튀어 나가는 듯한 착각과 함께 갑자기 시야가 순식간에 어두워진다.

우우… 잘난 척했다고 벌받은 건가. 모처럼 멋진 모습을 보여주나 싶었는데.

결국 난 비명 한번 지르지 못하곤 그대로 기절해 버리고 말았다.

"으음."

생각해 보면 나만큼 뻔질나게 기절하는 놈도 드물 거다. 하긴 아예 몇 달을 영혼이 봉인당한 채로 있기도 했으니 비교할 만한 대상이 없는 게 당연하긴 하지만.

아이구, 머리야.

만져 보니 뒤통수에 주먹만한 혹이 매달려 있었다. 크으, 도대체 뭐에 부딪치면 이렇게 된담. 아우, 진짜 아프네.

뭔가 와자지껄하는 소리가 들린다. 도대체 뭐지.

그제야 어기적거리며 몸을 일으켰다. 음, 이건 마룻바닥?

뭐냐, 이건.

세상에. 엎어진 채로 가만 놔둔 거냐? 너무하잖아, 이건.

갑자기 화가 나서 벌떡 일어섰다. 어떻게 사람이 뒤통수를 얻어맞아 기절해서 널브러져 있는데 그걸 그대로 놔둔단 말인가.

내가 벌떡 일어나자 마침 식탁에서 껄껄거리던 루스와 눈이 딱 마주쳤다.

"아, 일어났군."

그런데 그 다음의 반응이 참 다양했다.

로즈는 콧방귀를 흥 하고 뀌더니 날 외면해 버렸고, 에롤은 얼굴이 벌게지더니 고개를 폭 수그렸다. 엘리스는 의자 등받이에 기대서는 피식거리며 웃기 바쁘다.

남자들은 대체로 나를 이상한 눈빛으로 쳐다보고 있었는데 분명히 호의라고는 보기 힘들었고, 개중에는 피식거리며 웃는 자들도 있었다.

뭐지, 이 묘한 분위기는.

"좋은 꿈 꿨어, 마스터?"

여전히 피식거리며 재미있어 죽겠다는 얼굴로 엘리스가 말을 걸어왔다. 그런데 좋은 꿈이라니?

"무슨 소리야?"

은근히 성질이 나서 쏘듯이 대꾸하자, 엘리스는 아예 고개를 숙이고 킥킥거리며 웃기 시작했다. 그리고 그와 동시에 에롤이 허겁지겁 일어나서는 방으로 도망치듯 들어가 버렸다.

"에롤?"

멍청하게 그녀의 뒷모습에 대고 불러보았지만, 소용없는 일이었다. 그리고 그와 동시에 온 집 안이 킥킥거리며 웃음을 참는 소리로 들석거리기 시작했다.

아무래도 상황이 이쯤 되면 뭔가 이상하다고 느낄 수밖에 없다.

내가 의문을 가득 담은 눈으로 식탁에 둘러앉은 사람들을 둘러보자, 사람들은 도저히 더 이상은 참기가 힘들었던지 저마다 식탁과 의자를 붙잡고 폭소를 터뜨리기 시작했다.

"뭐, 뭐야? 왜들 그래?"

"하, 기억이 안 난다고 할 참이야? 하여튼 간에 쪼끔 나아졌다 싶었더니만 어디 제 버릇 남 줘? 어떻게 내 주위엔 온통 변태들뿐이람."

도대체 아직도 감이 안 잡힌 나로서는 이해하기 힘든 말뿐이었다. 아, 아니다! 그럼 설마?

"하하… 하, 로즈, 마스터가 일부러 그런 것도 아니잖니."

"그러니까 더 열이 받는다는 거지! 멍청한 척하면서 온갖 변태 짓은 다 하고 다니니 원. 내가 어떻게 얼굴을 들고 다니냐고!"

기절하기 전의 기억을 되살려 보았다. 갑자기 문이 당겨지는 바람에 앞으로 넘어질 뻔했다가 얼굴을 무언가 부드러운 것에 부딪치고서는 왠지 기겁해서 뒤로 물러나려다가…

이, 이런. 그럼 그 부드러운 물체가…

"설마, 에롤?"

엘리스는 여전히 웃는 얼굴로 또박또박 한 자씩 힘을 주어가며 대답했다.

"맞. 아."

오, 세상에!

"그리고 그걸 본 로즈가 있는 옆에 있던 빗자루를 들어서 있는 힘껏 마스터 머리를 후려친 거지. 정말 대단해. 아무리 그래도 마스터쯤 되는 사람을 일격에 기절시키다니 말야. 도대체 어떻게 납치가 된 건지 전혀 이해가 안 간다니까."

으윽……

이, 이걸 어쩌지. 앞으로 어떻게 에롤의 얼굴을 본담.

그렇게 안절부절못하면서도 자꾸만 아까의 그 부드러운 감촉이 떠올르며 머리로 피가 마구 몰리기 시작했다. 귓속이 쿵쿵거리는 게 아주 귀를 먹어버릴 것만 같았다.

이러지도 못하고 저러지도 못하고 안절부절못하면서 얼굴만 붉히고 있다가 문득 변명이라도 해야 하는 게 아닌가 하는 생각이 들었다. 그리고 그런 생각이 떠오르자 어느샌가 나 자신도 모르게 에롤이 들어간 방의 문을 두드리고 있었다.

똑똑똑.

하지만 안에서는 아무런 대꾸가 없었다. 너무나 조용했다. 덕분에 불안해 미칠 것만 같았다.

실수라고는 해도 그녀에게 무례를 범한 것은 사실이었으므로 더욱 그랬다.

"저기, 에롤."

조용히 말을 걸어보았지만 역시 대꾸가 없다.

그대로 계속 망설이다가 용기 내어 문을 열었다.

문을 열자 침대 모서리에 조용히 앉아 있던 에롤이 잠시 그런 내 모습을 돌아보고는 다시 외면해 버렸다. 순간 어떤 다급함이 걷잡을 수 없이 내 전신을 휘감았다.

그녀가 나를 좋아하지 않는다는 것은 이미 너무나도 잘 알고 있었다. 그녀가 좋아하는 것이 다른 누구라는 것도 이미 너무나 잘 알고 있었다. 그리고 그런 사실을 뻔히 알면서도 포기하지 못하는 내 자신도 너무나 잘 알고 있었다.

나는 문을 닫고 천천히 다가가 그녀의 옆 자리에 말없이 앉았다.

빌어먹을 정적이 방 안을 온통 가득 채우기 시작했다.

무슨 이유에서인지는 몰라도 바깥에서도 아무런 소리가 들리지 않는다.

결국 질식할 것만 같은 침묵에 질려 버린 내가 먼저 입을 열었다.

"저기……."

"토미……."

하지만 나만 정적에 숨이 막혔던 것은 아닌가 보다. 에롤 역시 나에게 말을 걸다가 입을 다물고 만다. 그래도 방금 일 때문에 날 싫어하게 되었다든가 한 건 아닌가 보다.

그 생각에 용기를 얻은 나는 다시 우물쭈물 입을 열었다.

"저기… 미안해, 에롤. 그게 나도 모르게 그만."

고개를 숙인 채 횡설수설 입을 열던 나는 거기까지 말하다가 그만 입을 다물었다. 에롤의 손이 조용히 내 손을 잡았기 때문이었다.

조용히 고개를 들었다. 어느샌가 에롤이 그런 나를 말없이 바라보고 있었다.

"에롤……."

"괜찮아, 미안해할 거 없어."

왠지 창피해져서 고개를 다시 수그렸다. 그러자 내 손을 조용히 잡고 있는 그녀의 손이 시야에 들어왔다.

그렇게 잠시 아무 말 없이 앉아 있는데 다시금 에롤의 목소리가 조용히 들려왔다.

"미안하다고 말해야 할 건 오히려 내 쪽일 거야."

하지만 난 그녀의 손에서 전해지는 따스한 체온에 머리끝까지 피가 몰리는 느낌이었던 터라 아무 대답도 못하고 그저 가만히 그녀의 말을 듣기만 했다.

"사실 나 같은 거 좋아해 주는 토미한테 언제나 미안하다고는 느끼고 있으면서도, 언제 한번 제대로 미안하다고 말해 준 적이 없는 것 같아. 그래서 난 더 이기적인 계집애인가 봐."

무슨 말인가 싶어 고개를 들었다. 하지만 에롤은 이미 나에게서 시선을 돌린 채 고개를 숙이고 조용히 독백하듯 말하고 있었다.

"내가 좋아하는 사람이 나를 봐주지 않는 것에 화를 내면서도, 나 역시도 나를 좋아해 주는 사람의 시선을 언제까지나 모른 척하고 있으니까."

뭐라고 대답할 말이 없었다.

"언젠가 이런 얘기를 들은 적이 있어. 사랑이란 결국은 모두 외사랑이래. 한 사람이 다른 사람을 사랑할 수는 있지만, 그 사랑의 무게만큼 사랑받을 수는 없는 거래. 물론 서로 사랑할 수는 있지만, 내가 주는 사랑에 비해 받는 사랑은 언제나 모자란 듯이 느낀다고."

"에롤……."

"어쩌면 원래 사랑이란 이기적인 것일지도 몰라. 그래서 더 슬픈 것이겠지만⋯⋯."

그녀의 말을 들으며 나는 조용히 반문해 보았다.

그녀를 사랑하는 것이 결국 나를 위한 것은 아니었을까.

쉽게 대답하기 힘든 문제였다. 그녀를 행복하게 해주기 위해 사랑한다는 것 자체가 말이 안 되는 일이었으므로.

그녀를 바라보면서 느끼는 작은 행복, 그녀의 미소를 보면 조용히 가슴을 덥혀주는 심장의 고동 소리.

난 단지 그 감정을 사랑하고 있는 것은 아니었을까.

난 정말 그녀를 사랑하고 있었던 것일까.

다음날이 되자 나는 부랴부랴 에롤과 로즈를 마차에 태워 남작의 집으로 보내 버렸다.

더 이상 함께 있으면 나 자신에 대한 모든 확신이 무너져 버릴 것만 같았다.

그냥, 차라리 떨어져서 그리워하는 것이 나에게는 더 편한 사랑의 방법이라고 생각했기 때문이다. 물론 그것이 단순한 도피, 그 이상은 절대 될 수 없다는 것 정도는 잘 알고 있었지만.

에롤은 마차에 탈 때까지 아무 말 없다가 마차가 움직일 때쯤 되어서야 다음에 또 보자는 말만 하고는 그대로 떠나갔다.

두 명의 기사가 호위하는 그녀들의 마차는 곧 시야에서 사라져 버렸다. 하지만 난 한동안 움직이지 않고 계속 그들이 사라진 방향을 계속 바라보고 있었다.

그리고 다시 집 안으로 들어오자 루스와 엘리스, 그리고 제드밀란 세 명이 탁자에 둘러앉아 나를 기다리고 있었다.

"자, 이제 레이디들도 떠났으니, 우리가 할 일에 대해 생각해 보는 게 좋겠지."

먼저 운을 떼우는 루스를 본 체 만 체하며 자리를 찾아 앉았다. 루스는 그런 나를 힐끔 바라보며 천천히 본론을 꺼내기 시작했다.

"우선 중요한 건 공주가 과연 어디로 향했을까 하는 건데……."

"본거지를 아직 옮기지 않았다면 그들은 무안의 성에 있을걸요."

아무것도 아니라는 듯이 한마디 툭 던지자 엘리스를 제외한 다른 두 기사의 눈이 휘둥그레진다. 기분도 우울한데 좀 놀려줄까.

"그들의 본거지를 알고 있나?"

"정확하게 지도상에서 짚을 수는 없지만 한 번 가본 적은 있어요."

문득 그때의 일들이 떠올랐다.

메프와 크라이스는 지금쯤 어떻게 되었을라나.

무사히 그곳에서 빠져나왔을까.

하긴 크라이스는 나 같은 녀석과 달리 천재 소리를 듣는 사람이니 알아서 잘했겠지.

문득 메프를 마지막으로 보았던 기억이 떠올랐다.

절규하며 나를 향해 손을 뻗치던 그녀의 모습.

후우, 그리고 보니 벌써 두 번이나 그녀 때문에 죽을 뻔했던 건가.

정말 이상한 건, 지나고 보면 내가 왜 그런 행동을 한 것인지 전혀 이해가 가지 않는다는 점이다. 그녀를 정말 생명을 걸고 지켜야겠다고 생각할 만큼 좋아한다고 생각한 적은 없는데 말이다.

사실 따지고 보면 메프에 대한 감정이란 게 참 이상한 면이 있었다.

그때 메프를 구하러 갔던 것도 사실 순전히 에롤의 부탁에 곁가지로 끼어든 일이었고, 그렇게까지 내 몸을 던져 그녀를 지킬 이유는 없었던 것 같은데.

영살검주의 검에 찔리던 기억이 문득 떠오르자 나도 모르게 피식 웃으며 한마디 덧붙였다.

"덕분에 죽을 뻔했죠."

"으음."

루스는 잠시 무언가를 생각하는 듯하다가 불현듯 질문을 던진다.

"자네가 갔던 그 성이 본거지라는 건 어떻게 아는 거지?"

"영살검주와 그의 심복들이 머물고 있었으니까요."

아무것도 아니라는 듯 덤덤하게 대답했지만 루스는 자리에서 벌떡 일어나며 말했다.

"그를 만났나?!"

하긴 그들로서는 그의 행방이라면 어떻게든 밝혀내고 싶었을 테니 당연한 반응일까. 말해 놓고 보니 좀 아쉽다. 이런 정보는 무척이나 뜸을 들인 뒤에 말해 줘야 했을 텐데.

사실 내가 남작이 맘에 들어서 이렇게 도와주기로 한 것도 아닌 한에야 조금 놀려보는 것도 나쁘진 않을 거란 생각이 들었던 것이다.

"만나기만 했나요, 그의 검에 찔리는 영광도 얻었는걸요."

"뭐?"

루스는 정말 놀라 버렸는지 잠시 아무 말도 하지 못했다. 그리고 떨리는 목소리로 중얼거리듯이 말했다.

"설마 소울 브레이커에 찔렸다는 얘기는 아니겠지."

"아뇨, 그 검이 맞아요. 덕분에 고생 좀 했죠."

내 대답에 루스는 또 한동안 말없이 나를 바라만 보다가 털썩 주저앉았다.

그를 대신해 이번에는 제드밀란이 입을 열었다.

"그, 그 검은 영혼을 부수는 마검이라고……."

일단 무왕 칼스의 소울 브레이커가 영혼을 부수는 마검이라는 건 너무나 유명한 얘기인지라 그들이 놀라는 것도 무리는 아니었다. 게다가 직접 찔려본 사람을 눈앞에서 마주하니 그들로서야 감회가 새롭지 않겠는가. 하하.

"으음, 전설은 거짓이었단 말인가."

으음, 어떻게 하지?

루스는 아무래도 내가 멀쩡한 걸 보고 영혼을 부수는 마검이라는 소리가 거짓이라고 판단했나 보다.

물론 그것이 약간의 과장이기는 했지만 완전히 틀린 얘기는 아닌네.

사실을 말해 주고 싶은 생각이 불끈불끈 일어났지만, 짐짓 엘리스가 눈짓을 보내는 걸 보고는 가만히 있었다. 하긴 그 얘기를 꺼내다 보면 내게 소울 브레이커가 있다는 말까지도 자연스럽게 나오게 될 테니, 해봐야 득 될 게 없긴 하다. 소울 브레이커를 쫓는 건 그들 역시 마찬가지니까.

제15장 네가… 어째서?

네가… 어째서?

일단 우리 네 명은 영살검주의 본거지라고 생각되는 무안의 성으로 방향을 잡았다. 왕실 소속의 마법사 몇몇이서 공주 납치에 사용된 마법진을 비밀리에 분석하고는 있었지만, 대놓고 할 수도 없는 일인지라 아무래도 시간이 걸릴 수밖에 없었고 지금 여건으로는 그걸 마냥 기다리고 있을 수도 없었다. 게다가 무엇보다도 능글맞은 데런이 그것에 대한 대비를 하지 않았을 리도 없지 않은가.

막상 출발하려고 보니 이 일행, 엄청 초라해 뵌다. 그럴듯한 기사 두 명이야 그렇다 쳐도 아직 다 크지도 않은 소년 하나에 톡 건드리기만 해도 부러져 버릴 것 같은 가냘픈 여인이라니.

무엇보다도 가장 불안해하는 건 제드밀란이었다. 나야 상대해 봤으니 그렇다고 쳐도 엘리스는 아무리 봐도 거친 일과는 거리가 멀어 보였으니 당연한 일이겠지. 다만 나의 경우로 미루어 그녀 역시 무언가 상상 못할 힘, 이를테면 마법사 같은 게 아닐까 하고 생각하는 모양이긴 했다.

그렇다고는 해도 역시 영살검주와 그의 쟁쟁한 부하들, 그리고 그들이 이끌고 있는 병사들을 생각하면 나 역시 불안해지는 건 어쩔 수 없었다. 도적 길드의 힘을 빌어 쓸 수는 있었지만, 당장 네 명이서 주섬주섬 짐을 꾸리는 걸 보고 있자니 마음이 별로 편치 않다. 내가 이런데 제드밀란의 심정이야 이해하고도 남는 일이 아니겠는가.

무슨 수로 잠입할 것인지, 그리고 스스로의 의지로 영살검주에게 간 것이 확실한 공주를 과연 아무 탈 없이 데리고 올 수 있을지, 모든 게 짙은 안개 속에 가려진 것처럼 불확실했으나 그렇다고 가만있을 수도 없는 일이니 어쩔 수 없었다.

그렇게 일말의 불안감을 애써 외면하며 조촐하게나마 여행에 필요한 물품들을 챙기고 있을 때였다.

"괜찮다니까?"

도저히 얼굴이나 자태, 목소리와는 어울리지 않는 텁텁한 어조. 내막을 아는 나로서도 도저히 용납이 안 되는 그 말투의 주인공은 보나 마나 엘리스였다.

"레이디를 걷게 하는 건 기사의 도리가 아닙니다. 어서 말에 오르시죠."

다짜고짜 나오는 반말에도 제드밀란은 꿋꿋하게 자기의 소신을 밀어붙인다. 하긴 예법 또한 기사의 소양 중 하나이니 그의 이런 행동은 전혀 어색할 게 없는 일이었지만, 적어도 엘리스는 그가 평소 보았던 다른 여인들과는 확실히 다른 사람이었다.

전에 엘리스 스스로도 말했지만, 몸이 바뀐다는 것은 단순히 옷 갈

아입는 것 같은 일은 아닐 것이다. 자세하게 말은 하지 않아서 정확한 것은 알 수 없지만, 그녀로서도 여러 가지로 고민되는 일이 많겠지.

늘상 생각하는 거지만 엘리스는 역시 나보다 훨씬 많은 세월을 살아온 것 같다. 생각하는 거며, 말하는 거며…… 그러면서도 어떨 때는 보통 어른들의 사고보다도 훨씬 깊은 것처럼 보이지만 어떨 때는 한없이 개구장이 같기도 하다. 정말 이해 불가능한 여자… 여자 맞나? 저몸이 진짜 몸이라고 했으니 여자가 맞겠군.

"레이디라… 후, 할 수 없군. 알았으니까 그만 좀 하라고."

애초에 그들 둘이 각자 한 마리씩의 말만 가지고 온 게 문제였다. 수도로 들어가면 말이야 쉽게 구할 수 있겠지만, 수도에 아직 남아 있을지 모르는 영살검주의 일당이 우리의 움직임을 포착하는 건 절대로 즐거운 일이 아니었다. 그럼 말 한 마리에 두 사람이 타고 가야 한다는 얘긴데…

"나랑 마스터랑 당신 말을 탈 테니, 당신은 당신 상관이랑 같이 타고 가라고."

사실 나로서야 그냥 뛰어가도 별문제는 없었다. 그냥 뛰어가더라도 이들이 말 달리는 속도에 뒤처지지 않을 자신이 있었으니까. 주시자의 몸이란 건 확실히 이런 면에서는 무척이나 쓸 만하다.

엘리스의 말에 제드밀란은 얼굴이 알게 모르게 살짝 굳었다. 생각해 보면 내가 루스 뒤에 타고 엘리스가 제드밀란과 함께 타는 건 그림이 그다지 나쁘지 않지만, 산만한 덩치의 기사 둘이서 함께 말을 타고 가는 모습은 좀 별로군.

"왜 떫은 표정이야? 싫어?"

후, 저런 얼굴에서 저런 말투라니. 제드밀란이야 속으로 그러겠지. 얼굴이 이쁘니 참는다고. 그리고 엘리스도 생각할 거다. 네놈 속 모를 줄 아냐라고.

솔직히 루스보다 먼저 자신의 말에 오를 걸 제안한 걸 보면 제드밀란 저 녀석, 아무래도 엘리스한테 관심이 있는 모양이다. 후후, 하지만 엘리스가 누구던가. 제드밀란 정도로는 도저히 감당 안 되는 사람이 엘리스다.

"하, 하지만 토머스 군이 과연 제 말을 몰고 갈 수 있겠습니까? 우리는 무척 급한 상황입니다."

"음?"

말이라, 몰고자 한다면 못할 건 없다. 잠시 기절할 정도로 머리를 후려치기만 하면 된다. 그냥 그렇게만 하면 된다. 하아…

하지만 엘리스는 고개를 갸웃거리더니만 이렇게 대답했다.

"누가 우리 마스터한테 말을 맡긴다고 했지? 말은 내가 몰 거야."

"레이디가?"

약간 벙찐 표정으로 제드밀란이 대답하자, 엘리스는 피식 웃으며 루스를 흘깃 보고는 말했다.

"모르긴 해도, 당신 상관보다야 내가 나을걸?"

당사자인 루스도 그 말엔 약간 언짢은 기색이었지만, 그렇다고 빈말은 아니었다. 아니, 엘리스로서는 나름대로 무척이나 진지하게 말한 것이었다.

"야하!"

남자 모습이었을 때는 완전히 변태 같아 보이던 게 여자 모습일 때는 무척이나 자연스럽다. 역시 원래 여자였다는 게 사실인가 보다.

"이익!"

남자 체면에, 아니, 기사 체면에 여자에게 승마 실력이 달린다는 게 무척이나 자존심 상했는지 루스는 기를 쓰고 뒤쫓아 왔지만, 우선 가냘 픈 아가씨와 소년이 탄 말과 건장한 기사 두 명이 탄 말이란 건 싣고 있는 무게부터가 달랐다.

"아하하!"

엘리스도 기분이 썩 나쁘지는 않은 모양인지, 파란 머릿결과 하얀 옷깃을 휘날리며 달리는 모습이 마냥 즐거워 보이기만 한다. 물론 뒤에 매달린 나로서야 그 머리카락과 옷자락이 눈앞에서 나풀거리는 바람에 정신이 하나도 없을 지경이었지만 말이다.

거의 반나절을 죽어라 달리는 바람에 말도 사람도 거의 거품을 빼어 물 지경이 되어서야 엘리스는 겨우 말을 멈추었다. 세상에, 엉덩이며 허벅지며 무슨 몰매를 맞은 것마냥 쑤시고 결린다.

"으으으……."

실신할 것만 같은 기분에 거의 굴러 떨어지는 모습으로 말에서 내렸 건만, 엘리스는 전혀 지친 기색도 없이 우아한 모습으로 사뿐히 내려선 다. 세상에.

"뭐야, 겨우 그거 가지고 지친 거야?"

단순히 뒤에서 그녀를 붙잡고 있기만 했는데도 나는 이 모양으로 지쳐 버렸건만, 바람에 휘날려서 머리카락이 좀 붕 떠 있다는 것만 빼면 엘리스는 처음 출발할 때와 달라진 게 거의 하나도 없었다.

털컹.

숨이 턱까지 차 오른 상황에서도 인간 같지 않은 엘리스의 모습에 혀를 내두르기 바빴는데, 문득 금속성의 소음이 들렸다. 아니나 다를까, 그건 제드밀란이 말에서 내리려다 발이 꼬여서 널브러지는 소리였다.

"헉헉."

아예 일어날 엄두도 나지 않는지 널브러진 채 한 손으로 눈가를 가리고 숨을 몰아쉬기 바쁘다. 루스는 아예 내려설 엄두도 안 나는지 말 등에 기댄 채로 축 늘어져 있다. 그래, 난 정상인 거다. 엘리스가 괴물인 거다.

"요새 남자들은 왜 이렇게 약해 빠진 거야? 겨우 말 좀 달린 거 가지고."

겨우가 아니라고, 겨우가.

도대체 인간으로 보이지를 않는다. 나름대로 주시자가 되고 나서 체력이 달린다고 느낀 적이 없건만, 이건 도대체가.

―휘유, 엄청나군.

―하긴 뭐, 당연할 수도.

내 속의 영혼들도 놀란 것인지 뭐라뭐라 중얼거렸지만 내가 내뱉는, 그리고 저기 루스와 제드밀란이 내뱉는 거친 숨소리에 가로막혀 제대로 들리지도 않을 지경이었다. 아, 물론 말들도 마찬가지고.

엘리스는 휘적휘적 잠시 우리가 회복되기를 기다렸지만, 나부터 다리가 후들거리는 판에 다른 둘이야 말할 것도 없는 일 아니겠는가.

"쳇, 오랜만에 기분 좀 내볼려고 그런 건데."

투덜거리긴 했지만, 어쩐지 다른 둘에게는 보이지 않게 슬며시 웃는 모습을 봐서는 일부러 저들의 기를 죽이려고 한 짓 같다.

그리고 그녀의 그런 속셈이 먹힌 것인지, 두 기사는 그 이후로 절대 그녀의 심기를 거스르려 하지 않았다. 그날의 남은 반나절 동안 휴식하는 대가로 말이다.

정말 미친 듯이 말을 몰아댄 덕분에 그렇게 되긴 했지만, 스스로 자초한 일이었던 만큼 루스와 제드밀란은 따로 무슨 반박을 하지는 못했다. 쯔쯔, 그러길래 누가 엘리스를 건드리랬나. 솔직히 엘리스는 나로서도 감당이 안 되는 사람이란 말이다.

물론 그렇기는 하더라도 사실 나 역시 기분이 썩 나쁘지는 않았다. 내가 특별히 귀족에게 무슨 반감을 가지고 있다거나 한 건 아니지만, 그건 일종의 평민의 공통 심리라고나 할까? 별말 아닌데도 왠지 자괴감 때문에 열등감을 느끼고는 했었는데, 엘리스 덕분에 그런 기분이 확 날아가 버렸으니 어쩐지 후련하기까지 하다. 훗, 나도 어쩔 수 없는 평민이라 이건가.

우리가 이렇게 통쾌해하는데, 반대로 당한 입장인 저들이 기분이 좋으면 그것도 이상한 얘기일 것이다. 왠지 이대로는 승복할 수 없었던지 차마 엘리스한테 뭐라고 하지는 못하고 나한테 괜히 대련을 하자고 한다.

나로선 가급적 그의 심기를 더 이상 건드리고 싶지 않았다. 사실 미우나 고우나 일단은 같이 일을 해야 할 처지인데 이런 식으로 괜한 경쟁심을 불태워 봐야 무슨 소득이 있겠는가.

"으라압!"

하지만 제드밀란의 생각은 영 다른 모양이다.

"핫!"

위에서 아래 방향 사선으로 크게 휘둘러진 검을 옆으로 슬쩍 몸을 빼면서 피했다. 왠지 장난 같지 않은걸.

그래, 솔직히 엘리스의 허리를 껴안고 말을 타는 거, 남자라면 누구나 부러울 만한 일이다. 아직 소년에 불과한 나의 품 안에도 쏙 들어올 만큼 가는 허리와 옷자락 너머로 전해지는 부드러운 살결, 그리고 정신없이 눈앞에서 휘날리는 그녀의 푸른 머릿결. 거기에 바람결로 전해지는 희미한 그녀의 체취까지. 솔직히 남자라면 누구나 부러워할 만한 상황이지만, 나로선 떨어지지 않기 위해 발버둥 치는 것만으로도 벅찬데 그런 걸 느끼고 어쩌고 할 틈이나 있겠는가. 뭐, 출발할 때만큼은 그런 거 상관없긴 하지만.

―기본은 그런대로 잡혀 있지만, 역시 쓸데없는 동작이 너무 많군.

내가 없는 동안 직접 몸을 움직이던 게 기억이 나는 걸까. 평소답지 않게 리필린느 경이 그의 동작 하나하나를 분석하고 있었다.

사실 내가 보기에도 그의 동작에는 헛점이 많다. 물론 내가 실력이 좋다거나 해서 그런 걸 본다거나 하는 건 아니다. 다만 보통 사람보다 월등히 뛰어난 민첩성과 동체 시력을 가지고 있다 보니 보지 않으려고 해도 좀 보인다는 것뿐이다. 오랜 수련으로 익힌 게 아니라 꺼림칙하긴 했지만 그래도 어쩌겠는가, 이미 내 몸이 그렇게 되어버린 걸.

그래도 좀 장난기가 드는 건 어쩔 수가 없어서 한 손으로 슬쩍 그의 어깨를 툭 쳤다. 몸의 중심이 이미 돌아간 상황에서 완전히 칼이 접혀 있는지라 제드밀란은 피할 수도 없었지만, 검으로 공격한 것도 아니고 장난 식으로 툭 쳐서 그런지 더 열이 받아서 날뛰기 시작했다. 이크, 기사한테 대련 중에 장난을 걸었으니 당연한 일인가.

이미 검을 휘두르던 원심력이 있었기에 방향을 바꾼다든가 하지는 못하고 그대로 한 발을 들어 뒤쪽으로 내뻗었다. 나름대로 연계성이 높은 동작이긴 하지만, 그것도 예비 동작이 보여 버린다면 별로 쓸모가 없다. 이미 그가 몸을 돌리고 발을 들어 올리는 걸 보고 다음에 그런 공격이 나올 거란 걸 예측한 나는 그가 회전하는 방향으로 같이 몸을 이동시켰다.

내가 그의 뒤를 잡은 채 계속 내어줄 생각을 하지 않자 그는 그것이 자신을 놀리는 것이라고 느꼈는지 얼굴까지 붉혀가며 다시 맹렬히 검을 휘둘렀다. 하지만 검을 휘두르기 위해 근육이 경직되는 것까지 훤하게 느껴지는 판국에 그런 공격이 나에게 통할 이유가 없었다.

확실히 이건 다시 깨어난 후에 새로이 생긴 능력이었다. 그전까지는 이렇게 상대의 동작을 사전에 간파한다든가 하는 기술 따위 생각할 엄두도 못 냈었는데, 이젠 아주 자연스럽게 그게 이루어진다. 스스로의 시간에 공백이 생긴 건 별로 좋은 일이 아니었지만, 이런 보상이라도 뒤따르니 그냥 나쁘다고만 말할 수도 없었다.

"세상의 저울은 항상 공평한 법이지."

문득 메프가 전에 해주었던, 바로 그 저울에 대한 얘기가 다시 떠올랐다. 잃는 것이 있으면 무언가 얻는 게 있는 법이라는 그녀의 얘기가 말이다. 하지만 한 사람의 인생에서 짧다고는 하더라도 공백이 생기는 것과 이런 능력이 생긴 것 두 가지가 서로 같은 무게라고 할 수 있을까. 내 인생의 저울은 항상 수평을 유지하고 있는 게 맞는 걸까.

문득 제드밀란의 검이 눈앞에서 스치듯이 지나간다. 아차, 대련 중에 한눈을 팔다니. 아무리 버릇이라고는 하지만 나의 잡생각은 역시 좀 도가 지나친 면이 있는 것 같다.

하지만 그런 생각을 하고 있는 와중에도 제드밀란의 검은 사정없이 나를 향해 찔러 들어오고 있었다. 전번의 설욕이라는 의미도 있겠지만 확실히 전과는 다르게 내뻗는 동작 하나하나가 훨씬 날카로운 느낌이었다.

나름대로 싸움에 집중해 보려고 마음을 다잡을 때였다.

"마스터, 파이팅!"

컥, 이게 무슨!

난데없이 들려온 엘리스의 그 말에 나도 모르게 현기증을 느끼고 비틀거리고야 말았다. 아무리 대련 중이라지만 이런 빈틈을 보이다니…….

하지만 그와 같은 반응을 보인 건 나 혼자만이 아니었다.

제드밀란 역시 검을 휘두르려고 마악 자세를 잡다가 덜커덕 멈추어 버린 것이다.

"……."

뭐지, 이 썰렁함은.

슬쩍 흘겨보니 그녀는 한 손을 들고 뭐가 그리 좋은지 까르르르 웃고 있었다. 세상에, 저게 바로 그 엘리스란 말인가.

당황스럽고 아연해서 어쩔 줄 몰라 하고 있는데, 문득 살갗이 따끔거리는 듯한 이상한 느낌이 몰아쳤다.

그렇다. 제드밀란이 불타오르고 있었다.

눈에서는 마치 불꽃이 튀기는 듯한 매서운 눈빛이 쏟아지고 있었으며, 입는 너무 앙다물어 이빨이 부서지지 않을까 겁날 지경이었다. 머리카락 한 올 한 올이 전부 곤두서서 휘날리는 듯한 그 모습, 나는 너무도 잘 알고 있다.

이전에 크라이스와 처음 만났을 때, 바로 그 모습 그대로였던 것이다.

이런, 세상에. 그럼 그 말은 돌려 말하자면 제드밀란이 엘리스에게 혹해 있다 그 소린가?

말도 안 돼. 나름대로 대갓집 자제이며 장래 유망한 기사일 것이 분명한 그가 뭐가 아쉬워서 저 남자인지 여자인지 구분도 안 가는 엘리스를 마음에 둔단 말인가. 도대체 얼굴 좀 예쁘고, 몸매 좀 되고, 머리카락마저 푸른 것이 신비한 분위기를 풍긴다고는 해도, 입 한마디 열면 그 환상이 와장창 깨져 나가는데 어떻게 그런 마음을 품었단 말인가.

나로서는 도저히 이해가 안 가기는 하지만 음, 역시 예쁘면 모든 게 용서된단 말인가.

하긴 나 역시도 에롤을 처음 본 순간 반해 버렸으니 제드밀란이 잘못된 거라고 딱 꼬집어 말하긴 어려울지도 모른다.

하지만 그렇다고는 해도… 제드밀란, 불쌍한 사람 같으니라고.

"으야아아아압!"

"힉!"

헉, 잠시 딴생각하는 사이에 제드밀란의 검이 다시 눈앞을 스쳐 지나갔다. 가까스로 피하기는 했지만, 등골에 식은땀이 주룩 흐를 정도로 강력한 일격이었다.

세상에 이건 완전히 사생결단 내자는 분위기 아닌가.

엘리스, 왜 그 딴 소리는 해가지고!

하지만 그 생각을 떠올리는 순간 한 가지 추측이 머리 속을 치고 지나갔다.

잠깐, 혹시 이런 걸 노리고?

아니나 다를까, 거의 미친 사람마냥 정신없이 검을 뿌리며 달려드는 제드밀란의 기세를 몸을 돌리며 피해내는 도중에 슬쩍 본 엘리스는 무척이나 즐거운 표정으로 흥미진진하게 우리 둘의 대련을 바라보고 있었고, 그 옆에 선 루스 역시 고개를 설레설레 저으며 피식거리고 있었다.

엘리스으!

그녀는 틀림없이 이미 제드밀란의 심중을 꿰뚫고 있는 것이리라. 그리고 나와의 대련이 좀 미적지근하다고 생각되자 그와 같은 한마디로 상대의 전의를 활활 타오르게 만든 것이다. 그게 아니라면 내가 이렇게 위태위태하게 검격을 피하고 있는데 저렇게 즐거운 표정으로 웃고 있을 리가 없지 않은가.

으윽, 이걸 어떻게 하면 좋지.

지금 제드밀란의 표정이나 기세를 보아하건대 이성이란 건 이미 머리 한구석에 발길질해서 처박아두고 오직 나를 향한 적개심만을 활활 태우고 있으리라.

안 그래도 타오르던 적개심에 기름을 쏟아 부은 격이니 이걸 어떻게 진정시킨담. 어설프게 항복시키려고 했다가는 오히려 위험할 수도 있었다. 그렇다면!

"으가아아!"

이미 기사의 프라이드고 뭐고 다 집어던진 듯한 그의 괴성과 함께 날카로운 검격이 내 목줄기를 노리고 똑바로 찔러 들어오고 있었다. 그 기세와 속도가 너무 굉장해서 아무리 뛰어난 반사 신경을 가진 나라고 해도 도저히 피해낼 수 없을 것만 같은 속도였다.

발을 움직여 피하기에도 너무나 늦어 있었다. 그럼 방법은 단 한 가지!

그대로 허리를 뒤로 젖히자 그의 검이 곧장 내 코 언저리를 스쳐 지나갔다. 중심이 흐트러지는 무척이나 위험한 동작이었지만 고르고 자시고 할 틈도 없었다.

하지만 나도 단지 피하기만 한 건 아니었다. 몸을 뒤로 젖힌 탄력을 이용해서 그대로 발을 차올리며 뒤로 제비를 넘은 것이다.

"큭!"

그리고 노린 대로 내 발끝이 제드밀란의 팔꿈치에 직격하자 그는 팔꿈치로부터 손가락까지 타고 내려오는 강한 충격에 그만 검을 놓치고 말았다.

"큭!"

찌르르 하고 전기가 오르는 듯한 통증에 검을 놓친 제드밀란은 팔을 감싸 쥐며 한 걸음 뒤로 물러섰고 난 그대로 뒤로 한 바퀴 몸을 뒤집으며 땅에 내려섰다. 솔직히 이런 곡에 같은 몸동작을 보이는 거 나 자신도 별로 내키지는 않았지만 그만큼 제드밀란의 검격이 처음 생각했던 것보다 날카로워서 어쩔 수 없었던 것이다.

툭.

그의 검이 바닥에 떨궈지는 소리와 함께 대련은 간신히 끝을 맺었다. 세상에, 아니 이게 무슨 대련이란 말인가.

겨우겨우 한숨 돌리며 어느새 이마에 솟아오른 식은땀을 닦아 내리는데 문득 조용한 박수 소리가 들려왔다. 돌아보니 루스가 빙긋 웃으며 손뼉을 치고 있었다.

"멋지군."

그런 말 안 해도 내가 원래 좀 멋지지… 라고 말하면 아무래도 대뜸 돌 날아오겠지? 내가 생각해도 얼터질 소리다.

"별말씀을요."

뭐라 할 말이 없어서 그냥 머리를 긁적이며 그렇게 대꾸하는데 문득 그림자 하나가 나를 덮쳤다. 헉! 엘리스?

"마스터! 너무 멋있었어!"

아니, 이 여자가 미쳤나! 왜 갑자기 안 하던 짓을!

왠지 갑자기 등골이 서늘해지는 느낌에 다시 흘깃 제드밀란을 바라보니 아니나 다를까, 다시금 머리털을 올올이 곤두세우며 활활 타오르고 있었다. 그것은 마치 눈앞의 생선을 가로채기당한 고양이가 있는 대로 잔득 화가 나서 털을 잔뜩 곤두세운 듯한 그런 모습이었다. 아, 고양이라고 표현하기에는 덩치가 너무 큰가.

"에, 엘리스, 이러지 마."

아무래도 저 눈빛을 계속 받았다가는 오래 살기 힘들 것만 같았고, 애시당초 엘리스가 이런 행동을 보이는 게 죄다 그걸 노린 거라는 정도는 아무리 멍청한 나라도 훤히 꿰뚫어 볼 만한 일이었기에 어떻게든 밀쳐 보려고 했지만, 또 막상 그러려니 어디다 손을 대야 할지 모르겠다. 윽, 이거 정말 남감하군.

"허험."

루스도 왠지 보기가 민망했던지 헛기침을 내며 슬쩍 고개를 돌린다. 으윽, 난 에롤이 있다고! 도대체 뭐야, 그 알 만하다는 듯한 시선은!

생각은 하고 있었지만, 정말 트러블 메이커가 따로 있는 게 아니다. 이런 이상한 경쟁 심리를 조성해서 뭘 어쩌자는 거냐고!

안 봐도 훤하다. 엘리스는 아마도 지금 재미있어 죽겠다는 표정으로 방긋거리고 있겠지. 아이고, 머리야.

잠시 그런 이상한 분위기 속에서 어쩔 줄 모르고 있다가, 문득 루스가 제드밀란을 향해 다가가 떨어진 검을 주워 주며 말했다.

"확실히 이번 대련은 꽤 훌륭했다. 하지만 아직도 검과 몸이 따로 논다는 느낌을 지울 수가 없군. 토머스에게 좀 더 배워야 할 거야."

그러고선 아직까지 엘리스의 품 안에서 옴짝달싹 못하고 있는 나를 바라보고는 이렇게 말했다.

"토미, 앞으로도 종종 제드밀란이나 나와 대련을 좀 해주지 않겠어?"

"예?"

약간 경황이 없어서 그렇게 얼빠진 대답을 하는 사이, 엘리스가 대뜸 말을 가로챘다.

"걱정 마라. 우리 마스터라면 기사 한둘쯤은 애들 소꿉장난하는 정도 소일거리도 안 되니까. 그렇지, 마스터?"

이, 이 여자가 오늘 정말 미쳤나! 왜 자꾸 이러는 거야!

"아니! 그게 아니라……."

"후훗, 뭐 상관없지. 사실 토미가 나보다 실력이 나은 건 사실이니까. 잘 부탁해."

피식거리면서 그렇게 받아치는 루스야 그렇다 쳐도…

"아니, 그러니까 그게……."

"저 역시 부탁드립니다. 확실히 이런 실력을 가진 분과 대련이란 건 흔치 않은 기회니까."

입으로는 그렇게 말하면서 활활 타오르는 듯한 시선으로 그렇게 째려보는 제드밀란은 뭐냐고.

그리고 그제야 나를 품에서 풀어주면서 아무것도 모르는 것마냥 방글거리는 엘리스, 넌 또 뭐냐고!

암울하다. 아무래도 난 항상 휘둘리는 팔자인 건가.

이런저런 이유로 그 뒤로는 내내 우리 편을 가장한 세 명의 적에게 내내 시달림을 당해야 했다. 아름다운 여자 모습이면 그나마 그 모습에 알맞는 행동 양식을 보여주리라 믿었건만, 그게 아쉬웠는지 이런 우습지도 않은 방법으로 사람을 가지고 노는 엘리스라니. 차라리 텁석부리 변태의 모습이 몇 배는 낫다. 적어도 그때는 날 가지고 놀진 않았으니까.

남자는 미인 앞에서는 전부 바보가 된다던가. 루스와 제드밀란은 그 말이 사실임을 철저하게 주장하고자 하는 영렬한 광신도라도 된 것마냥 엘리스의 간계에 그대로 넘어가 버리고는 했다. 뻔히 들여다보이는데도 그녀의 말 한마디 행동 한번에 광분해서 날뛰는 모양이란 건 정말 어디 가서 돈 주고도 보기 힘든 지경이었으니까.

하지만 둘 중에서 더 괘씸한 쪽을 고르라면 역시 루스였다. 제드밀란이야 원래 바보 같아서 그렇다고 치면 그뿐이었지만 루스의 경우는 엘리스가 일부러 그런다는 거 뻔히 알면서도 그게 재미있는지 일부러 거기에 맞춰주고 있었다. 이런 경우 고의성을 지니고 있는 쪽이 몇 배는 더 미운 법이다.

하루는 하도 열이 받아서 대련 도중에 슬쩍 물어봤다. 물론 그날 역시 말을 타는 건지 말 등에 실려가는 건지 모를 끔찍한 질주를 막 마치고 넋이 반쯤은 빠진 상태였다.

"루스."

"음?"

대련의 효과라도 있는 것인지 나날이 날카로워지는 그의 검격을 위로 쳐내고서는 곧바로 땅바닥을 훑듯이 발목을 노리면서 다리 후리기를 시도했다. 하지만 그는 슬쩍 뒤로 물러나며 앞발을 드는 것만으로 그걸 가볍게 피해 버리더니, 그 들고 있던 발을 힘차게 내딛으며 찌르기를 시도해 온다.

그의 발 디딤 소리가 기합을 대신하는 듯한 착각 속에서, 대기를 찢어발길 듯한 속도로 밀려 들어오는 날카로운 검격!

어느 정도 날카로운 실력이긴 했지만 이 정도는 아니었는데. 정말 대단하다는 말이 절로 나올 지경이었다.

"좀 봐줘요."

이런 말 하는 거 정말 창피하기는 했지만, 아직 성년도 안 된 소년에게 매일, 아니, 거의 끼니 때마다 이렇게 중노동을 시키는 건 너무 심한 일이 아닌가. 게다가 이날은 엘리스의 말 한마디 때문에 말과 경주까지 해야 했다.

루스는 앞으로 쭈욱 검을 내밀어 나와의 거리를 확인하면서 말했다.

"무슨 소리야?"

하지만 그건 몰라서 하는 소리가 아니었다. 저 입가에 살짝 걸린 미소만 봐도 알 수 있는 일이다. 혹시 진짜 변태는 루스가 아니었을까? 그 왜 있지 않은가. 남을 학대하면서 쾌락을 느끼는 종류의 변태.

"나 좀 그만 괴롭히라구요."

대련을 가장한, 거의 생사를 건 결투에 버금가는 칼 싸움 속에서 그렇게 숨죽여 대화를 나눈다는 것도 결코 쉬운 일이 아니었다. 자칫 잘못하면 호흡이 뒤엉킬 수도 있었고, 호흡이 뒤엉킨다는 건 지금 내 몸을 조정하는 박자가 무너진다는 얘기였다. 박자가 무너지면 힘을 실어야 할 때와 풀어야 할 때의 구분이 힘들어지게 되는 법이니, 그건 의미 없는 파닥거림과 다를 바가 없는 일이었다.

그런 위험을 자초하면서도 어찌 되었든 적의 숫자를 하나라도 줄여야겠다는 절박한 마음에 그런 말을 한 것인데 루스는 오히려 빙긋 웃으며 내게 이렇게 말했다.

"싫은데?"

그건 곧 그의 행동에 고의성이 있다는 걸 자백하는 것이나 다를 바가 없었지만, 워낙에 당당하니 오히려 내가 할 말을 잃을 수밖에 없었다.

"싫다뇨? 어째서?"

하도 어이가 없어서 그렇게 반문했건만, 루스는 여전히 표정에서 미소를 지우지 않은 채로 이렇게 말했다.

"솔직히."

견제하듯이 가볍운 찌르기를 시도하다가,

"이 정도의 실력을."

다리를 노린 강력한 찌르기가 이어졌고,

"가진 사람과."

내가 가볍게 훌쩍 뛰어 그걸 피하자, 기다렸다는 듯이 검을 치켜 올리는 듯한 동작으로 내 다리 쪽을 베어온다.

"늘상 대련을."

사선으로 비스듬히 위쪽을 노리고 베어오는 그 검을 몸을 웅크리며 피한 뒤,

"하기는 어려우니까."

치켜 올려진 그의 팔 안쪽으로 맹렬하게 다가들었다. 그 검을 다시 내려친다고 하더라도 다음에 이어질 내 공격들 이 없을 것이다.

하지만 내 예상과는 달리 루스는 그렇게 하지 않고 몸을 숙인 채 달려드는 나를 향해 대뜸 발길질을 날렸다. 쳇, 정말 아닌 게 아니라 내가 보기에도 동작의 연결이 한결 매끄러워진 느낌이었다. 아차, 지금은 그런 걸 감탄하고 있을 때가 아닌데. 하여튼 이놈의 잡생각은.

어찌 되었든 간에 그런 식으로 지옥 같은 일주일을 보내고 나서야 간신히 발코스 부근에 도착할 수 있었다. 그저 그 지옥 같은 주행을 버텨낸 내 엉덩이와 허벅지가 경이로울 뿐이다. 내 절대 다시는 엘리스와 말을 타나 봐라.

마음 같아서야 이 지치고 피곤한 몸을 뜨거운 물에 푹 담근 후 폭신한 침대에서 하루 종일 퍼질러 자고 싶었지만, 불행히도 발코스는 적의 근거지나 다름없는 장소였다. 수도도 혹시 모를 상대의 눈이 두려워 들어가지 못했는데, 데런의 영향력이 미치는 발코스야 말할 나위도 없었다.

하지만 그렇다고 그곳에 들르지 않을 수도 없었다. 일단 이곳을 지나면 더 이상 필요한 물품을 보충할 만한 곳도 없었고, 사실상 행동을 가능한 한 숨겨야 하기 때문에 어디 더 이상 들를 수도 없었다.

결국 이런 이유 때문에 나나 루스를 제외한 엘리스와 제드밀란이 발

코스에 들어가기로 했다. 하이고, 좋아 죽으려고 드는군. 하여튼 여자는 겉만 보고 판단해서는 안 되는 법인데. 제드밀란에게 잠시나마 애도를.

"전 오른쪽이요."

"으음, 그럼 난 왼쪽."

지금 루스와 나누는 이 대화가 뭔고 하니, 돌아올 때 제드밀란의 어느 쪽 눈에 멍이 들어 있겠는가 하는 내기를 하는 거다. 제드밀란의 낌새로 보아하건대, 분명히 둘만 놔두면 기회를 봐서 집적거릴 건 당연한 일이니까. 그리고 그걸 가만히 놔둘 엘리스도 아니니까.

내가 오른쪽을 찍은 이유는 간단했다. 그건 엘리스와 제드밀란의 능력과 성향을 분석해 얻은 결과이다. 우선 엘리스의 경우 정확하지는 않았지만 일단 오른손잡이이리라 추측하고 있었다. 밥 먹을 때 포크와 나이프를 사용하는 것만 보아도 거의 틀림없었다.

오른손잡이가 후려치면 왼쪽에 멍이 들어야 하는 것 아니냐고?

천만에, 제드밀란이 또 누구인가. 거의 웬만한 기사 정도는 되는 실력을 가지고 있는 데다 요 일주일간 나와의 대련을 보아하건대 흥분하면 더욱더 뛰어난 능력을 발휘하는 특성 또한 지니고 있었다.

물론 그렇다고는 해도 그녀의 날카로운 일격을 피하기는 어려울 것이다. 하긴 뭐 이제까지 엘리스의 경우 직접 무력을 행사한 경우는 거의 드문 일이니까 그것도 확신하기는 어려웠지만, 예전에 엔지를 상대했을 때의 모습만 봐도 상당할 것이 분명했다.

아…

엔지…

그렇게 떠올리지 않으려고 애를 썼건만.

억지로 막아놨던 기억의 마개가 뽑히는 듯한 착각이 든다.

억지로 막아두었기 때문일까, 한번 터져 나오면 주체하기 힘든 까닭은.

"마스터!"

나도 모르게 잠시 기억과 감정의 폭우 속에 몸을 맡기고 있다가 갑자기 귓가에서 들려온 날카로운 고함에 정신이 번쩍 들었다. 윽, 귀 따거.

"왜, 왜 그래?"

"나 다녀온다고. 세상에, 또 뭘 생각하길래 옆에서 고래고래 소리를 질러야 알아들어?"

"아니, 그냥."

엘리스는 한심하다는 듯이 고개를 절레절레 젓더니 한 손을 들어 나를 가리킨 채로 뒷걸음질쳐 멀어지면서 말했다.

"어찌 되었든, 나 갔다 올게. 이따 봐."

"말 사 오는 거 잊지 마."

그게 제일 중요하다. 절대 잊으면 안 되지.

엘리스는 그런 내 말에 피식 웃으며 대답했다.

"알았다고."

그러고는 손을 한번 흔들어주더니 이내 몸을 돌려 기운차게 걸어가기 시작했다. 제드밀란은 그 뒤를 마치 시종마냥 허겁지겁 뒤쫓았다.

이제 뭘 해야 하나. 엘리스와 제드밀란이 돌아올 때까지는 그냥 쉬고 있으면 되는 건가. 하긴 여기까지 오면서 쉴 틈도 없었으니 잠시나마 이렇게 휴식을 취하는 것도 그리 나쁘지는 않겠지.

그대로 언덕에 누워 멀리 떨어져 있는 발코스의 모습을 바라보았다. 외따로 떨어져 있는 작은 섬처럼 보이는 작은 성, 발코스.

지금 일어나고 있는 모든 일들의 시발점이었다.

벌써 이곳을 찾아 들어온 게 3번째나 되었지만, 아직도 저 작은 성이 낯설게만 보이는 이유는 무얼까.

여전히 보수는 할 생각도 없어 보이는 낡은 성벽, 그 위로 점점이 피어오르는 작은 연기들.

이렇게 멀리 떨어져 있으니 새삼 느끼는 것이지만 정말 작아 보인다.

저 작은 성에서 천사를 만나고, 메프를 만나고, 엔지를 만나고, 엘리스를 만났다.

어찌 보면 모두가 우연 같아 보이기만 하는 그런 작은 만남들이 모여 지금의 내 모습을 이룬다는 게 어찌 보면 너무나 신기할 뿐이었다.

이제 얼마 세상을 살아보지는 못했지만, 정말 운명이라는 것이 존재하는 것이 아닌가 하는 생각도 가끔 든다.

내가 주시자가 된 것이며, 지금 이렇게 나라의 잘 나가는 귀족 나으리 명을 받들어 전에는 꿈처럼만 생각했던 임무를 수행하러 가는 것하며.

그러고 보니 좀 웃긴다. 공주를 구출하러 가는 용사라니.

생각해 보면 이 공주라는 분도 좀 웃기다. 옛날이야기로 따지자면 마왕을 사모해서 스스로 가출할 거나 마찬가지잖은가. 후훗, 이거 정말 생각하면 할수록 재밌네.

하지만 공주의 입장에서는 오히려 리필린느 남작이 마왕일 수도 있었다. 사람 생각이란 게 돌려보면 여러 가지로 다른 경우도 많으니까. 그녀가 어떤 생각을 하는지 정확히 짚을 수는 없지만, 아마 이렇게 생각하지는 않을까? 아니, 그보다도 이런 건 어떨까. 왕자를 사모해서 마왕성을 탈출한 마왕의 딸이라든지. 후훗, 이건 더 웃기네.

세상의 수많은 아동 문학가나 전설을 다루는 고대역사학자들이 들으면 기도 안 차서 콧방귀를 뀔 얘기였지만 어쩔 수 없잖은가. 지금 내 상황이 그런걸.

어쩌면 전설 속의 그 수많은 공주들도 실은 납치를 즐기거나 했던 건 아닐까?

하여튼 이놈의 잡생각은 한번 시작하면 끝이 없는 것 같다.

―알긴 아네.

―알면 고쳐야지.

알았다구요. 하지만 이것도 버릇인 걸 어떻게 해요.

언제나 나 혼자 웅크리고 앉아서 상상? 공상? 아무튼 그런 것에만 매달려 있다 보니 자연스레 생긴 버릇인 걸 어떻게 하겠는가.

하지만 상상이 현실이 되는 것도 마냥 행복한 것만은 아닌 것 같다.

난 분명 꿈에서나 그리던 아름다운 소녀를 만났고, 일반인들은 꿈도 못 꿀 강한 힘을 얻었으며, 더구나 그야말로 전설에나 나올 법한 '주시자의 무구'라는 것도 지니고 있었다. 어찌 보면 내가 언제나 꿈꾸던 그대로의 모습이라고도 할 수 있었겠지만, 역시 현실과 상상은 차이가 있었던 것일까.

내가 사랑하는 그녀는 온통 다른 사람에게 마음을 주고 있었다. 내 마음을 전혀 모른다면 차라리 모르지만 그녀 역시 내 마음을 알고 있다. 아니, 솔직히 고백다운 고백 한번 제대로 못했지만, 아니아니, 실수라도 고백은 고백인 건가. 에이, 모르겠다.

어찌 되었든 원하는 것은 얻었으되, 모두 어딘가 조금씩은 꼬인 그런 상태이다. 내가 특별히 무슨 잘못을 저지른 것 같지도 않은데 왜 이렇게 되는 걸까.

문득 또다시 메프의 말이 떠올랐다. 세상의 저울은 언제나 공평하다는 그 말이. 하지만 그렇다고 해서 내가 억지로 그 저울의 한쪽 추를 무겁게 만들 수도 없는 노릇이었다. 하긴 그게 마음대로 된다면 세상에 불행한 사람이 어디 있겠는가.

어찌 되었든 나는 이제 다시 세 번째로 발코스 너머 저 안쪽을 향해 다가서려 하고 있다. 앞서의 두 번은 언제나 내가 외적이든 내적이든 상처를 입은 채로 돌아왔었다. 그렇다면 이번에는?

글쎄, 그건 역시 지나봐야 알 수 있지 않을까. 내가 아무리 예상을 해본다고 해도 그것 역시 잡생각에 지나지 않을 테니까.

아, 그리고 보니 저번에도 공주를 구출하러 갔던 거였군. 물론 메프 자신은 그 공주라는 말을 싫어할 테지만. 확실히 메프는 일반적인 공주의 이미지와는 거리감이 있다. 하긴 원래 공주라는 말과는 거리가 있는 환경에서 살았을 테니 그럴 법도 하지만 말이다.

아아, 이거 이래 가지고는 언제 잡생각이 끝날지 모르겠군. 간만에 그래도 좀 편히 쉬는 건데 제대로 쉬어둬야지.

잠이나 자자.

하지만 불행히도 나의 그 간절한 소망은 마음먹고 눈 하나 깜박이기 전에 깨어지고 말았다.

"뭐 하나?"

혼자 있기 싫었던지 루스가 다가와 내 옆 자리에 털썩 주저앉은 것
이다.

"그냥 간만에 낮잠이나 좀 자려고요. 어떤 분들 덕분에 요새 계속
중노동을 했더니 몸이 여간 피곤한 게 아니에요."

보통은 이런 식의 퉁명스러운 대답은 잘 하지 않지만, 막 눈이나
좀 붙여보려고 하는 사람한테 다가와서 말을 붙였으니 이 정도는 감
수해야 옳다고 본다. 원래 밥 먹을 때, 잠잘 때, 옷 갈아입을 때, 이
세 가지 경우에는 가능한 한 방해하지 않는 게 예의인 법이다. 나 혼
자만의 생각인지는 몰라도 모든 예절의 기본은 저기서 출발한 게 아
닐까.

"그런가? 하지만 토미가 지친 모습이라니 솔직히 별로 상상이 안 가
는데."

하긴 주시자의 몸을 가지게 된 이후로 별로 지친다거나 하는 경우가
흔치는 않았지만, 엄연히 나도 인간이다. 내가 무슨 그, 누구였더라…
영살검주의 부하 중에 골렘술사였던 그 여자. 아무튼 그 여자가 사용
하던 골렘이라도 된다는 건가.

몸이 좀 개조되긴 했어도 난 인간이다.

"저도 인간인데 지치는 거야 당연하지 않겠어요?"

"하긴 그렇군."

제발 그 당연한 일을 마치 처음 깨달았다는 듯이 수긍하지 말란 말
이다. 나도 이런 몸이 되고 싶어… 한 적이 없다고는 말 못하지만 그렇
다고 자의로… 바뀐 것도 맞긴 하지만, 에이 씨.

생각해 보면 무를 수 있는 방법을 물어보지 않은 게 후회가 된다. 원
래의 몸으로는 돌아갈 수 있으려나.

물론 지금의 몸이 나쁘다는 것은 아니다. 어지간한 어른 몇 사람 분의 힘과 민첩성, 그리고 지구력이라는 건 확실히 나쁘지 않은 일이었으니까. 하지만 특별한 존재라는 게 언제나 즐거운 건 아니다. 특별하다는 건 차별받게 되는 원인이 될 수도 있기 때문이다.

지금에서야 생각하는 거지만, 난 정말 행운아인 것 같다. 어떤 면으로 본다면 마치 괴물과도 같은 능력을 지니게 되었음에도 그저 신기해하는 사람들만 있을 뿐 이걸 이유로 날 무서워한다던가 기피하는 대상은 없기 때문이다.

아니, 있지만 내색하지 않는 건지도 모르지.

"루스."

"음?"

"나 이상하죠?"

내가 말해 놓고서도 후회된다. 이런 말 해놓고 무슨 대답을 듣기 원하는 걸까. 어차피 내가 보통 사람과 다르다는 정도는 내가 먼저 잘 알고 있지 않은가.

"미안해요, 실없는 소리 해서. 방금 질문은 못 들은 걸로 해주세요."

"너 이상해. 맞아, 이상하고말고."

"……."

뭐냐, 도대체.

루스는 아주 당연하다는 것처럼 고개까지 끄덕이며 말하고 있었다.

"솔직히 말해서, 나 역시도 직접 눈으로 보지 않았다면 믿지 못했을 거다. 어른 몇 사람보다 더 강한 힘에, 빠르기는 또 얼마나 빠른지 어지간해서는 손발 움직이는 게 잘 보이지도 않을 지경이고, 거기에 그래도 알아주는 검사인 리필린느 남작도 능가할 것만 같은 검기(劍技)에, 솔직히 인간으로 안 보인다는 게 맞는 말일걸."

아니까 제발 그만 좀 해줬으면 싶은데.

하지만 내가 말을 꺼낸 건 부정할 수 없었으므로 결국 그 모든 말을 감내할 수밖에 없었다.

하여튼 이놈의 잡생각 때문에 내가 제명에 못 살 거다. 정말 나에게 있어 만악의 근원을 찾으라면 이 잡생각이 아닐까.

"근데 솔직히 그게 확실히 다른 사람과 다른 면이긴 한데, 이상하다거나 무섭다거나 하기보다는 그냥 신기하다랄까? 이런 애도 있구나 싶은 기분밖에 안 든다. 지금 네가 말을 꺼내지 않았다면, 그냥 그럴 수도 있겠거니 하는 채로 계속 지냈을걸."

이게 지금 좋은 말인 건가 나쁜 말인 건가.

"또 생각해 보면, 지금 내가 알고 있는 사람 중에 너와 같다고 할 만한 사람은… 글쎄, 리필린느 노백작님 정도일까? 확실히 그분은 보는 순간, 이분은 정말 강하시구나라는 느낌이 팍팍 전달될 정도니까. 하지만 넌 그런 느낌은 없어. 그냥 세상엔 이런 사람도 있구나 하다가 마는 정도랄까. 분명히 어떻게 보면 토미 쪽이 더 대단할 텐데 말이야."

도대체 무슨 얘기를 하는 건지 모르겠다. 원체 꼬마에 약하게 보이는 외모라서 우습게 보인다 이건가?

"결론이 뭔데요?"

"그게… 하하, 나도 말재주가 좋은 편이 아니다 보니. 그냥 이렇게 생각하면 될 것 같네. 너 자신이 스스로 생각하는 만큼 그렇게 이상하게 보이지는 않는다고 말이야. 그래, 내가 하고 싶은 말이 그거였어."

말재주가 좋은 편이 아니라는 정도로 넘길 수 있을 만한 말재주도 못 되는 거 같다. 뭘 말하고자 하는 건지 자기 자신도 헷갈려하는 상황이니.

하지만 이상하게도 마음은 차분해진다. 거참, 하여튼 내 속은 나도 모르겠군.

그러고 보면 나에게 있어 같은 남자로서 대화를 나눌 상대가 있었던 가? 글쎄, 왠지 떠오르지 않는군. 아니, 뭐 그렇다고 여자가 있냐면 그런 것도 아니고. 마음 터놓고 이런저런 얘기 나눌 만한 상대가 없다고 보는 게 더 맞을 듯싶다.

음, 그나마 비슷한 경우를 찾으라면 일단 엘리스일까? 하지만 엘리스와의 대화라는 게 따지고 보면 사적인 문제로는 거의 들어가 본 적이 없는 것 같다. 그? 그녀? 아무튼 엘리스는 사실 공적인 관계이기도 하고 말이다. 도적 길드라는 고리로 연결된 그저 공적인 관계일 뿐이다.

그러고 보면 참 이상하다. 사실상 내가 도적 길드의 마스터가 된 이후로 도적 길드와 관련된 일이 한 적이 있었나? 메프 찾아갈 때 영살검주를 암살하라는 소릴 듣기는 했지만, 그 외에는 전혀 길드의 일에 대해선 들은 바가 없다. 아니, 사실 거기 간 이후로 제정신 차린 지 이제 얼마 되지도 않은 상황이니 당연하다면 당연한 얘기겠지만.

흠, 길드 일도 아닌데 엘리스가 이처럼 나를 헌신적으로 도와주는 까닭은 뭘까. 혹시 이전 암살 건의 연장선일까?

확실히 그게 아니라면 달리 설명할 수 있는 게 없긴 하다. 하지만 이전에 내가 들었던 내용을 곰곰이 잘 생각한다면, 그걸 의뢰한 사람은 왕실과 연관된 사람이라고 했었는데… 으윽, 머리 아파.

사실 말이야 바른 말이지 내가 엘리스의 속내를 어떻게 뒤집어 볼 수 있겠는가. 확실히 한두 해 살아온 게 아니라는 건 깨닫고 있었지만, 엘리스의 속마음만큼은 정말 짐작도 안 간다.

관두자. 내가 여기서 아무리 머리를 굴려대 봤자 엘리스의 생각 끄트머리라도 잡을 수 있을라나 모르겠다. 어차피 이리저리 끌려 다니고 있는 상황에서 엘리스의 속내 좀 알아본다고 해봐야 별로 소용될 거 같지도 않고.

꼬르르륵.

음? 이 소린?

"배고픈가?"

이거 지금 내 배에서 난 소리였나? 세상에, 무슨 소리가 이렇게 우렁차담.

"아하하, 네."

민망해서 나도 모르게 얼굴이 화끈거린다. 루스는 그런 내 모습을 보며 피식 웃더니 툭툭 자리를 털고 일어났다.

"그럼 뭐 좀 요기라도 해볼까."

"근데 남아 있는 거 있어요?"

"육포 쪼가리 정도라면."

으윽, 육포. 지겨워. 지겨워. 지겨워.

"우리 좀 다른 걸 먹어보는 건 어떨까요?"

"다른 거?"

그래, 다른 거. 세상에, 며칠 동안 육포만 먹었더니 코에서 이상한 냄새가 나고 입 안에서 저절로 단물이 나는 것 같다. 천하의 진미라도 며칠 동안 같은 것만 먹으면 질리는 판국인데 하물며 싸구려 육포 조각이야 오죽하겠는가.

"흠, 다른 거라. 여기서 뭔가 특별한 걸 구하기는 어려울 테고. 그럼 간만에 사냥이나 한번 해볼까?"

"사냥이요?"

말린 고기와 말리지 않은 고기라.

아무리 그래도 신선한 고기 쪽이 뭐가 나아도 낫겠지. 그러고 보니 전에 엘리스랑 에롤이랑 같이 먹었던 토끼구이 맛이 생각난다. 으음, 그때 참 맛있었지.

"좋아요!"

생각해 볼 필요도 없는 일이다. 그럼, 좋구말구.

하지만 문제는 좋은 걸 만끽하기 위해서는 그만큼의 노력이 필요하다는 점이다. 신선한 고기가 하늘에서 뚝 떨어지겠는가? 다 그만큼의 노력이 있어야 얻을 수 있는 것이 아니겠는가.

좋다고 소리치며 기운차게 나서기는 했는데, 이 사냥이라는 일이 생각만큼 쉬운 일이 아니었다. 사냥이라는 거 이렇게 어려운 것이었나?

확실히 생명을 걸고 쫓고 쫓긴다는 게 무슨 술래잡기마냥 속 편하게 생각할 수 있는 일은 아닐 것이다. 하긴 무언가를 이렇게 필사적으로 쫓는 일도 거의 처음이 아닐까? 쫓긴 적은 많았던 것 같지만.

"그쪽! 그쪽이다!"

처음엔 내가 몰이를 하고 루스가 화살을 날려 잡기로 했는데 여기에는 치명적인 문제가 있었다. 내가 몰이란 것에 완전 초짜라는 문제 하나와 루스의 활 실력이 검 실력만큼 따라주지 못한다는 게 두 번째 문제였다. 기사면 활이든 검이든 어느 정도 할 줄 안다고 생각했건만 그렇지도 않은 모양이다. 하긴 뭐 세상에 만능이란 건 존재하지 않는 거니까 그럴 수도 있는 일이겠지. 그건 나도 마찬가지이니 그걸 뭐라고 할 생각은 없다.

하지만.

"으아아앗!"

"앗! 미안! 괜찮아?"

왜 사냥감이 아니라 항상 날 쏘냐고. 무슨 순발력 시험하는 것도 아니고 말이지.

귀족인 데다 기사가 될 예정이었다면 사냥도 많이 다녀봤을 텐데, 이건 마치 처음 사냥 나온 사람마냥 나보다도 더 이리저리 허둥대고 있었다. 아이고, 골치야.

"꽤, 괜찮아요. 그런데 토끼는?"

"……."

말해 봐야 무슨 소용이겠는가. 벌써 도망쳤지.

이런 상황이 한두 번도 아니고 몇 번씩이나 계속되자 안 그래도 배가 고파서인지 평소의 몇십 배 속력으로 지치기 시작한다. 오죽하면,

꼬르르륵.

뱃속에서 울려 퍼지는 장엄한 합주곡에 토끼가 놀라서 도망칠까. 이건 황당하기보다도 어이가 없다.

"그, 그냥 육포나 씹을까?"

루스도 이건 도저히 안 되겠다 싶었는지 풀 죽은 목소리로 그렇게 말한다. 아우, 나도 일단은 뭘 먹고 움직이든가 하지 않으면 그대로 지쳐서 쓰러질 것만 같다.

"그, 그럴까요?"

그런데 마침 바로 그때였다.

오오, 이것은!

자꾸 삽질만 하고 있는 우리가 불쌍해 보였던 것일까? 이 무슨 난데 없는 꽃사슴이란 말인가!

루스의 등 너머 언덕 저편에서 이리저리 두리번거리며 풀을 씹고 있는 그 모습을 보는 순간, 나는 다시금 열의에 타올랐다. 저놈 한 마리만 잡으면 며칠은 배불리 먹어도 너끈할 거다.

내 분위기가 이상했는지, 뒤를 돌아본 루스도 사슴을 발견했다. 그리고 곧 나 이상으로 흥분해서 잘 쏘지도 못하는 활을 다시 꽈악 움켜잡는다.

"으음, 저놈이라면!"

듣지 않아도 무슨 생각인지 알 만했다. 과녁이 크니 이번엔 자신있다 이거겠지. 그저 내 가슴 한곳에서 아련히 터져 나오는 이 한숨을 어이할꼬.

하지만 어찌 되었든 중요한 건 지금 당장 난 육포보다는 사슴 고기가 먹고 싶다는 사실이다.

사실 내 손으로 다른 생명을 죽인다는 거, 아직도 전혀 간단하게 생각되지는 않는다. 어차피 난 몰이를 할 뿐이고 화살을 날리는 건 루스이니 상관없다고 할 수도 있는 일이었지만, 그래 봐야 변명밖에 안 되는 건 누구보다 내가 먼저 잘 알고 있다. 그러면서도 멀찍이서 겁먹은 눈으로 이리저리 주위를 살피며 풀을 뜯고 있는 사슴을 보고 군침을 흘리고 있으니 이렇게 모순된 일도 있을까.

물론 내가 이제껏 고기를 먹지 않은 건 아니다. 지금 육포가 먹기 싫어서 이러고 있긴 하지만, 그 육포도 사실상 어떤 한 생명을 죽여 그 고기로 만든 음식 아니겠는가. 단지 내가 죽이고 안 죽이고의 차이일 뿐인데도 왜 이런 갈등을 하게 되는 건지는 나도 잘 모르겠다. 사실 이런 문제는 나 혼자 간단하게 해답을 내릴 수 있는 문제는 아닐 테지만.

그 짧은 순간에도 그런 생각을 떠올리고 있는 나와는 달리 루스는 주저없이 몸을 숙이고 살금살금 사슴을 향해 다가가기 시작했다. 이번 엔 나 역시 멀리 떨어져 있기에 몰이를 할 수도 없는 상황인지라 그런 그의 뒤를 조용히 따라갈 수밖에 없었다. 확실히 토끼보다야 몇 배나 과녁이 크긴 하지만 루스의 실력으로 가능하려나 모르겠다. 여차하면 내가 달려가서 때려잡기라도 해야 하는 건가.

으, 생각해 보니 정말 너무 야만스럽다. 살아 있는 생물을 잡아먹기 위해 달려가 때려잡는다니. 완전히 무슨 황야의 들개 같은 꼴이지 않은가.

그렇지만 다르게 생각해 보면 꼭 그걸 야만스럽게 봐야 하는가 하는 생각도 들었다. 어차피 죽이는 것이라면 때려잡든 화살을 쏴 잡든 매한가지 아닌가.

―철학자 나셨군.

루디의 빈정거리는 말이 들린다. 틀린 말은 아니지만, 그렇다고 그렇게 빈정댈 건 또 뭐람.

문득 사슴이 귀를 쫑긋 세우고 다시 주위를 둘러본다. 뭔가 눈치라도 챈 것일까.

나와 루스는 잠시 동안 기척을 죽인 채 몸을 숙이고 가만히 앉아 있었다. 아무래도 항상 쫓기는 입장인 사슴의 감각은 남다른 바가 있는 걸까.

숨 막히는 긴장이 나와 루스를 감쌌다. 한나절을 사냥한답시고 쫓아다닌 끝에 찾아낸 목표인데 이렇게 놓칠 수는 없었다. 아까 같은 잡생각은 다 치우고서라도, 난 지금 무척 배가 고프다!

하지만 나의 그 같은 간절한 소망과는 상관없이 사슴은 계속 귀를 쫑긋거리다가 갑자기 냅다 달음질치기 시작했다.

"안 돼!"

뭐랄까, 단순히 배고파서라고만은 할 수 없는 이상하게 절박한 심정이 나의 전신을 짓누름과 동시에 그 압력을 견디지 못한 나는 있는 힘껏 곧장 사슴을 향해 뛰쳐나갔다. 하지만 그렇게 채 한 걸음도 내닫기 전에 갑자기 달음질치던 사슴이 풀썩 앞으로 고꾸라진다.

"에?"

나도 루스도 돌발적인 이 상황에 그저 어리둥절할 수밖에 없었다. 설마 나의 간절한 소망을—그래 봐야 배가 고프다는 거지만—아무튼 나의 그런 소망을 어여삐 여기신 하늘의 도우심인가?

달려가다 돌뿌리에 걸려 넘어진 거라고 하기에는 너무 공교롭지 않은가.

어찌 되었든 바로 일어나서 도망치는 건 절대 바라지 않는 일이었으므로 죽어라 달려서 사슴에게 다가갔다.

그 큰 눈망울을 굴리며 겁먹은 눈으로 부들거리고 있는 모습이 어쩐지 처량하게만 보인다. 내가 바라는 일이었다고는 하지만, 막상 한 생명의 죽음을 눈앞에서 지켜본다는 건 말처럼 그리 쉬운 일만은 아니었다.

죽음, 죽음이라.

문득 이 사슴의 눈빛이 예전에 나를 바라보며 미소 짓던 엔지의 그

것과 겹쳐 보이는 건 왜일까.

잠시 시선을 다른 데로 두지 못하고 사슴의 눈을 바라보았다.

그렇게 찬찬히 사슴을 살펴보다가 그 등판 한구석에 무언가가 삐죽히 솟아나 있는 것이 눈에 들어온다. 이건 화살?

나도 모르게 뒤로 고개를 돌려 어느새 내 등 뒤에 다가와 서 있는 루스를 바라보았다.

"나, 난 아닌데?"

하긴 그간 루스의 활 실력으로 보아 이만한 거리에서 한 발로 명중시킨다는 건 거의 기적이나 다름없는 일이었다. 그렇다면 저 화살은 누구의 것이지?

다행스럽게도 그 의문은 쉽게 풀렸다. 그렇게 멀뚱히 서 있는 동안 저 너머 풀숲 한 켠에서 한 사람의 거한이 부스럭거리며 몸을 나타냈던 것이다. 저 사람이 쏜 것인가.

그런데 분위기가 어째 좀 이상하다. 아니, 그렇다기보다도 저 사람 왠지 낯이 익다. 아니아니, 그런 건 둘째 치고 왜 활을 우리에게, 아니, 정확히는 나를 향해 겨누고 있는 거지?

등에 새 몇 마리를 담은 그물과 화살통을 걸머진 그 거한은 타는 듯한 눈초리로 나를 쏘아보며 활을 겨누고 있었다. 저건 분명 분노라는 감정을 표현하고 있었다.

내가 자신의 사냥감을 가로챌 것이라 생각하기라도 한 걸까? 아니, 그런 종류의 것은 아닌 듯싶었다. 저건 그런 간단한 감정을 담은 눈빛이 아니었다. 저건, 이를테면 원한이라고 불려도 좋을 만한 그런 감정이었다. 적어도 그 눈빛을 바라보는 순간 떠올린 단어는 바로 그것이었다.

여전히 활을 겨눈 채 그는 떨리는 목소리로 천천히 입을 열었다.

"오랜만이군, 토머스."

그건 분명히 분노라는 감정을 가득 담은 말이었다.

분명 어디선가 본 기억은 나는데 그게 언제 어느 때였고, 어느 곳에서였는지 잘 기억이 나질 않는다. 차림으로 보아하건대 어느 정도 나이가 있는 사람이었고, 복장도 허름한 가죽 갑옷 하나와 단검, 그리고 활과 화살통만 든 전형적인 사냥꾼 차림이다. 이런 사람을 내가 과연 어디서 본 것일까.

이토록이나 분노하고 있는 것을 보면 분명 이유가 있을 텐데. 내가 누군가에게 이렇게 분노하게 할 만한 일을 과연 저지른 적이 있었던가?

확실히 루노에 있던 그 귀족 아들내미 정도라면 모르겠다. 당시에 그런 일을 했던 게 나였든 아니든 간에 거의 가지고 논 건 사실이니까. 하지만 이 사람의 차림새로 보아 귀족과의 어떤 연계성이 있다고 보기는 무척이나 힘들었다.

도대체 아무리 머리를 굴려도 지금 내 눈앞에서 활을 치켜든 채 화살을 겨누고 있는 이 사람의 정체를 알 도리가 없었다.

"누구… 시죠?"

결국 내가 할 수 있는 건 이렇게 어눌한 목소리로 상대의 신원을 확인해 보는 정도뿐이었다.

하지만 그게 더 상대의 화를 돋운 모양이다.

"그래, 날 모른 척한다 이거군. 아니, 정말 기억이 나지 않는지도 모르겠지. 지금 내 꼴이란 게 확실히 말이 아니긴 하니까 말이야. 하지만 이 모든 건 결국 너 때문에 벌어진 일이니 적어도 너만큼은 기억해 줄

줄 알았다."

무슨 소리인지 도저히 감이 잡히지 않았지만, 그렇다고 이렇게 영문도 모른 채 계속 욕을, 분노를 몸으로 받아야 한다는 건 솔직히 별로 감당하기 싫은 일이었다.

"누구시냐고 물었는데요?"

재차 나의 질문이 이어지자 그는 분노를 삼키듯 이를 앙다물었다. 잠시 그렇게 나를 지켜보던 그는 천천히, 마치 씹어뱉는 듯한 어조로 말했다.

"이 이름을 기억하나? 자일루크 델피안. 또는 제레미 델피안."

자일루크 델피안? 제레미?

아! 제레미!

그제야 난 이 눈앞의 사내가 누구인지 깨달았다.

이전에 내가 자낙과 에롤을 놓치고 혼자 숲 속을 방황할 때, 그런 나를 구해서 돌봐주었던 그 아저씨였다.

이럴 수가. 내가 못 알아본 것도 무리가 아니었다. 고작 몇 달밖에 지나지 않았을 텐데 이렇게 사람이 엉망진창인 모습으로 바뀌다니. 이전의 자애롭던 그 눈빛도 찾을 수 없었고, 그 부드럽던 미소도 간 곳이 없었다.

"아저씨?"

"이제 기억이 나는 모양이군. 후, 아저씨라. 하하. 나를 잘도 친근하게 부르는군."

루크 아저씨. 내가 혼자 버림받았다는 생각으로 괴로워할 때 그런 내 몸과 마음을 잠시나마 달래주었던 바로 그분이다. 비록 얼마 되지 않아서 이뮤시엘에게 납치되는 바람에 오래 있지는 못했지만, 분명 그때의 그 일은 지금에 와서도 무척이나 고맙게만 느껴질 뿐이었다. 그런데 그런 루크 아저씨가 왜 갑자기 날 이렇게 무서운 눈으로 대하게 된 거지?

아무튼 일단 얘기는 해봐야겠다. 그래야 지금 아저씨가 이러는 이유도 알 수 있을 테니까.

"아저씨, 그때는 제가……."

"아, 쓸데없는 변명 따윌 하려거든 집어치워. 오갈 데 없이 이리저리 숲 속에서 헤매고 있던 걸 구해서 보살펴 줬더니… 후후, 역시 내가 미친놈이었어. 그토록이나 다짐을 했었는데 그렇게 한눈을 팔았으니 어쩌면 당연한 일인지도 모르지."

무슨 말인지 도통 알 수가 없었다. 그냥 말없이 사라졌다고 이러는 건가? 그 상황이라면 제레미가 같이 있었으니 어느 정도는 알고 있을 텐데…

제레미?

순간 머리 속에서 떠오르는 이뮤시엘의 한마디.

'그 아이라면 내가 잘…….'

설마, 설마…….

갑자기 머리 속을 휘젓는 그 말도 안 되는 상상에 난 말을 잊고 아저씨의 얼굴을 바라보며 입만 뻐끔거릴 뿐이었다.

"제레미는 무척이나 꿈이 많은 아이였지. 확실히 그런 산골에 숨어 살아서야 이루기 힘든 일들뿐이었지만, 세상이란 곳의 무서움을 모르는 철없는 아이의 꿈이긴 했지만 나에겐 더없이 소중했다. 그 아이만큼은 세상의 아름다움을 만끽하며 살게 해주고 싶었다."

그, 그럴 수가. 그럼 이뮤시엘이 제레미를…

"아직 피어나지도 않은 아이를, 그런 아이를 그처럼 무참하게⋯⋯! 정말 하늘에 신이라도 있다면 감사드리고 싶은 마음뿐이다. 이제야 내 마지막 소원을 이루게 되었으니."

그렇게 말을 마친 루크 아저씨는 그의 마지막 힘까지 모두 짜내는 듯한 모습으로 나를 향해 활시위를 당겼다.

"거기까지. 그만두지 않으면 너도 살아남지 못할 것이다."

그때였다, 내 등 뒤에서 루스의 말이 들려온 것은.

보지 않더라도 그가 루크 아저씨를 향해 활을 당기고 있으리란 건 쉽게 눈치 챌 수 있었다. 하지만 그런 루스의 말과 행동에도 루크 아저씨는 오히려 차갑게 웃을 뿐이었다.

"흥, 상관없다. 난 내 원수만 갚으면 그뿐이다. 지금까지 살아 있었던 건 오직 이 한 가지 일을 위해서였으니까. 내 아들이 겪어야 했던 그 고통을 그대로 되돌려주는 것만이 내게 남은 전부였으니까."

변명하자면 할 수도 있었지만 그럴 수가 없었다. 어찌 되었든 나 때문에 벌어진 일은 틀림없었고, 이미 돌이킬 수도 없는 일이었다.

용서를 빌고 싶었다. 그에게 제레미가 어떤 존재라는 정도는 내가 아무리 어린 나이라도 쉽게 이해할 수 있는 문제였다. 아니, 내가 지금 이렇게 이해한다느니 어쩐다느니 하는 것도 사실 만용일지도 모른다.

어떻게 해야 한단 말인가.

루크 아저씨가 원하는 대로 하게 해야 하는 걸까.

솔직히 무서웠다. 그냥 화살을 맞는 것 정도라면 상관이 없었다. 그 정도는 오히려 당연한 일이라고도 생각할 수 있으니까. 하지만 그것이 내 생명에 걸린 문제라면 이야기가 달라진다.

하지만, 하지만 도대체 무엇으로 그의 분노를 풀 수 있단 말인가.

제레미의 생명에 대신할 것이 있을까? 없다. 그건 불가능한 얘기였다. 아비에게 자식이 가진 의미란 건 세상의 척도로 구분할 수조차 없는 문제니까. 난 지금 그가 가진 분노조차 제대로 이해할 수 없었고 그런 마당에 하나의 생명을 대신할 만한 가치를 지닌 그 무엇인가를 찾는다는 건 어림도 없는 일이었다.

이뮤시엘, 이뮤시엘.

순순히 그녀의 말을 믿은 게 실수였다. 아니, 당시의 나로선 그 같은 일을 막아낼 어떤 방도가 있는 것도 아니긴 했다. 아니, 정말 없었을까?

모르겠다. 정말 모르겠다.

솔직히 당황스럽다. 이게 무슨 날벼락인가. 까마득히 잊고만 있었는데.

"토미가 당신 아들을 죽였다 이건가?"

내가 아무 말도 못하고 가만히 서 있자 루스가 자초지종을 물었지만, 그건 루크 아저씨에게는 타오르는 분노에 기름을 부은 격이었다.

"긴말 필요없다. 죽어버렷!"

"앗!"

"큭!"

모든 일이 너무나 순식간에 벌어졌다. 루크 아저씨가 활을 날리고, 그 화살을 내가 손을 들어 막아내고, 다시 루크 아저씨의 가슴에 화살이 꽂힌 그 모든 일들이.

화살은 내 손바닥을 뚫었지만 손등을 뒤덮은 건틀릿에 가로막혀 더 이상 전진하지 못했다. 그러나 그 아픔을 뒤돌아볼 여유도 없었다. 그보다도 아저씨의 가슴팍에 꽂힌 화살이 더 내겐 충격이었기 때문이다.

"쿨럭."

놀란 눈으로 자신의 가슴을 바라보던 아저씨는 천천히 활을 떨구더니 이내 피거품을 입으로 토해냈다.

"아저씨!"

다른 건 생각할 틈도 없이 난 천천히 몸이 앞으로 기우는 아저씨의 몸을 달려가 안았다. 하지만 정작 아저씨는 고통으로 충혈된 두 눈을 부릅뜬 채 나를 바라보기만 하다가 이내 한차례 몸을 부르르 떨며 숨을 거두었다.

제16장 분노

분노

허무한 일이었다. 이 모든 게 꿈이라면 차라리 이해할 수 있을 정도로 너무나 허무했다.

한 사람의 목숨이란 이렇게 덧없는 것인가? 이래서야 한순간의 배고픔을 참지 못하고 사냥해 버린, 저 지나가던 사슴과 무슨 차이가 있단 말인가.

분노로 부릅떠진 눈을 감겨 드리면서 난 이상하게 마음이 차게 가라앉는 것을 느꼈다.

뭐랄까,

이 모든 게 더 이상 현실 같지 않다고 해야 할까.

저 부릅떠진 두 눈은 과연 무엇을 보고 있었던 것일까.

난 여기서 대체 뭘 하고 있었던 거지?

사람을 묻는다.

그에 대한 기억도 함께 묻힌다.

그리고 언젠가는 잊혀지겠지.

웃기는 일이다, 죽음이라는 건.

어쩌면, 아주 어쩌면 사람의 삶이란 곧 그 사람에 대한 기억이 아닐까?

만약 어느 그 무엇도 기억하지 못하게 된다면, 어느 누구도 자신을 기억하지 못하게 된다면 그 사람의 영혼은 과연 남겨지게 될까?

엔지…

만약 나마저 그녀를 기억하지 않는다면, 그녀를 아무도 기억하지 못하게 된다면 그녀는 과연 존재했다고 말해질 수 있는 것일까?

허무하다.

모든 게 허무하다.

나라는 인간도 언젠간 잊혀지겠지. 그리고 그렇게 되는 순간 나 역시도 한때의 환상으로 사라지겠지.

애초에 현실과 환상의 구분이란 것 자체가 모호한 것 아닌가.

"자, 이거 봐. 멋지지? 정말 운이 좋았다고. 이렇게 튼튼한 말은 정말 구하기 힘든 건데 말이야."

도대체 난 지금 뭘 하고 있는 걸까. 머리가 멍한 게 그저 모든 게 꿈결 속에서 벌어지는 일만 같다.

눈앞의 모닥불조차도 현실의 것이 아닌 것마냥 너울거리고 있다. 자잘한 불꽃들이 하늘로 피어올라 이리저리 흩날리다가 떠오르는 별빛에 뒤섞이고, 마침내 하늘 위에서 별과 가까워지는 듯한 착각이 드는 순간 스러져 버린다.

"뭐야? 왜들 그래?"

"쉿."

날아올려진 모닥불의 불똥들은 정말 저 하늘의 별들과 만날 수 있을까? 이렇게 하늘 위 멀리로 날아올라 가다 보면 정말 별들과 만나고, 또 하나의 별이 될 수도 있는 건 아닐까?

"무슨 일인데 그러는 거야, 도대체?"

"그게, 그러니까… 잠깐만!"

"이거 봐, 좋은 말 할 때."

"……."

글쎄, 내가 직접 하늘 위로 올라가 확인해 보지 않는다면, 여기서 아무리 내가 그들의 미래를 점쳐 본다고 해봐야 그건 단지 망상일 뿐이겠지.

아름답다. 자신의 몸을 태워 이렇듯 찬란한 빛과 따사로움을 던져주는 불꽃이란 건. 나도 저렇게 될 수 있을까.

—#$%$@@#@%%!!

—@$@#%·#!!

무언가 귓속에서 웅웅거리는 소리가 들린다. 하지만 그나마도 금방 희미해져 버린다. 이거 정말 꿈인 건가.

꿈이라면 한 번쯤 내가 생각한 대로 해보는 것도 나쁘지는 않을 것 같다. 그래, 한 번쯤은 내가 원하는 대로 무언가 해보고 싶다.

그래, 이제까지 내가 내 맘대로 한 일이 과연 무엇인가. 가출? 겨우 그거?

하지만 그건 안 하느니만 못했다. 그 덕분에 얼마나 많은 사람이 다치고 괴로워하고… 죽었는가.

하하, 정말 나란 인간은 이렇게 남에게 피해만 입히는 인간인 건가.

불쌍한 루크 아저씨, 제레미, 그리고 엔지.

착한 엔지는 비록 웃으며 눈을 감았지만 아저씨는, 아저씨는…

이 모든 게 나 때문에 벌어진 일이었다. 멍청한 주제에 잘난 척만 하던 나 때문에.

불꽃이 되고 싶다.

타오르는 불꽃이 되어 어디론가 날려가고 싶다.

단 한 사람에게라도 따사로움을 느낄 수 있도록 내 몸을 밝혀보고 싶다.

어려운 일이 아니다. 한 걸음, 단 한 걸음이면 족하다.

"마스터?"

따뜻하다.

정말 따뜻하다.

"마스터!"

눈을 떴다.

꿈인지 현실인지 모를 일들이 잠시 내 머리 속을 스쳐 지나갔다. 무언가 뚜렷하게 형체가 잡히지는 않으면서도 무언가 화나고 슬픈 그런 일들이.

하지만 환상은 잠시 동안 이어지다 곧 깨어졌다. 아니, 지금 내 눈앞에 벌어지고 있는 이 일들이 오히려 환상일는지도 모르지. 아니, 뭐가 현실인지 구분이 안 간다는 게 옳겠지.

손과 발에 아련하게 고통이 느껴졌다. 하지만 그 아픔이라는 것도 왠지 믿을 수가 없다. 이건 편견인 건가? 그럴지도 모르지.

그런 것 같다. 꿈은 현실의 반영이라지. 누가 그런 소리를 했었더라?

하긴 그게 중요한 건 아니겠지만.

아픈 손을 들어보니 붕대로 이리저리 감겨져 있고 그 한가운데로 검게 굳은 피가 보였다. 확실히 꿈치고는 현실감이 있네.

"마스터?"

푸른 머리의 한 여인이 내 옆에서 꾸벅거리며 졸다가 내 기척에 화들짝 깨어났다. 오, 무척이나 아름답다. 정말 대단하다. 도저히 이 세상 사람 같지가 않다. 무슨 옛날이야기 속에나 나오는 여신 같은 모습이랄까. 어줍잖은 내 표현으로는 차마 설명하기조차 어려운 그런 자태였다.

햇빛 사이로 눈부시게 빛나는 그 푸른 머릿결, 고고한 듯하면서도 왠지 색기 어린 그 눈매, 작지만 도톰한 붉은 입술, 투명하면서도 은은한 그 우윳빛 살결.

이걸로 확실해진 셈이다. 이게 현실이라면 이런 아름다운 사람이 나의 곁에 앉아서 이렇게 애타게 나를 부를 이유가 없으니까. 아니, 그러고 보니 날 부른 건 맞나? 마스터라니… 그건 또 뭐지?

"마스터? 아니, 토미, 괜찮아?"

토미, 토미라… 그래, 그게 내 이름이었지. 그래, 내 이름이었어.

지금 이 여자는 분명 날 부르는 거야.

그런데 누구지? 난 정말 처음 보는 것 같은데. 왜 이렇게 걱정스러운 눈빛으로 날 애타게 부르는 거지?

"누구시죠?"

눈앞의 여인은 잠시 동안 그 아름다운 눈을 크게 뜨고는 아무 말도 하지 못했다. 이를테면 멍청한 표정이라고 할 수 있었지만 그것도 나름대로 귀여워 보인다. 하하, 나 혹시 콩깍지라도 씌인 걸까?

"나, 기억 안 나?"

이 여자 왜 이러지? 뭐, 이런 여자가 나랑 친한 사이라면 그거 별로 나쁠 건 없는 얘기지만 너무나 애절한 눈빛으로 바라보는 통에 오히려 부담스러울 지경이다. 어디 좀 예뻐야 말이지.

"모르겠는데요."

순간 여자의 눈에 허탈한 빛이 어리더니 미간을 짚고는 고개를 숙인다. 내가 뭐 잘못 말한 건가?

하지만 기억이 안 나는 걸 어떻게 하란 말인가. 억지로 모르는데 안다고 할 수도 없는 노릇이고. 내가 내세울 건 없지만 그래도 정직한 것만큼은 알아주지. 암, 그렇고말고.

"깨어난 건가?"

왠지 겸연쩍어서 우물쭈물하고 있는데 멀찍이서 남자 하나가, 아니, 남자 둘이 어기적대며 걸어온다. 둘 다 가죽 갑옷을 걸쳤는데, 잘 살펴보니 그 안에 받쳐 입은 옷들이 꽤나 고급이다. 분명히 갑옷 아래 받쳐 입을 만한 옷이 아닌 것 하나만큼은 분명하다. 내가 누군가, 이래 봬도 상인의 아들 아닌가.

음, 그나저나 역시 이 정도 미인을 내버려 두었다면 그건 세상의 남자들이 전부 장님이란 소리겠지. 뭐, 좀 아쉽긴 하지만 역시 나이도 나보다는 조금 더 있는 것 같기도 하고. 뭐, 늙어 보인다는 건 아니고 그냥 분위기가 그렇달까.

어디 귀족나리들이라도 되는 걸까? 무슨 드러난 문장이나 그런 것은 없었지만 모두 평범한 사람은 아닌 듯싶었다.

아, 그런데 한 사람은 한쪽 눈가가 퍼렇게 멍이 들어 있다. 훗, 그것 참. 이렇게 보니 꽤나 잘생긴 편인데, 저래서야 먼저 웃느라고 얼굴은 제대로 보지도 못하겠군.

"젠장, 정말 미치겠군."

헉!

문득 그녀의 입에서 그런 말이 튀어나왔다. 도저히 외모에
지 않는 말인지라 난 잠시 당황해서 입만 뻐끔거릴 뿐이
은 당연하다는 듯이 전혀 이상하게 생각하지 않는 듯
와 마찬가지로 심각한 표정으로 날 바라보는 게 전부었

이거야 원, 정말 기분 묘하네. 뭐가 어떻게 된 건지 알 수가 있어야
말이지.

"뭐가 어떻게 된 건데 그러는 거지?"

남자가 넌지시 여자에게 물었다. 그러자 여자는 여전히 미간을 손으
로 짚은 채 조용하게 대답했다.

"날… 모르겠대."

"뭐?"

나로서는 이들의 대화가 무슨 소린지 영문을 몰랐기에 어리둥절해
했지만 남자는 그런 의미가 아닌 다른 이유로 나와 같은 반응을 보였
다. 질문을 던진 남자 말고 눈에 멍든 남자 역시 어리둥절한 표정이었
다. 이것 참 정말 우스꽝스럽네.

그렇다고 왠지 심각한 이 분위기에 웃을 수도 없는 일이었다. 참으
려고 하니까 왠지 더 웃긴 이유는 뭘까.

아무튼 그런 남자들의 반응이 답답했는지 그녀는 갑자기 버럭 소리
를 질렀다.

"날 모르겠다잖아! 젠장."

어이구, 깜짝이야. 무슨 여자 목소리가 이렇게 큰 거지.

하지만 남자들은 그런 그녀의 목소리보다는 그 내용에 왠지 더 충격을 받은 모습이었다. 하지만 모르는 걸 안다고 할 수는 없는 거잖아.

"토미, 혹시 나는 기억하나?"

이 사람들이 단체로 사람 놀리는 건가.

하지만 방금 그녀의 반응을 보건대 모른다고 하면 왠지 안 될 거 같다. 으음, 어쩐다.

"음음, 그러니까……."

"기억 안 나나?"

으윽, 완전히 무슨 죄인 심문하는 것도 아니고. 정말 미치겠네.

그래, 내가 졌다. 알아, 안다고.

"기억나요."

"그래?"

남자는 왠지 맥이 빠진 듯 피식 웃었다. 하지만 내가 그렇게 대답하자 이번엔 여자가 대뜸 고함을 질렀다.

"뭐야? 나는 기억 안 난다고 했잖아!"

"네? 아니, 아니. 기억나요, 기억난다구요."

"……."

그녀와 두 남자들은 내가 쩔쩔매며 그렇게 대답하자 서로 한 번씩 돌아보았다. 정말 미치겠네. 왜 애꿎은 사람을 갑자기 이렇게 한꺼번에 닦달하냐고.

"기억나?"

"…네."

"그럼 내 이름이 뭔데?"

"……."

왠지 짜증이 난다. 내가 무슨 죄를 지었다고 이렇게 심문당해야 하는 거냐고.

하지만 그렇다고 그런 심정을 그대로 입에 옮길 수도 없었다. 나같이 무지무지 순수한 소년으로선 고작 이렇게 말하는 게 전부였다.

"저기……."

"저기 뭐?"

"사실은 모르겠거든요. 하하하……."

어색한 웃음으로 때워보려고 했지만 눈앞의 세 남녀는 거의 절망하는 듯한 모습으로 고개를 푹 숙였다.

뭔지 모르겠지만 나, 뭔가 무지 잘못한 거 같다.

왠지 민망해진 내가 이러지도 저러지도 못하고 우물우물거리고 있는데 한 남자가 무겁게 입을 열었다.

"이제 어떻게 하지?"

이거 지금 나한테 물어본 건가?

"글쎄, 하아… 이거야 원, 정말 미치겠군."

아닌가 보네.

여인은 연거푸 한숨을 내쉬고 있었고, 남자들 역시 똑같이 행동하지는 않았지만 그렇게 하고 싶어하는 표정들이었다.

그렇지만 정말로 미치고 싶은 건 나라고. 도대체 왜들 이러는 건지는 좀 알아야 되지 않을까?

하지만 이 사람들 표정이 워낙에 심각해 놔서 어떻게 말도 붙여볼 수가 없다. 괜히 잘못 건드렸다가는 한 대 맞을 것 같다고 해야 하나? 뭐, 대충 그런 분위기군.

하지만 마냥 이러고만 있을 수는 없다. 나도 상당히 바쁜 몸… 어라?

그러고 보니 여긴 또 어디지?

집 놔두고 내가 왜 이런 외딴 숲 속에 영문 모를 3인조와 함께 있어야 하는 거지? 내 발로 이런 곳까지 나왔을 리는 없고, 그렇다면 이건 혹시 납치?

내, 내가 뭐 볼 게 있다고 납치까지 한단 말인가. 돈 때문인가? 하긴 요새 우리 아버지 사업이 좀 잘 나가는 편이니 소문도 웬만큼 나기는 했을 거다. 헉, 정말 이거 큰일이잖아!

"저, 저기……."

대답이 없다.

"저기요?"

"뭔데?"

여자가 신경질적으로 대답한다. 이크, 자고로 아름다운 장미에는 가시가 있게 마련이라더니 이게 딱 그 꼴이네. 하긴 의외로 저런 미모를 유지하자면 성격이 좀 망가질 수도 있겠지. 난 아침마다 머리 감는 것도 귀찮은데 계속 저런 모습을 유지하자면 얼마나 짜증나겠어. 이해해야 해. 자고로 협상의 기본은 상대에 대한 이해라고 아버지가 그랬잖아.

"저기, 몸값을 원하는 거라면 편지를 쓸게요."

그래, 바로 이거야. 상대가 원하는 바를 가장 먼저 내가 말함으로써 신뢰를 얻는 것. 자고로 신뢰란 건 쌓기는 어렵지만 한 번 쌓으면 그만큼 유효 적절한 것도 없는 거니까. 최소한 나한테 득이 되면 됐지 해가 될 리는 없는 거니까.

하지만 그런 기대와는 달리, 내 말이 떨어지자 그때까지 고민스러운 표정을 짓고 있던 이 3인조 유괴범들은 아예 황당함을 넘어서 허탈하다는 표정을 지었다.

왠지 이게 아니다란 생각이 드는데…

"몸값?"

결국 돌아온 건 기가 막히다는 표정과 함께 이런 반문뿐이다. 음, 정곡을 너무 찌른 건가? 하지만 기왕 시작했으니 확실하게 말해야겠지. 좀 불안하긴 하지만.

"저기, 이런 말 하긴 뭐하지만, 다른 사람을 시켜서 말을 전하는 것보단 역시 제가 편지를 쓰는 게 더 나을 거예요. 게다가 아버지는 항상 출장 때문에 바쁘시고, 돌봐주시는 아저씨가 가끔 들르시는데 그분께 편지를 전한다면 아마 원하는 대로 해주실 거예요."

나 이렇게 달변이었나?

왠지 기특하다는 생각까지 든다. 언제나 우물우물 할 말 제대로 못하는 나였는데. 역시 사람은 위기 상황이 되면 잠재된 능력이 모두 발휘된다는 게 맞는 말인가 보다.

이들도 감탄했는지 약간은 어안이 벙벙하다는 듯한 표정으로 날 바라본다. 음, 역시 말하길 잘했어.

"난리도 아니군. 이제 어쩌면 좋지?"

여자가 한숨을 푸욱 내쉬며 그렇게 말했다. 역시 내가 너무 정곡을 찌른 걸까.

"이제 본격적으로 상대의 진영 쪽으로 들어가는 시점인데 길을 안내해야 할 사람이 이 모양이 되었으니."

남자도 덩달아 한숨을 내쉬며 그렇게 말한다. 길을 안내한다고? 이건 또 무슨 소리람.

하지만 그 이상 어떤 말을 더 하지는 않았다. 그저 계속 땅이 꺼져라 한숨을 내쉬며, 그리고 고개를 절레절레 저으며 이런 식의 말을 이따금 한마디씩 할 뿐이었다.

아무래도 내가 모르는 다른 무언가가 있는 걸까?

그렇다고는 하더라도 그냥 집 안에서 책 읽는 것이 유일한 낙인, 아직 다 자라지도 않은 남자애가 무슨 소용이 있다고 유괴를 한단 말인가.

무언가 나로서는 이해가 가지 않는 일투성이였지만, 그렇다고 괜히 어줍지 않은 말로 더 이상 이들의 신경을 건드려 봐야 좋을 게 없을 것 같았다. 다른 사람은 몰라도 여자 쪽은 특하나 더 신경이 예민하고 괴팍한 듯이 보였다.

폭력에 굴하는 거라고 생각할 수도 있는 일이겠지만, 어차피 사람 인생이란 게 그런 거 아닌가. 무언가 난관이 닥치면 조금 굽히든가, 아니면 무작정 헤치고 나가든가, 그것도 아니면 모른 척 외면을 하든가 결국 이 세 가지 중 하나가 아니겠는가. 특히 나에게 손해가 나는 일이 아니라면 약간 굽혀보는 것도 나쁘지는 않다. 사실 당시에는 좀 열받는 일이 될지도 모르지만 그래 봐야 잠시일 뿐이다.

"잠깐 손 내봐."

분위기 때문인지 몰라도 잠시나마 그렇게 상념에 젖어 멍하니 앉아 있는데 문득 여자가 나를 향해 그렇게 말했다. 물론 내가 허겁지겁 그녀에게 손을 내민 건 두말하면 잔소리. 내 본능으로 미루어 짐작하건대 이 세 명 중 우두머리 역할을 하는 건 역시 이 여자가 아닌가 싶다.

그녀의 조금은 차가우면서도 부드러운 살갗이 내 손과 맞닿자 왠지 기분이 묘해진다. 사실 이제 막 자라나는 소년에게 이런 자극은 확실히 너무 강렬했다. 젠장, 너무 이쁘잖아. 물론 성격은 좀 아닌 거 같긴 해도.

그래, 뭐 사실 이제까지 그런 얘길 들어도 머리 빈 중생들의 얘기라고만 생각했지만 확실히 이젠 좀 이해가 가긴 한다. 뭐라더라. 예쁘면 모든 게 용서된다던가?

윽, 이게 무슨 중년 아저씨 같은 생각이란 말인가. 내가 떠올려 놓고도 어이가 없다.

하지만 이렇게 얼굴을 마주 대하고 그 살결을 직접 느껴 버리니까 그게 완전히 틀린 말이라고 부정할 수만도 없었다. 이래저래 나란 인간은 정말 모순덩어리인가 보다.

여자는 잠시 내 눈을 똑바로 바라보더니 이내 그대로 눈을 감았다. 으윽, 단지 눈을 감은 것뿐인데 왜 이렇게 가슴이 뛰는 거지.

이래선 안 되는데. 상대는 날 납치해서 돈이나 뜯어낼 수작을 하고 있는 유괴범이다. 그런 여자에게 맘을 주려고 하다니, 나 정말 제정신인 건가?

그런 얼토당토않은 생각들을 떠올리고 있을 때였다. 갑자기 머리 한 구석에서 마치 벌 떼가 웅웅거리는 듯한 이상한 소음이 들려오기 시작했다.

이건 뭐지? 으윽!

단순히 두통이나 현기증, 또는 환청이라고 하기엔 무리가 있는 일이었다. 갑자기 머리 속에 벌 떼가 가득 들어찬 것마냥 웅웅거리니 정신이 하나도 없을 지경이었다.

하지만 그걸 어찌할 도리가 없었다. 나도 모르게 눈을 감고 인상을 찡그리는 게 고작해야 내가 할 수 있는 전부였다. 한심하긴 해도 간지러울 때 긁는 것마냥 머리 속을 헤집을 수도 없는 노릇 아닌가.

그러길 얼마나 했을까. 문득 여자가 맞잡았던 손을 놓자 그 웅웅거리는 소리도 딱 멈추고 말았다.

귀가 다 멍멍할 지경이다. 어휴.

"역시 무리인 건가."

여자는 다시 한숨을 쉬며 그렇게 말했다. 이 여자, 원래 이렇게 한숨을 많이 쉬는 사람이었나?

그런데 뭐가 무리라는 거지?

그러고 보니 그 웅웅거리는 소리는 이 여자가 내 손을 잡고 눈을 감자 갑자기 마구 일어나기 시작했다. 그리고 눈을 뜨고 손을 놓자 거짓말같이 사라져 버렸다. 설마 이 여자가 일부러 그런 소리를 내 귀에 들리게 한 건가?

에이, 설마. 내가 요즘 소설을 너무 읽은 건가? 이런 말도 안 되는 생각을 하게. 하지만 그렇다면 지금의 그 일은 어떻게 설명해야 하는 거지?

이거 뭔가 대단한 사람들에게 납치를 당한 게 아닌가 싶다. 영광으로 생각해야 하는 건가.

"한순간에 이렇게 바보가 돼버리다니, 이제 어떻게 한담."

남자가 다시 한 번 푸념 섞어 그렇게 말했다. 그런데 바보라니? 내어디가 바보라는 거야, 도대체. 나처럼 잔머리 잘 굴리기로 유명한 사람이 또 어디 있다고. 아, 그건 아직 이 사람들이 모르려나? 음, 모르면 오히려 다행일 수도 있지. 완전히 바보로 알고 있다면 그만큼 감시도 소홀해질 테니까. 좋아, 내가 머리가 좋다는 사실은 숨겨야겠다. 뭔가 나도 밑천을 남겨놔야 위급한 경우에 써먹을 수 있을 테니까. 캬아, 과연 나의 잔머리란!

"음, 일단 무안의 성까지 가는 길이라면 내가 어떻게든 해볼 수 있을 것 같은데."

"어떻게?"

여자는 다시 한 번 끄응 하고 신음을 내뱉더니 고개를 절레절레 저으며 피식 웃었다.

"완전히 보모가 되어버리는 격이겠지만, 내가 마스터의 손을 잡고 다니면 돼."

이게 뭔 소리람?

아까부터 마스터, 마스터 하는 걸 보면 그 말은 나를 의미하는 거겠고, 그럼 내 손을 잡고 다닌다?

이번 말은 나만 이해하지 못한 게 아닌 모양이었다. 다른 두 남자도 어리둥절한 표정이었으니까. 손을 잡고 다녀야 하다니? 뭐, 나야 좋지만. 음음, 다시금 그녀의 부드러운 살결이 떠오르는군. 납치당하는 것도 나쁜 것만은 아닌 건가.

"손을 잡고 다니다니?"

"뭐, 길게 설명하기는 힘들고 약간의 도움을 받는다고 해두지. 이 이상은 설명해 줘도 이해가 가지 않을 거야."

그 말이 더 이해 안 간다. 도움을 받다니?

다른 두 남자도 뚱한 표정이었지만 여자는 그런 건 전혀 개의치 않고 싸악 무시하며 되려 진지한 얼굴로 말했다.

"문제는 그렇게 같이 간다고 해도 지금 상황에서 마스터가 과연 제 몫을, 아니, 자기 한 몸이라도 지킬 수 있냐는 거야."

내 몫을 하다니? 내 한 몸을 지키다니?

"흠, 과연."

이번의 말은 이해했는지 두 남자는 내 얼굴을 걱정스러운 눈으로 바라보았다.

"하지만 뭐, 그건 시험해 보면 알겠지."

확실히 이 여자가 리더 맞는 모양이다. 이렇게 계속 주도권을 잡고 얘기를 이끌어 나가는 거 보면 확실하다. 아름다운 여왕님과 그녀를 따르는 두 기사로 구성되어진 유괴범 집단인 건가? 이런, 또 망상이 시작됐군.

"시험이라니?"

"말 그대로야."

여자는 남자에게 그렇게 말하고는 나를 향해 갑자기 방긋 웃었다. 어엇, 왜 갑자기 그런 미소를 내게? 앗!

거울을 보지 않더라도 내가 지었을 멍청한 표정을 자각하는 그 순간, 갑자기 그녀의 한 손이 내 얼굴을 향해 곧장 뻗어 나왔다!

세상에, 저렇게 아무렇지도 않은 얼굴로 갑자기 사람을 치려고 하다니!

난 딴생각할 틈도 없이 얼른 몸을 옆으로 틀며 그 주먹을 피했다. 하지만 그 여자의 주먹에는 눈이라도 달린 건지 이번엔 손가락을 좌악 펴가지고 내 목덜미를 노렸다. 앉아 있는 상황이라 달리 피할 방법도 없었던 나는 엉겁결에 그 손목을 덥석 움켜잡고 말았다.

"아야야."

그러자 갑자기 여자가 아프다는 시늉을 하며 몸을 비비 꼬았고, 난 엉겁결에 그녀의 손을 놓아주고 말았다.

"세상에, 여자 손목을 그렇게 우악스럽게 잡는 게 어딨어!"

"미, 미안해요."

왜 사과를 해야 하는지도 모르는 채 얼떨결에 그렇게 말해 버리고 말았다. 그리고 그렇게 말하고 나서야 뭔가 잘못되었다는 걸 알았다. 왜 내가 사과를 해야 하는 건데?

분명히 여자 쪽에서 먼저 손을 쓴 거고, 난 그걸 막으려고 손목을 잡은 죄밖에 없다고.

어라?

지금 방금 내가 뭐 한 거지?

"흠, 정신은 좀 나갔어도 몸은 멀쩡하다 이건가?"

남자의 말에 난 그저 어리둥절한 표정을 지을 뿐이었다.

역시, 아무래도 지금의 이 상황을 면밀히 분석해 볼 필요가 있을 것 같다.

생전 처음 보는 눈이 뒤집어질 만한 미녀. 생긴 것과는 다르게 입이 좀 걸고 손버릇도 그다지 좋지 않은 겉과 속이 조금은 이질적인 사람이지만, 옛말에도 있듯이 미인은 모든 것이 용서된다… 라는 게 결론은 아니고, 아무튼 그 정도로 눈이 황홀해질 만한 미녀가 나를 매우 친근하게 대하고 있다. 그게 친근한 게 맞다면.

아무튼 이 푸른 머리 여자의 쫄다구로 보이는 남자 두 명. 차림새는 좀 구질구질하게 꾸미긴 했겠지만 그 낡은 갑옷 아래 받쳐 입은 옷으로 볼 때 절대로 그게 진짜 신분은 아닐 것이다. 게다가 알게 모르게 몸가짐이라든가 말투에 배어 있는 그런 것들로 보아도 확실하리라 생각된다. 물론 일부러 그렇게 꾸밀 수도 있는 일이겠지만.

그들이 말하길 내가 갑자기 바보가 되어버렸다는군. 그렇다면 이들이 알고 있는 나는 무척이나 총명한 그런 존재?

게다가 난생처음 보는 이상한 숲 한가운데에서 깨어난 것도 이상하다.

가장 이상한 건 평생 싸움이라고는 해본 적조차 없는 내가 여자의 공격을 너무나도 쉽게 피하고 막아냈다는 것이다. 솔직히 말해서 상대의 뻗어오는 손이 이렇게 뚜렷하게 보이고 느껴진 건 정말 처음이었다.

결론.

이거 분명히 꿈이다.

말이 되냐고. 만날 집에서 책이나 읽고 앉아 있던 꼬맹이가 어느 날 아침 눈 뜨니까 눈 뒤집힐 미녀와 저렇게 든든해 보이는 기사 둘의 동료라니. 그리고 말하는 걸로 보건대 무안의 성인가 뭔가로 무슨 임무라도 띠고 가는 듯한데, 어떤 미친놈이 있어서 나 같은 꼬맹이한테 비밀 임무를 맡기겠냐고.

그래, 이건 꿈인 거다. 그렇게 생각하니까 모든 게 너무 쉽게 설명되잖아.

"왜 웃어?"

갑자기 내가 방긋방긋 웃자 보기가 심히 괴로웠는지 여자가 퉁명스러운 목소리로 그렇게 물어본다.

"꿈치고는 상당히 괜찮다 싶어서요. 사실 요 근래 악몽만 꿔서 이번에도 그런가 보다 했었는데."

"꿈? 악몽?"

아차, 원래 꿈이란 건 그 상황이 꿈이란 걸 깨닫는 순간 깨어난다던데. 이런, 괜한 말했다가 이 훌륭한 꿈이 깨어나기라도 하면 그것도 문제잖아? 안 되지 그건. 나름대로 머리 속으로만 생각했던 멋진 영웅이 되어볼 수 있는 좋은 기회인데 이렇게 허무하게 깨버릴 수는 없다고.

"음? 제가 무슨 말 했나요?"

내가 생각해도 상당히 어색한 개그였지만 별수없다. 이렇게라도 때워 넘기는 수밖에는.

"관두자. 후, 어찌 되었든 우릴 기억하지 못한다니 일단은 다시 소개를 해야겠군."

여자는 그렇게 말하고선 이마를 한 번 쓸어 넘기더니 나를 똑바로 보며 말했다. 우우, 정말 부담되는 외모다. 확실히 꿈이란 건 이래서 좋은 거군.

"난 엘리스. 일단은 네 부하야."

"부하요?"

"그래, 그러니까 뭐 필요한 게 있다면 일단은 나한테 말해 줘."

부하라고 말은 해도 말투는 완전히 오히려 내가 부하인 것 같군. 뭐, 상관없지. 이런 미녀 부하라니. 약간의 핸디캡이 있는 게 오히려 더 흥미진진한 거 아니겠어? 하긴 뭐, 하녀 같은 거였다면 더 좋았겠지만. 음음.

내가 혈기 왕성한 사춘기 소년이라는 사실을 다시 깨닫게 되는군. 정신 통일!

"난 루스 필리로제스, 일단은 나도 그렇게 부르면 돼. 후, 이거야 원. 오히려 내가 바보가 되는 느낌이군."

남자 중에 하나가 그렇게 자신의 이름을 밝혔다. 음, 시원시원하니 잘생긴 호남형의 청년이었다. 왠지 좀 위기감이 느껴지는데? 이런 다부진 몸매의 미남이 옆에 있다니.

아니, 이러면 내가 꼭 질투하는 거 같잖아. 아무리 그래도 첫사랑을 꿈속의 여인과 할 수는 없는 노릇이라고. 물론 이성이 따라준다는 전제 하에서겠지만.

"전 로베르 제드밀란, 리필린느 백작에게 사사받았으며 그 아들 되시는 리필린느 남작 직하에서 호위기사단의 일원으로 편입되어 있습니다. 이번에 남작으로부터 직접 명령을 하달받고 공주님을 구출하는 임무를 같이 수행하게 되었습니다. 제드밀란 경이라고 불러주십시오."

뭐냐…

진짜 기사였던 건가? 이 한쪽 눈에 퍼렇게 멍이 든 남자가?

진지한 표정에 진지한 말투, 분명히 기사의 그것이라고 생각될 정도로 격식이 갖추어진 말이었지만, 일단 그 눈가의 푸른 멍 때문에 이미지 감점. 사실 그거 때문에 좀 웃기긴 했지만 일단 어떻게든 참을 수는 있었다. 저렇게 진지하게 얘기하는데 어떻게 웃냐고. 게다가 진짜 기사라는데. 아무리 꿈속에서라도 기사의 분노를 사고 싶지는 않다.

하지만 다른 두 사람은 그렇지 않은 모양이었다.

아까 내가 유괴라는 단어를 입에 담았을 때와 비슷한, 그런 어이없다는 표정을 다시 한 번 지으며 제드밀란 경을 바라본다.

"아니, 난 그저 제대로 인사한 적이 없는 것 같아서……."

"미치겠군, 이런 바보들과 같이 가야 하다니."

바보들이란 건 나와 제드밀란 경 둘을 말하는 건가? 이것 참, 꿈속에서도 바보 소리를 들어야 하나. 아까 말대로라면 이들이 알고 있는 나는 그런대로 머리가 좋은 사람인 것 같은데. 어서어서 그 이미지를 회복해야겠군. 바보란 말이 사실 듣기 좋은 말이 아닌 건 분명하니까.

물론 그 기회는 너무나 쉽게 찾아왔다. 대뜸 루스라는 사람이 나에게 이런 말을 한 것이다.

"아무래도 이대로는 역시 불안해. 시험을 좀 해봐야겠어."

"하긴······."

뭔지 몰라도 상당히 불안하다. 서로서로 눈짓을 주고받는 낌새가 영 심상치 않은 것이다.

본능이랄까. 등짝이 간질간질거리는 게 왠지 식은땀이 나는 모양이다. 도대체 무슨 시험이기에.

별안간 루스는 벌떡 일어나더니 자신의 검에 손을 가져갔다. 그리고 동시에 다른 두 사람도 일어나서 몇 걸음 뒤로 물러선다. 잠깐, 설마 나보고···

"일어나, 토미."

"예?"

어안이 벙벙한 까닭도 있고 정말 멋모르고 일어났다가는 눈 깜짝할 새에 목이 날아갈 것만 같은 불안감에 난 어떻게든 앉은 자세 그대로 버텨보려고 했다. 시험이니 뭐니 하고선 검에 손을 대며 대뜸 일어나라니, 그 다음 행동이야 뻔한 거 아닌가.

아까는 순전히 우연이었다. 인정하고 싶지는 않아도 그게 현실이다. 내가 평생 싸움 같은 걸 해본 적이 있었겠는가.

"무서워할 것 없다. 확실히 해두지 않으면 나중에 가서 정말 후회해도 방법이 없을 테니까."

"하지만······."

어떻게든 저 루스라는 자의 칼부림만은 피해보고 싶었기에 그렇게 우물우물거리고 있을 때였다. 문득 그 파란 머리 여자, 엘리스라고 했던가? 아무튼 그 여자가 빙긋 웃으며 이렇게 말했다.

"상관없잖아? 네 말대로 어차피 이건 꿈이니까. 설마 정말로 죽기야 하겠어?"

왜 자꾸 꿈이라는 걸 강조하냐고. 그러다가 깨어나기라도 하면…

잠깐, 깨서는 안 될 이유는 또 뭐지?

곰곰이 생각해 봐도 확실히 깨면 안 된다는 이유 같은 건 없었다, 하지만…

그럼 또 깨야 되는 이유는 또 뭔데?

그것 역시 없었다. 이것이 무슨 끔찍한 악몽이라면 모를까 내가 평소 생각해 왔던 그런 종류의 꿈인데 애써 깨야 할 이유 또한 없었다. 그냥 꿈은 꿈, 그대로 즐기면 되는 게 아니겠는가.

에라, 모르겠다. 꿈인데 뭐, 좀 찔려도 죽거나 하지는 않겠지.

이윽고 결심이 서자 곧바로 벌떡 일어섰다. 그리고 기다렸다는 듯이 루스는 검을 빼 들었다.

으아, 살벌하다. 저 시퍼런 날 좀 봐. 저런 걸 롱 소드라고 부르는 건가? 뭐, 긴 칼이니까 맞겠지. 도감 같은 건 많이 봤지만 직접 보니까 더 살벌해 보인다. 저기 맞으면 되게 아프겠지? 윽.

하지만 이왕 이렇게 된 거 뭐 별수없는 거 아닌가. 게다가 내 꿈인데 뭔가 나한테 이로운 점도 있겠지. 안 그러면 그게 꿈이겠어.

그래, 어차피 이건 내 꿈이다. 그렇다면 내 맘대로 못할 이유가 없는 거다.

"아잣!"

나도 모르게 기합을 지르며 손발에 힘을 꽉 주었다.

으악!

그런데 이 고통은?

"아야야……"

보니까 오른손과 양발에 붕대가 처덕처덕 감겨 있었다. 맞다, 깜박하고 있었는데…

그런데 이건 또 어디서 다친 거지?

이거야 원, 이해 가는 게 하나도 없으니. 하긴 그러니까 꿈이겠지만.

"시작할까?"

내가 비명을 지르든 인상을 쓰든 신경도 쓰지 않는 모습으로 루스는 검을 앞으로 내밀어 나를 겨누었다. 음, 아무리 그래도 설마 진짜로 하려는 건 아니겠지?

하지만 그 일말의 기대는 여지없이 깨지고 말았다.

내가 자신을 쳐다보는 것을 확인한 루스는 기합이나 그 딴 거 일체 없이 갑자기 나를 향해 사선으로 곧장 베어 들어온 것이다.

"으아아아앗!"

거의 기절초풍해서는 뒤로 펄쩍 뛰어 그 검을 피했다. 하지만 단순히 검을 한번 휘두르는 걸로 끝날 리가 없었다. 아니, 처음부터 그건 페인트 동작이었던 듯 재빨리 검의 방향을 바꾸며 곧장 내 가슴을 노리고 검이 밀려들어 온다.

엉겁결에 뒤로 물러서는 바람에 중심도 제대로 잡지 못하고 발은 발대로 꼬이는 상황에서 그 검을 피해낸다는 건 애초에 불가능해 보였다.

아니, 피하는 건 고사하고 정말 발이 꼬여서 휘청거리는 게 내가 할 수 있는 전부였다.

하지만 정말 운이 좋았던 것일까. 루스의 검은 그런 나의 한쪽 뺨을 스치며 아슬아슬하게 빗나가고 말았고, 순간 나는 웅크려 루스의 품에 뛰어든 꼴이 되고 말았다. 휘청거리는 자세 그대로 말이다.

"음!"

신음인지 기합인지 모를 묘한 소리를 내면서 루스는 재빨리 검을 당기며 한 발을 들어 나를 걷어찼다. 이크, 위험하다!

이번에도 엉겁결에 머리를 감싸 안으며 그대로 그 자리에 웅크렸다. 정말 운이 좋은 건지 루스의 발은 이번에도 내 머리카락을 스치며 지나가 버렸다.

무서운 중에도 시선을 떼면 안 된다는 어떤 느낌이 들어서 힐끔 그를 다시 올려다보니, 너무 강하게 발차기를 날려서일까? 루스는 완전히 나에게서 등을 돌린 자세로 몸을 회전시키고 있었다.

기회다!

겁먹은 와중에도 어디서 그런 용기가 솟은 건지 벌떡 일어났다.

하지만,

기회는 기회인데 어떻게 공격을 한담?

아주 잠시간이었지만 그렇게 머뭇거린 것이 결정적인 실수였다.

어느새인가 루스의 번쩍이는 눈이 나에게 고정되어 있었던 것이다! 그리고 그걸 느낀 순간, 아차 싶어서 있는 힘껏 뒤로 몸을 튕겼다.

그러자 나도 믿지 못할 일이 일어났다.

뒤로 피한다고 몸을 젖히자 평생 해본 적도 없는 동작이 튀어나온 것이다.

이런 걸 뭐라고 하는 거지? 뒤로 재주넘기? 도저히 믿을 수 없는 일이었지만 놀라는 와중에도 어느샌가 나는 뒤로 한 바퀴 공중제비를 돌아 땅에 내려앉고 있었다. 루스의 검이 그런 나의 코앞으로 부웅 소리를 내며 스쳐 지나간 건 말할 필요도 없었다.

내, 내가 지금 뭐 한 거지?

내 자신이 해낸 일이란 게 이해가 가지 않아서 내 몸을 훑어보았지만 분명히 내 몸 그대로였다.

세상에, 이거 정말 멋진 꿈이잖아!

이크!

이런, 아직 대련 중이었지. 까딱 잘못하면 정말 목 날아갈 뻔했다.

아니아니, 이거 정말 대련 맞아? 정말 죽일 듯이 달려들잖아. 이러다 정말 다치기라도 하면 어쩌려고 이렇게 막무가내로 달려드는 거지? 혹시 이 루스란 사람 나한테 무슨 원한이라도 있는 건가? 하여튼 이해할 수 없는 일투성이로군.

하지만 그렇다고는 해도 나도 이젠 예전의 그 어리벙벙한 토머스가 아니라고. 좋아, 기왕에 이렇게 되었다면 한번 제대로 놀아볼 필요가 있겠어. 이 몸이라면 가능할지도 모르지.

당황했던 감정이 점차 사라지고 이상하게도 기분이 차분해지기 시작했다. 그리고 그렇게 정신이 냉정해지자 방금까지만 해도 그냥 빛이 번쩍거리는 걸로만 보였던 루스의 검이, 그 움직임 하나하나 또렷하게 내 시야에 들어온다. 하, 이거 정말 너무 멋지잖아! 아차, 집중을 흐트러뜨리면 안 되지.

이 정도라면 내가 항상 머리 속으로만 꿈꾸어왔던 싸움 장면 같은 걸 그대로 실험해 볼 수도 있겠는걸. 유치하기는 하지만 머리 속으로 상상하는 일만큼은 누구한테도 지지 않으니까.

먼저 루스의 움직임을 천천히 살펴보았다. 일정한 법칙 같은 것은 없었지만, 모든 동작 하나하나가 마치 물 흐르는 것같이 끊김이 없고 부드러웠다. 검을 내려치고 찌르는 동작 모두가 적절히 연계되어 사실상 빈틈을 찾기 어려울 정도였다. 정말 대단하다는 말이 절로 나올 정도였다. 그리고 그런 걸 알아볼 수 있는 내 자신에게도 그저 감탄할 뿐이었다. 아차, 지금은 이게 중요한 게 아니지.

어떻게 저 흐름 사이를 비집고 들어가야 하는 걸까. 분명히 내 몸은 엄청난 능력을 지니고 있는 것이 분명했다. 저런 움직임 하나하나를 미리 파악하고 먼저 움직여 피할 수 있을 정도였으니까. 머리 속으로 상상한 동작들을 써먹어볼 수는 없었다. 대부분 겉멋만 잔뜩 들어간 동작인지라 이런 상황에선 제대로 움직이기도 전에 먼저 목이 날아갈 거다.

이리저리 피하면서 어떻게든 빈틈을 발견해 보려고 노력은 하는데 그게 쉽지가 않다. 하긴 싸움 한 번 못해본 놈이 갑자기 그런 것까지 후딱 해치우면 그것도 말은 안 되지만.

결국 이러지도 저러지도 못하고 그저 날아드는 검을 이리저리 피하고만 있는데, 문득 그 파란 머리 여자의 목소리가 들려왔다.

"이제 그만들 해. 그 정도면 됐어."

그러자 루스의 현란한 움직임이 순간 조용히 꺼지는 불꽃마냥 사그라들기 시작했다. 나름대로 그도 지치긴 한 모양이다, 호흡이 좀 거칠어진 걸 보니. 하긴 그렇게 움직이고 땀 한 방울 안 흘리면 그게 어디 사람인가. 그 생각을 떠올리면서 나도 무의식 중에 이마를 손으로 닦았다.

"과연, 기억은 잃어도 반사 신경은 그대로란 말인가. 하지만 너무하군. 난 이렇게 땀을 뻘뻘 흘리고 있는데 호흡 하나 흐트러지지 않은 모습이라니."

피식 웃음을 지은 채 검을 갈무리하면서 루스가 한마디 했다. 음, 누군진 몰라도 그거 정말 대단한 사람…

무언가에 이끌리듯 문득 내 손을 바라보았다. 땀은커녕 열기 하나 느껴지지 않는다. 말 그대로 보송보송 그 자체이다.

"어라?"

그러고 보니 숨이 차거나 하지도 않았다. 세상에…

뭐냐, 이거. 아무리 꿈이라치만 이건 거의 사기잖아!

"그나마 다행인 건가? 검술이나 체술은 완전히 다 까먹은 상태지만 반사 신경이나 체력은 그대로인 듯하니까 말이야."

검술? 체술? 내가 그런 것도 할 줄 안다 이건가?

이 꿈, 정말 멋지다. 뭐, 어차피 망상일 뿐이었지만 이렇게 현실감있고 가슴 두근거리는 꿈이라니. 누구는 그저 잡생각일 뿐이라고는 하지만 내 상상력도 이 정도면 쓸 만한 게 아닐까.

기분이 좋아져서 나도 모르게 실실 웃음을 흘렸다. 그렇지 않은가, 이런 멋진 꿈이라니. 기왕이면 깨지 말고 오래오래 계속되었으면 좋겠는걸.

그렇게 싱글벙글대다가 문득 파란 머리 여자와 눈이 마주쳤다. 그리고 그 순간 나도 모르게 멈칫해 버렸다.

그녀는 너무나 슬픈 눈으로 나를 바라보고 있었다. 그냥 울먹거리는 그런 표정도 아니었다. 그건 이를테면 뭐랄까. 동정? 연민? 그런 식의 의미를 지닌 표정이었다. 적어도 내가 느끼기엔 그랬다.

저 여자 왜 또 저러지?

부러움이나 놀람의 눈이라면 이해가 가지만 저런 불쌍하다는 식의 표정이라니.

그녀는 잠시 그렇게 날 심란하게 만들고서는 슬며시 외면해 버렸다. 왜 그러는지 묻고 싶었지만 그럴 수도 없었다. 왠지 그래서는 안 될 것 같았다. 물론 그 이유도 알 수 없었다.

제17장 기억의 잎새

기억의 잎새

아무튼 시험인지 뭔지가 대충 정리되고 나자 일행은 주섬주섬 짐을 꾸려서 길 떠날 채비를 했다. 뭐, 어차피 꿈이니까 별 상관은 없지만 그래도 지금부터 뭘 하러 떠나는 건지 정도는 알아야겠지. 훗, 하긴 꿈에 너무 많은 걸 바라는 건지도 모르겠군. 어떻게 보면 지독하게 현실적이면서도 이 말도 안 되는 능력을 보면 또 그렇지도 않고. 하긴 뭐 꿈이란 게 원래 그런 거겠지만.

"어딜 가는 거죠?"

왠지 분위기가 무거운지라 머뭇거리다가 그나마 간신히 루스인가 하는 사람에게 물어보았다. 엘리스인가 하는 그 파란 머리 여자는 왠지 좀 무서웠기 때문이다. 아니, 사실 그보다는 그 말도 안 되는 미모에 기가 죽었다고 하는 편이 맞을 거다. 그녀를 볼 때마다 정말 이게 꿈 맞구나 하는 생각이 들 정도니까 말 다 한 거지.

루스는 말에 짐을 얹고 나를 돌아보고는 어떻게 해야 할지 잠시 망설이는 듯하다가, 몸을 숙여 거의 귓속말하는 것처럼 조용히 속삭였다.

"아까 제드밀란이 대충 얘기한 대로야."

아, 그러고 보니 아까 그랬었지. 시험인가 뭔가 하면서 칼부림하는 통에 정신이 없어서 깜박하고 있었다. 뭐랬더라. 남작의 요청으로 무안의 성인가 하는 데 가서 공주를 구출하는 거였던가?

"정말 공주를 구출하러 가는 건가요?"

조금 열띤 모습으로 그렇게 질문하자 루스는 왠지 좀 어이가 없다는 듯한 표정을 짓고 한숨을 한번 내쉬었다. 아까부터 왜 자꾸 한숨을 내쉬는 건지 모르겠군.

"아아, 그래. 공주를 구출하러 가는 거지."

왠지 좀 기분이 나쁘긴 했지만, 그보다는 공주를 구출하러 간다는 그 위대한 사명에 감복해서 우선 감탄부터 했다. 내가 원래 이런 걸 좀 좋아한다.

"음음, 그럼요, 누가 공주를 납치한 건가요? 마왕 같은 건가요?"

그러자 루스는 잠시 정말로 어이가 없다는 듯이 날 바라보다가 천천히 헛웃음을 짓기 시작했다. 하긴 뭐, 마왕이니 뭐니 하는 게 좀 우스울 수도 있기는 하다. 그렇지만 기왕에 공주가 납치된 거라면 이 정도 배역 설정은 당연한 거 아닌가?

"마왕이라… 하, 하. 그래, 그렇게 생각할 수도 있겠지. 후……."

이거 뭔가 정말 상당히 기분 나쁜 말이다. 그냥 그러면 그렇다고 하든가 하지, 왜 꼭 말을 저런 식으로 비꼬듯이 하는 거냐고. 쳇.

하지만 뭐, 상관없지. 꿈속이라고 나 하고 싶은 대로만 하라는 법은 없을 테니까.

"제대로 좀 말해 봐요."

"글쎄, 상대는 영살검주라는 자인데 원래 왕국의 기사였다가 남쪽의 용병 반란을 진압하러 가던 도중에 지휘관을 죽이고 반란을 일으킨 인물이지. 그게 벌써 몇 년 된 일인데, 그 사건 이후 잠시 모두 종적을 감췄다가 왕국의 동쪽에서 다시 봉기한 모양이야. 그러다가 근래에 갑자기 수도 부근에서 그의 부하들이 출몰했는데, 그때 공주님이 납치된 거지. 뭐, 납치가 맞다면 말이지만."

와, 이거 꿈치고는 너무 논리 정연하잖아. 정말 대단한데?

잠깐, 근데 어째 마지막 말의 뉘앙스가 좀 이상하다. 납치가 맞다면 이라니?

"무슨 소리예요? 제대로 좀 말해 봐요. 그렇게 헷갈리게 말하지 말고."

"음, 그러니까… 이건 뭐 어디까지나 소문이긴 한데, 공주와 그 영살검주라는 작자가 원래 사랑하는 사이였다나. 듣자 하니 원래 그가 수도에 있을 때 공주를 레이디로 섬긴, 대충 그런 관계였다는군. 물론 둘 사이에 정말 사랑이라는 감정이 있었는지 어땠는지는 확인되지 않았지만 말이야. 사실 그 영살검주라는 자의 출신이 평민이라서 로맨스를 좋아하는 사람들이 꾸민 얘길 수도 있는 거지. 사람들 보면 그런 얘기 좋아하잖아. 가난한 평민 기사와 아름다운 공주의 사랑 이야기. 뭐, 그런 건데… 그런데 내가 왜 이런 얘기를 하는 거지?"

잘 나가다 왜 이런다냐. 그런 걸 나한테 물어보면 나보고 어쩌라고.

아무튼 루스는 거기까지 말하고는 머리를 긁적이면서 자기 할 일에 다시 몰두하기 시작했다. 하지만 상관은 없다. 대충 돌아가는 얘기는 다 들은 셈이니까.

그것참 재미있어지는데. 이거 단순히 꿈이라고 하기에는 너무 얘기가 재밌어. 쿡쿡, 하긴 누가 꾸는 꿈인데. 나 정도 되는 사람이 꾸는 꿈인데 그거야 당연한 얘기지.

어찌 되었든 일단 짐을 다 꾸리고 나자 모두 제각기 말에 올랐다. 그런데 이거 어떡하지. 나도 말 탈 수 있으려나?

말고삐를 잡고 어떻게 해야 할지 몰라 우물쭈물하고 있는데, 말도 그런 내가 우스워 보였는지 이리저리 투레질을 하기 시작했다. 끙, 이 놈이 왜 또 이런담.

"자, 마스터, 우선 이거부터 받아."

어떻게든 말을 달래보려고 끙끙거리는데 문득 그 파란 머리 여자가 말을 걸어왔다. 물론 언제 봐도 부담스러운 외모인지라 또 한 번 움찔한 건 말할 필요도 없는 일이었다.

"뭐야, 그 표정은?"

"아뇨, 아무것도."

우물쭈물하고 있는데 문득 그녀가 손을 내민다. 바라보니 검은 금속으로 된 쇠장갑이었다. 이런 걸 건틀릿이라고 하던가?

"이게 뭐죠?"

"원래 마스터 거야. 그러니 차고 있어."

오오, 이거 혹시 무슨 대단한 전설의 물품이나 그런 거 아닐까? 광택없는 검은 재질의 금속도 신기해 보이고, 그 가운데 새겨진 눈동자 모양의 문양도 왠지 신비하게 느껴진다. 이야, 이 꿈 정말 완벽하잖아!

　더 생각할 것도 없이 얼른 집어 들고 손에 끼어보았다. 금속이라고
는 생각되지 않는 가벼운 느낌에다가 그냥 털장갑처럼 손에 착 달라붙
는 착용감. 과연 멋진 물건이다.

　장갑을 손에 끼고 좋아서 어쩔 줄 모르고 있는데 문득 그녀가 이번
에는 내 말고삐를 잡아챘다. 갑작스런 일이라 왠지 놀라서 멀거니 바
라보았더니, 그녀는 아무것도 아니라는 듯이 나를 바라보며 오히려 반
문했다.

　"왜?"

　그게, 왜냐고 물어보면 갑자기 말문이 막혀 버리는 법이다. 하지만
일단 그래도 할 말은 해야지.

　"저기, 이 말은 저 타라고 준 거 아닌가요?"

　"탈 줄은 알아?"

　다시 말문이 턱 막힌다. 알 리가 없으니 말이다. 그래도 혹시나 아까
처럼 알아서 타지는 그런 일이 있지 않을까 기대했다고 하면 이건 좀
웃긴 일일라나.

　"저기……."

　"됐으니까 마스터는 나랑 같이 타고 가. 이럴 줄 알았으면 괜히 한
마리 더 샀네."

　그러면서 자기 혼자 척척 걸어서 자기 말에다가 내 말의 고삐를 매
었다. 뭐지, 사람을 무시하는 이 태도는.

　"저기……."

　"안 탈 거야?"

　하지만 역시 그녀는 너무 예쁘다. 화가 나려다가도 얼굴 한번 보면

말문이 막혀 버리니 어쩌겠는가.

할 수 없지 뭐. 꿈치고는 역시 아무래도 좀 이상하지만 이런 것도 나쁘지는 않으니까.

아무튼, 어쨌든, 하여간에!

그녀의 말에 따라 함께 말에 올라탔다. 그, 그런데 이건!

눈앞에서 미친 듯이 휘날리는 푸른 머리카락의 향연은 둘째 치고, 그녀의 몸에서 은은히 풍겨 나오는 향기와 옷 너머로 느껴지는 부드러운 그 촉감이라니.

으으, 이건 자극이 너무 심하다. 왠지 다른 소리는 안 들리고 온통 내 심장이 쿵쾅거리는 소리만 들릴 지경이니 말이다. 확실히 이제 한창 커가는 소년에게 이런 자극은 너무 심하다. 헉헉.

더 미치겠는 건, 진짜 지나가는 풍경을 바라보기가 겁날 정도로 미친 듯이 달리면서도 그녀의 허리에 감은 내 손을 말고삐를 쥐지 않은 손으로 잡은 채 놓을 줄을 모른다는 사실이다. 건틀릿 때문에 그 감촉을 느낄 수 없다는 사실이 이렇게 한스러울 줄이야. 음, 사실은 이걸 노리고 건틀릿을 준 게 아닐까?

이대로라면 난 얼굴도 본 적 없는 공주인지 뭔지를 구출해서 영웅이 되기보다는 이 여자에게 반해서 그대로 다 팽개치고 도망갈는지도 모르겠다. 물론 이 여자가 따라준다는 전제가 붙기야 하겠지만, 어차피 꿈이잖은가. 내 꿈인데 내 맘대로 못한다면 말이 안 되지. 후후후.

일단 그런 생각이 떠오르다 보니 그 이후로는 나 자신도 걷잡을 수 없이 터져 나오는 해괴한 상상들 때문에 정신을 차릴 수가 없었다. 아, 한 가지. 가끔가다가 뭔가 귓속에서 웅웅거리는 소리가 들리면서 그런 조금은 달콤하면서도 남세스런 상상들을 깨버리기는 했지만 그건 어디까지나 잠시, 아주 잠시일 뿐이었다.

그 웅웅거리는 소리들을 의식적으로 피하게 되는 이유는 사실 이런 것 때문이기도 하다. 누군가 현실에서 나의 잠을 깨우려고 하는 게 아닐까 하는 뭐 그런 거? 혹시라도 그 소리에 이끌려 잠이 깨버리거나 하면 이 훌륭한 꿈이 깨어버릴지도 모른다는 그런 불안감? 왜 그런 생각이 드는지는 알 도리가 없었지만, 가급적이면 지금 이 상태로 있고 싶었기에 다른 데는 신경 쓰지 않으려고 최대한 노력했다. 한심할 수도 있었지만, 사실 이런 꿈꾼다는 거 절대 쉬운 일이 아닐 테니까.

뭐, 사실 내 생각에도 한심한 거 맞다. 현실에서는 여자애한테 말도 제대로 못 걸어보는 주제에 이런 꿈속의 여자한테 헬렐레거리는 거 내가 보기에도 분명히 한심스런 일이다. 하지만 그게 뭐 어떤가. 어차피 꿈인데. 현실에서 못하면? 꿈속에서라도 이런 기회가 있어야 할 거 아닌가. 그럼, 그렇고말고.

정말이지 이게 현실이면 얼마나 좋을까 하는 생각도 들었다. 이런 현실이라면 이전의 내 모습이 꿈이 되는 걸까? 도대체가 너무 현실감있는 꿈이라서 도저히 꿈이라고 생각되지 않을 정도였으니 말 다 한 거 아닌가. 귓가를 간지럽히는 푸른 머릿결의 속삭임과 은은하게 전해져 오는 이 알 수 없는 온기. 도저히 꿈이라고는 생각되지 않을 정도로 생생해서 그대로 취해 버릴 것만 같다. 아니, 이미 취해 버렸다.

그런데 그렇게 얼마나 달렸을까. 갑자기 말의 속력이 주는가 싶더니 바람에 휘날리던 그녀의 머리카락이 조용히 내 얼굴 위로 내려앉았다.

그리고 그걸 느낌 순간 갑자기 머리카락들이 확 치워졌다.

뭔가 싶어서 눈을 뜨자 그녀가 고개를 돌려 뒤쪽의 나를 바라보고 있다는 걸 알았다.

"마스터."

"예?"

"후우……."

아직 그녀의 온기에 취해 있던 내가 약간은 멍청한 표정으로 그렇게 대답하자, 그녀는 갑자기 한숨을 푸욱 내쉬었다. 그리고 그제야 그녀의 표정을 읽을 수 있었다. 뭐랄까, 난감함? 그녀의 복잡한 표정을 다 읽을 수는 없었지만 그나마 알아차릴 수 있는 감정은 그 정도였다.

"웬만하면 그 정도만 하지 그래?"

"예?"

무슨 뜬금없는 말인지 몰라서 어리둥절해하는데 그녀는 그런 내 얼굴을 외면하며 이렇게 말했다.

"자꾸 이상한 생각하면 이따가 내려서 죽을 줄 알아."

"예?"

이, 이건 무슨 말이지?

혹시, 설마 내 생각을 읽은 건가?

하지만 그녀는 더 이상 생각할 틈을 주지 않고 다시 죽어라 말을 달리기 시작했다. 그리고 나는 다시금 그녀의 휘날리는 푸른 머릿결에 감싸여 다른 생각은 모두 잊어버린 채 그녀의 향기에 취해 버렸다.

그러나,

그녀의 말은 경고였다.

점심때쯤 되어 말을 멈추자마자 그녀가 한 행동이 그걸 반증하고 있었다.

"내 경고를 무시한 대가야."

"아니, 저기……."

"이 정도로 끝내는 걸 감사하게 생각하라고."

하지만 그렇다고 사람을 이렇게 묶어서 나무에 매달다니 이게 뭐야!

루스와 제드밀란이라는 이름의 두 기사는 그런 내 모습이 우스운지 고개를 절레절레 저으며 자기들끼리 키득거린다. 특히 오른쪽 눈에 시퍼렇게 멍든 저 남자, 제드밀란이라는 이름의 저 기사는 거의 대놓고 쌤통이라는 표정을 지은 채 즐거워하고 있었다.

아까 생각했던 거 다 취소. 무슨 꿈이 이따위야!

도대체 이게 뭐냐고. 대롱대롱 매달려 가지고는 놀림이나 받는 꼴이라니.

"그러기에 경고했잖아. 자업자득이라고."

알아, 알아. 하지만 어쩔 수 없었다고. 이 피 끓는 소년에게 그런 자극을 준 당신은 잘못이 없는 줄 알아?

하지만 그렇다고 마음속에서 나오는 대로 지껄일 수도 없었다. 이유는 간단했다. 그녀의 손에는 지금 맛있는 냄새를 풍기는 수프 한 접시와 먹음직스러워 보이는 빵이 들려 있었기 때문이다.

생각해 보니까 아침나절에 아무것도 못 먹었다. 그걸 떠올리자 뱃속에서 요동을 치기 시작하는데, 마치 며칠은 굶은 것마냥 이성이고 뭐고 다 날아가 버릴 것만 같았다. 으아, 치사하게 먹을 걸 가지고 사람을 놀리다니!

하지만 수프와 빵을 가지고 있는 건 그녀였고, 난 나무에 매달린 힘없는 소년일 뿐이었다. 으으, 이건 어쩌면 무기력하기만 한 현실보다 더 지독한 악몽이다. 전설에 나오는 영웅들이야 며칠씩 굶어도 끄덕도 없이 잘만 뛰어다니지만 난 그저 이제 막 자라나는 소년일 뿐이다.

그녀는 내 시선이 온통 자기 손에 들린 음식물에 가 있는 걸 알아차렸는지 한번 쓱 수프와 빵을 내려다보고는 나를 향해 방긋 웃었다. 그래, 이쁘다. 이쁘니까 제발 그것 좀 먹게 해줘!

"맛있겠지?"

버둥버둥거리면서도 나는 맹렬히 고개를 끄덕였다. 하지만 그녀는 그저 방긋 웃더니 손에 든 빵을 냉큼 한 입 베어 물었다. 으악!

"음, 역시 새로 장만해 놓은 거라 그런지 아직은 꽤 맛있네."

그러면서 아예 수프에다 빵을 살짝 적셔서 다시 한 번 한 입 베어 물었다. 으윽, 정말 미치겠네!

"으음, 맛있어."

크아아! 더 이상은 못 참아!

갑자기 눈이 뒤집히는 듯한 착각이 드는가 싶더니 어느샌가 난 땅에 떨어져 내리고 있었다. 하지만 그런 것보다는 지금 당장 내 눈앞에서 향긋한 냄새를 풍기고 있는 향기로운 수프 냄새를 좇아 그대로 달려들었다.

"앗!"

갑작스런 나의 행동에 그녀는 기겁을 하며 뒤로 물러서려 했지만 그보다는 내 동작이 훨씬 빨랐고, 어느샌가 난 그녀에게서 수프 접시와 빵을 빼앗아 들고 허겁지겁 먹어치우고 있었다.

마, 맛있다!

이건 말로 표현할 수가 없다! 혀에 착착 감기는 듯한 이 맛이라니! 젠장, 사흘 굶으면 돼지죽도 진수성찬이라더니 그 말 틀린 게 하나도 없다.

하지만 그렇게 허겁지겁 엄청난 속도로 먹어 치우기에는 너무 양이 적었다. 어느샌가 빵은 자취도 없이 사라져 버렸고, 수프 역시 바닥을 드러내 버린 것이다. 거의 핥다시피 먹어치운 나무 접시를 입에 문 나는 그제야 조금 정신이 들어서 물끄러미 고개를 들었다. 그곳에는 푸른 머리카락의 그녀가 전혀 우아하지 않은 모습으로 입을 쩍 벌린 채 나를 바라보고 있었다.

둘 사이에 잠시 기묘한 정적이 흘렀다. 물론 그 와중에도 나는 나의 욕구를 담은 뜨거운 시선을 그녀에게 보내고 있었고, 그녀 역시 놀란 얼굴로 입을 다물지 못한 채 나를 바라보고 있었다.

그렇게 서로 시선을 맞추고 있는데, 그제야 제드밀란이라는 이름의 기사가 허겁지겁 달려와 나와 그녀 사이를 가로막았다. 마치 무슨 큰 일이라도 생긴 것마냥 허겁지겁 말이다.

"무슨 일입니까?!"

얼굴은 나를 보고 있었지만 그 말은 명백하게 그녀를 향한 것이었다. 이 기사, 여차하면 칼이라도 뽑아 들 기세다.

그녀도 그제야 정신이 들었는지 벌리고 있던 입을 다물고 원래의 조금은 차가워 보이는 듯한 표정으로 돌아왔다. 하지만 그것도 잠시.

"푸훗, 킥킥……"

고개를 돌리더니 갑자기 입을 틀어막고 킥킥거리며 웃기 시작했다. 나름대로 진지하게 그녀를 보호한답시고 나와 그녀 사이에 끼어든 제드밀란이나 시종일관 강렬한 욕구, 그러니까 좀 더 달라는 뜻의 시선을 보내고 있던 나는 그제야 정신을 차리고 그녀가 웃는 모습을 바라보았다.

그리고 그제야 내가 무슨 행동을 했는지 깨달았다. 이, 이런…….

"쿡쿡쿡, 그, 그렇게 배가 고팠어? 푸훕!"

그, 그렇다고 그렇게 웃을 것까지는 없잖아.

이젠 아예 그 자리에 주저앉아 낄낄대기까지 한다. 사람 민망하게.

아무튼 좋았던 기분은 다 깨지고 민망함과 창피함 때문에 이후론 고개도 제대로 들 수가 없었다. 게다가 엘리스는 그 다음부터 나를 볼 때마다 처음에 보여주었던 그 조금은 화난 듯한 표정 대신 귀엽다는 표정을 지어 보였지만, 어쩐지 어린애 취급하는 것 같아서 그건 그것대로 기분이 나빴다. 하긴 뭐, 그렇다고 어린애가 아니란 건 아니지만.

그래도 처음의 서먹함이 어느 정도 수그러든 것만이라도 감사해야겠지. 사실 한 번 이렇게 망가지고 나면 조금은 쉽게 친근해질 수 있는 법이니까.

식사를 마치고 다시금 말에 올라 미친 듯한 질주를 하는 와중에 그녀의 등에 얼굴을 기대고 있자니… 그것참 뭐랄까, 안도감이랄까, 만족감이랄까. 하여튼 나도 설명하기 힘든 그런 포근한 온기와 그녀의 몸에서 전해져 오는 작은 고동 소리에 절로 눈이 감긴다.

"졸지 마! 잠들면 마스터고 뭐고 바로 던져 버릴 테니까!"

이크, 어떻게 알고서는 소리를 버럭 지른다. 아닌 게 아니라 살짝 존

건 사실이지만, 뒤에 눈이 달린 것도 아니고 무슨 수로 저렇게 귀신같이 알아챈 거지.

그때였다. 다시금 귓속에서 무언가 웅웅거리는 소리가 들려왔다. 분명히 바람 소리와는 다른 그런 선명한 울림. 왜 이러는 거지?

하지만 꿈속에서 뭔가 논리적인 이해를 바란다는 것도 무리일 것이다. 확실히 어느 정도 현실과 혼돈할 만한 요소가 있다고 해도 꿈은 꿈일 뿐이니까. 괜히 머리 아프게 생각할 필요는 없는 게 아닐까?

어디 보자⋯ 그건 그렇고 아까부터 한 가지 궁금한 게 있었는데 마침 생각이 나네. 다른 두 기사는 나보고 토머스나 토미라는 이름으로 부르는데 그녀는 왜 나를 마스터라는 별칭으로 부르는 걸까.

마스터라는 이름이 자신의 상관이나 뭐, 그런 비슷한 위치에 있는 사람을 뜻한다고 생각하면 다른 두 기사와는 다른 어떤 관계가 있는 게 아닐까? 그녀의 태도로 보건대 정말 하녀나 그런 건 아닌 것 같고 말이다. 그냥 꿈이니까 그런가 보다 하고 생각할래도 왠지 자꾸만 신경이 쓰인다.

"저기요⋯⋯."

거의 중얼거리는 듯한 어조로 슬며시 말을 꺼냈다. 하지만 이렇게 정신없이 말을 달리는 와중에 그게 상대에게 전해지기를 바란다면 그게 말도 안 되는 일일 것이다. 입 열어 소리를 내고서야 이게 아닌데 싶어서 다시금 크게 말하려고 했다.

"뭔데!"

하지만 그전에 방금 전의 그 작은 목소리를 알아들은 건지 그녀가 고함을 빽 질렀다. 뭐지? 내가 들어도 바람 소리에 묻혀 버릴 만큼 작은 목소리였는데.

그녀의 등에 기대고 있으니까 그 울림이 전해진 걸까? 아니면 그녀가 잡고 있는 내 손으로 내 생각이 흘러 들어간 걸까?

하긴 꿈이니까 불가능한 건 아니겠지만, 지독하게 현실적이다가 꼭 한 번씩 이런 식으로 꿈이라는 걸 상기시키는 이유는 뭔지 모르겠다. 내가 꾸는 꿈인데도 내 맘대로는 아니라 이건가. 뭔가 좀 아리송하긴 한데, 아무튼 그게 중요한 건 아니니 일단 넘어가고.

"저기, 왜 절 마스터라고 부르죠?"

크게 목소리를 내야겠다고 생각은 했지만 또다시 웅얼거리는 목소리가 되고 말았다. 이 성격도 좀 고쳐야 할 텐데.

하지만 방금도 그랬듯이 그녀는 정확히 다 알아들은 듯 다시 크게 대꾸했다. 목청껏 소리 지르는 그녀의 목소리도 바람 소리에 파묻혀 잘 들리지 않는데, 내 말은 어떻게 저렇게 잘 알아듣는 걸까.

"그건 설명하자면 좀 기니까 있다가 내려서 말해 줄게!"

뭐, 상관없지. 궁금하긴 하지만 급한 건 아니니까.

알았다는 뜻으로 고개를 끄덕였다. 그러자 그녀는 움찔하더니 곧바로 다시 고함을 쳤다.

"부비적거리지 마!"

참, 그러고 보니 그녀의 등에 기댄 채였지. 음음, 이거 다시 돌이키니까 좀 부끄럽긴 하네. 하하.

멋쩍게 웃음을 터뜨렸지만 은근히 걱정이 되기 시작했다. 또 매달아 놓고 음식으로 고문하면 어떻게 한담.

하지만 다행히 그렇게까지 하지는 않았다. 말에서 내리면서 내심 불안하기는 했지만 그녀는 별다른 내색 없이 짐을 내려서 정리하기 바빴다. 그리고 짐을 그럭저럭 정리하고 나자 곧바로 식사 준비에 들어갔다.

얇게 썰어서 팬에 지진 베이컨과 야채를 적당히 섞은 수프, 거기에 큼지막한 호밀빵을 칼로 썰어 버터에 발라 먹으니 더 바랄 나위가 없었다.

하긴 야외에서 여행 중에 먹는 것이라고 보기에는 좀 화려한 식사이다. 내가 알기로는 보통 마른 고기를 불에 구워서 연하게 만들어 먹는다고 들었는데 이 정도면 정말 훌륭한 셈이다. 물론 그렇다고는 해도 집 안에서 편하게 먹는 음식에 비할 바는 아니었지만, 원래 밖에서 먹는 건 그런대로 그만큼의 다른 의미가 있는 법이다. 그렇지 않은가, 집에서는 깨작깨작대다가도 밖에 나오면 왠지 구미가 당기고 그러는 거.

신선한 공기의 영향도 있겠고, 온종일 말을 달려오느라 피곤하기도 했고, 여러 가지 이유가 얽혀 있긴 하겠지만 아무튼 이런저런 이유 따지지 않더라도 충분히 훌륭한 저녁 식사였다.

"맛있어요!"

"침 튀기지 마."

"네, 네."

정말 그 행복감에 겨워 나름대로 크게 목소리를 돋우어 칭찬이라고 한마디 했건만 대뜸 핀잔을 준다. 아니, 뭐 좀 침이 튀었을 수도 있겠지만, 그렇다고 사람을 그렇게 무안 주냐.

저절로 삐져 나오는 입을 주체하지 못하고 웅얼거릴 수밖에 없었다. 대놓고 대들었다가 또 나무에 매달리라도 하면 어쩌겠는가. 그래도 음식이라도 맛있으니 그거라도 위안 삼을 수밖에.

그 뒤론 누구도 감히, 그녀가 두려워서인지 아니면 음식이 정말 맛있어서 딴생각이 안 난 건지는 모르겠지만 소리 하나 내지 않고 조용히 식사를 끝마쳤다.

아무튼 나름대로 단란한 식사가 마침내 끝나자 그녀는 식기를 모두 모아서 겹쳐 쌓고는 대뜸 제드밀란과 루스를 바라보며 말했다.

"설거지 좀 해."

"에?"

기분 좋게 먹고 배를 두드리고 있는데 대뜸 설거지를 시키려 들자 두 남자는 눈썹을 찡그렸다. 하지만 그녀는 두 남자가 얼굴을 찡그리거나 말거나 조금도 굴하지 않고 당당하게 가슴을 펴고 말했다.

"왜, 싫어? 내가 음식을 만들었으면 설거지 정도는 해줘야 당연한 거 아니야? 그간 지켜보자니까 손 하나도 까닥 안 하다니, 누굴 하녀로 아는 거야?"

음, 과연 한성깔 하는 여자였군. 분명히 틀린 말은 아니었지만 글쎄, 기사라면 귀족일 테고 귀족이 설거지를 한다는 건 나도 별로 들어본 적이 없는 것 같다. 물론 저들끼리만 여행하는 것이라면 어쩔 수 없이 그럴 수도 있겠지만, 귀족이 혼자 여행하는 일은 어지간한 괴짜가 아닌 이상 하지 않는 것이 보통이라고 알고 있다. 사실 나로서는 아직 잘 모르지만 귀족에 대한 반감이 그다지 작다고만도 할 수 없는 노릇이고, 그중에 특히 반감이 강한 자라면 기습이라도 할지 모르는 일일 테니까. 게다가 귀족이면 돈도 많지 않겠는가.

또 엉뚱한 생각을 떠올렸네. 뭐, 아무튼 그런 그들이 대뜸 반말로 '설거지해!' 라는 소리를 들었으니 그다지 기분이 좋을 이유가 없는 것이다. 평생 그들이 그런 소리 들은 적이나 있겠는가.

하지만 기왕에 이렇게 함께 여행을 하는 와중에, 그것도 단순히 놀러 가는 것도 아니고 임무를 띠고 가는 것이라면 무턱대고 화를 내서 분위기를 망칠 이유는 없을 것이다. 두 사람도 분명 어린애는 아니었고, 그런 점도 잘 알고 있었지만 그래도 별로 기분은 안 좋은 듯 투덜대면서 식기들을 들고 근처의 냇가로 가버렸다.

음음, 그나마 나 안 시킨 걸 다행으로 생각해야 하는 건가.

그녀는 잠시 그들의 모습을 허리에 손을 얹은 채 째려보다가 그들이 시야에서 사라지자 서둘러 자리를 정돈하기 시작했다. 아무래도 가만히 있으면 또 한소리 들을 것 같아서 어정쩡한 모습으로 그녀를 도운 건 말할 필요도 없다.

어쨌든 자리가 대충 정돈되고 나자 그녀는 허리를 펴며 크게 숨을 내쉬고 이마를 훔쳐 내더니 이내 나를 돌아보며 씨익 웃었다.

왜 예쁘다는 생각보다 먼저 불안한 마음이 드는 걸까.

"자아, 이제 아까 하다 만 얘기를 해야겠지?"

"무, 무슨 얘기요?"

내가 생각해도 조금은 얼빠진 대답에 그녀는 한숨을 푸욱 내쉬더니 고개를 설레설레 저으며 천천히 대답했다. 사람이 그럴 수도 있지. 뭐야, 도대체.

"아까 물어봤잖아. 왜 마스터라고 부르냐고."

"아……."

참, 그랬지. 하여튼 정신머리 하고는. 과연 어떤 숨겨진 얘기가 있으려나. 흥미진진해지는데?

"간단히 설명을 하자면 토미는 현존하는 유일한 도적 길드의 마스터야."

"도적 길드?"

"그래, 난 그 도적 길드의 실무를 보는 사람이고. 그러니 내가 마스터라고 부르는 거지."

헤에, 이, 이거 대단하잖아. 음음, 이를테면 비밀 조직의 우두머리라 이건데. 아무리 꿈이라지만 이건 좀 심한 거 아닌가? 아무리 그래도 아직 성인식도 치르지 않은 꼬마한테 비밀 조직의 우두머리라니.

내가 생각한 대로가 맞다면 도적 길드가 하는 일은 당연히 도둑질이 우선일 테고, 그 밖에도 정보 수집이라던가 암살이나 그런 종류의 일도 하겠지? 한마디로 어둠의 제왕이라 이건가? 머, 멋지다!

"그런데 나머지 부하들은 어디 있는 거죠?"

"나머지? 아아, 길드라고는 하지만 특별한 경우가 아니면 잘 모이지는 않아. 마스터라고는 해도 사실 상징적인 존재고. 다시 설명하자면, 비슷한 직종을 가진 사람들끼리 모여 있는 그런 거랄까? 길드라고는 해도 별로 대단한 건 아니야."

그런 건가. 왠지 좀 김이 샌다. 하지만 그거라도 어딘가. 이 나이에 일개 조직의 대장 자리를 맡는다는 게 어디 쉬운 일인가.

"사실 발코스에 들르면서 아직 그곳에 남아 있는 몇몇 사람들과 좀 접촉을 해보기는 했어. 덕분에 제드밀란 녀석을 떼어놓느라 좀 고생하기는 했지만. 아무튼 그간 새로 들어온 정보에 따르면 발코스는 암암리에 영살검주의 손에 들어간 것 같아. 아, 물론 아직 왕실에서 임명한 총독도 건재하고 도시 주둔군도 남아 있지만, 영살검주가 그럴 마음만 있다면 하루아침에 발코스는 깃발을 바꾸어 꽂을 것 같더군. 하긴 내가 지금 이런 얘기 마스터에게 해봐야 이해할 것 같지는 않지만. 그러니 그만 좀 졸아."

"……."

으음, 내, 내가 졸았나? 아하하…….

아니, 뭐 내가 물어본 건 맞지만 대뜸 그런 이해도 못할 얘기를 하는데 어떻게 알아듣겠냐고. 내가 이해한 거라면 일단은 내가 도적 길드라는 것의 대장이라는 것 정도?

언제 들어보지도 않은 영살검주니 뭐니 하는 사람이야 내가 알 바가 아니잖아. 솔직히.

하지만 그녀는 왠지 날 째려보며 더 이상 말하지 않았다. 하긴 한참 열심히 말하는데 꾸벅꾸벅 졸아버린 건 순전히 내 잘못이기는 하지만 그렇다고 사람 무안하게 자꾸만 째려보냐. 아무래도 뭔가 다른 화제 전환이 필요할 듯싶군.

"저기…….."

어렵게 더듬거리며 말을 꺼냈으나 그녀는 계속 노려보기만 할 뿐 대답이 없다. 아 씨, 자기는 내가 좀 졸았다고 그 난리를 치더니만 뭐야, 도대체.

"저기…….."

"짖지 말고 말을 해."

"……."

으윽, 아무리 그래도 너무하잖아. 사람이 말을 거는데 세상에 짖지 말고 말하라가 뭐야!

생각 같아서야 소리라도 빽 지르고 싶었지만 그럴 수도 없었다. 솔직히 그녀는 내가 감당하기엔 좀 벅찬 사람이니까. 일단 외모부터 기가 팍팍 죽는 데다가 말 한마디 한마디가 죄다 사람 기죽이기에 충분한 위력을 가지고 있으니 말이다.

결국 난 이렇게 어물거리며 말하는 정도밖에 할 수 없었다.

"죄송해요."

뭐냐, 도대체. 이건 정말 내가 생각해도 좀 한심하다. 분명히 얘기하는데 꾸벅거린 건 잘못한 거지만 이렇게 움츠러든 꼴이라니.

"관두자, 관둬. 하아. 그나마 요샌 좀 사람다워졌나 싶었는데 고작 이 정도에 이렇게 망가져 버릴 인간이었다니. 내가 눈이 삐어도 단단히 삐었지. 빌어먹을."

"……."

이거 사실은 악몽 아닐까.

꿈은 현실의 반영이라는 말을 어딘가에서 들은 것 같기는 한데. 아무리 그래도 이건 좀 심하다 싶은걸. 아니, 물론 현실에서도 언제나 로즈 녀석한테 이런 꼴을 당하기는 하지만, 그래도 기왕 꿈이면 현실과는 좀 다른 모습을 보여야 하는 거 아닐까.

꿈에서나 현실에서나 똑같다니, 이건 좀 너무하다. 이거 어떻게 바꾸는 방법이 없을까?

으음, 하긴 그게 단번에 되는 거라면 누가 고생하겠는가만, 왠지 자꾸 이렇게 몰아붙여지니 아무리 마음 착한 나라고 해도 이건 좀 화가 난다.

그래서 난 결국 해서는 안 될 짓을 하고야 말았다.

솔직히 어차피 꿈이니까 한번 해보자 하는 생각이 강했는지도 모른다.

"에, 엘리스!"

이 여자 이름 엘리스 맞지? 이거 틀리면 엄청 창피할 텐데.

다행히 틀리진 않았는지, 내가 소리를 버럭 지르자 그녀는 인상을 팍 찡그리며 나를 노려보았다. 으윽, 무섭다. 예쁘긴 한데 그거 말고도 저 두 눈에서 뿜어지는 박력, 이게 또 장난 아니다. 보는 순간 움찔하게 된다고나 할까.

하지만 기왕에 용기를 내서 큰 소리 한 번 쳤는데 이대로 물러서면 오히려 꼴이 더 우스워진다. 결국 나는 다시 한 번 용기를 내서 큰 소리를 칠 수밖에 없었다.

"엘리스!"

"말했을 텐데, 짖지 말고 말하라고."

"…지금 이게 짖는 거면 엘리스 이름이 멍멍이란 말과 동의어란 건가요?"

"……"

아잣! 통쾌한 한 판 역전승! 나도 할 땐 한다 이거야!

그녀는 잠시 할 말을 잃은 듯 멍하니 나를 보다가 곧 피식 웃으며 말했다.

"그래, 알았으니 무슨 얘기를 하고 싶은 건지 말해 봐."

"……"

문제는 이거다. 내가 무슨 말을 하려고 했더라.

으음, 간신히 한 방 먹이는 데 성공했는데 이래서야 도대체 전부 헛수고가 될 판 아닌가. 그녀의 시선 때문에 더 마음이 조급해져서인지도 모르겠다.

일단 아무거나 물어봐야 할 텐데.

"저기……"

"뭐?"

"영살검주가 어떤 사람이죠?"

그나마 머리를 짜내 겨우 던진 질문이 이거다. 역시 난 머리가 나쁜 걸까.

하지만 그녀는 의외로 고개를 끄덕이며 대답하기 시작했다.

"영살검주, 원래 본명은 커트라이트 제노디렌. 원래 평민 출신으로 부유한 상인의 양자로 들어가 기사 작위까지 얻어낸 인물이라고 하더군. 당시의 성은 랜버트. 현재 그의 오른팔이라고 할 수 있는 데런과는 기사 훈련생 시절부터 친한 친구였다고 해. 음, 뭐랄까. 리필린느와도 그 당시부터 좀 티격태격하고는 했었다는군."

그냥 둘러대다시피 던진 질문이었는데, 갑자기 이런 식으로 대답이 좌르륵 나오니 오히려 내가 당황스러웠다. 꿈이 대단해 봐야 얼마나 대단하겠느냐만, 듣자 하니 이것도 상당히 뭔가 복잡하게 얽히고설킨 게 장난이 아닌 것 같다. 일단 기왕에 꾸는 꿈이라면 제대로 들어둬서 나쁠 건 없다는 생각에 나는 그녀의 말에 집중했다.

"뭐, 자세한 내막은 지금에 와서는 알 도리가 없지만, 리필린느 남작과 영살검주의 사이가 결정적으로 틀어지게 된 건 역시 여자 문제였더군. 그러니까 이번에 문제가 된 공주, 그러니까… 이름이 아스트리스 공주였던가? 아무튼 이전부터 좀 사이는 안 좋았지만 그렇게 티가 날 정도는 아니었는데, 그 공주의 호위기사 건으로 완전히 둘 사이가 앙숙이 되었다나 봐. 나이트는 영살검주가, 호위기사는 남작이. 이런 식으로 되다 보니 아무래도 서로 부딪치게 되는 일이 많았을 테고, 그래서인지 남작은 자기 아버지인 왕국군 최고 사령관 리필린느 백작을 움직여 영살검주를 남방 지역의 반란 집압군에 강제로 편입시켰던 모양이야."

으음, 역시 어딜 가나 여자가 문제란 거군. 도대체 그 공주라는 사람이 얼마나 예쁘기에 그러는 걸까? 여기 내 눈앞에 있는 엘리스란 여자

만도 내 눈이 뒤집어질 정도인데. 역시 세상은 넓고 미인은 많다, 이건 가?

"사실 거기까지는 문제될 일이 없었지. 하지만 리필린느 남작이라는 사람, 의외로 독한 데가 있었던 모양이야. 그냥 떼어놓는 걸로 끝내지 않고 모략을 세웠던 거지. 완전히 매장시켜 버리기 위해서 말이야."

"무슨 모략이요?"

"뭐, 결과적으로는 영살검주에게 득이 된 건지 실이 된 건지 알 수 없는 얘기가 되어버렸지만, 왕가의 보물인 소울 브레이커를 훔쳐서 그의 막사에 가져다 놓은 후 소문을 퍼뜨린 거지. 사실은 이번 용병 부족의 반란은 모두 그가 사주한 거다. 그 증거가 여기 있다. 왕가의 신물이라고도 할 수 있는 소울 브레이커를 훔치지 않았는가! 뭐, 이런 식으로 말이야. 사실 일개 평민 출신의 평기사가 그런 일을 한다는 자체가 우선 말이 안 되는 얘기였지만, 일단 소울 브레이커는 정말로 도난당해 버리고, 평민 출신 기사라는 점 때문에 평민들의 지지도 높았고… 아무튼 높으신 어르신네들도 좀 미심쩍다 싶었는지 그를 일단 소환하기로 한 거지."

그런 건가. 소울 브레이커라… 근데 이건 나도 어디서 많이 들어본 건데. 에, 설마?

"소울 브레이커라는 게 무왕 칼스가 사용했다는 그 검을 말하는 건가요?"

"응? 아, 맞아. 영살검주라는 별칭도 그래서 붙은 거지. 어찌 되었든 일단 소환 명령이 내려졌는데, 실제로 소울 브레이커가 그의 막사에서 발견되니 이게 일이 복잡해진 거지. 당사자로서야 황당할 수밖에 없는 일이었지만, 당시 원정군의 지휘관이며 참모부가 이미 죄다 알아버린 거야. 이렇게 되면 변명이고 뭐고 통할 수가 없는 상황이 되어버리는 거지. 안 그래도 그는 귀족들에게는 눈엣가시 같은 존재였으니 꼬투리 하나는 기가 막히게 잡힌 셈이었지. 사실 이런 간단한 술책에 넘어간다는 것 자체가 어떻게 보면 우스운 일이지만 말이야."

이거 꿈치고는 정말 뭔가 복잡하면서도 왠지 정말일 거 같은 착각마저 드는데? 소울 브레이커라면 현재 남아 있는 전설의 무구? 아무튼 그런 이름있는 무기 중에서는 정말 독보적인 존재이니까. 하긴 실제로 있긴 하지만 쓸 수 있는 사람이 없어서 그런지도 모르지만. 사실 나도 그냥 전해 들은 것만 있을 뿐 정확한 내용은 아는 게 없다. 달리 전설의 무구이겠는가.

"중간에 아무튼 여차저차해서리 되려 원정군을 장악해 버리고 그 반란을 일으켰다던 용병 부족도 포섭을 해버리자 이젠 정말 난리가 난 거지. 수도에서 말이야. 곧바로 왕국군 총사령관 리필린느 백작이 비상 소집령을 내리고 여차하면 그대로 내전이 일어날 판이었는데, 무슨 생각이었는지 갑자기 영살검주 측의 병력이 증발해 버린 거야. 감쪽같이."

"헤에……."

"그러다가… 몇 년이 지난 시점이 돼서 느닷없이 이쪽 동부 삼림 지대를 기반으로 다시 모습을 드러낸 거고, 그게 지금에 이른 거지. 그리고 이번에 공주마저 자기 품으로 데려간 거고. 리필린느 남작으로서야 뒤통수 맞은 격이고, 영살검주로서야 회심의 일격을 날린 셈이지. 덕분에 이렇게 우리가 공주를 찾으러 가게 된 거고."

"히야, 이건 뭐 거의 무슨 소설 같다. 처음부터 이게 단순한 꿈이 아니란 건 알았지만 이 정도일 줄이야."

윽, 갑자기 왜 이러지. 또 귓속이 멍멍해지네.

"으윽……."

"왜 그래?"

"아뇨, 가끔 이렇게 귓속에서 벌 떼가 웅웅거리는 것마냥 울리네요."

"음?"

그녀는 잠시 고개를 갸우뚱거리더니 살며시 내 손을 잡았다. 그러자 갑자기 웅웅거리던 그 소음이 싹 사라지는 것이 아닌가. 뭐지, 이거? 신기하네.

"지금도 그래?"

"아뇨, 손 잡아주니까 거짓말처럼 사라지는데요."

"그래? 흐음……."

그녀는 잠시 내 손을 놓고 혼자 무엇인가 생각에 잠기는 듯했다. 그것참, 뭔가 심각하게 얽히고설킨 듯한 착각이 드는 건 말 그대로 정말 착각이라고만 해야 맞는 건가.

잠시 그러고 있던 그녀는 한번 버릇처럼 고개를 갸웃거리고는 이렇게 말했다.

"뭐, 아무튼 지금 했던 얘기 저 두 사람에게는 하지 마. 마스터가 도적 길드와 연관이 있다든가, 소울 브레이커를 마스터가 가지고 있다든가 하는 얘기 말이야."

"그러죠 뭐… 네? 소울 브레이커요?"

지금 이 여자가 뭐라고 그런 거지? 소울 브레이커를 내가 가지고 있다고 한 거야, 지금?

왜 이런 복잡한 얘기를 하나 했더니 그런 이유가 있었던 건가? 세상에. 그럼 자칫 잘못하면 두 편으로부터 추격을 당할 수도 있다는 얘기네?

"응? 아… 그러고 보니 그것도 잊었겠군. 그냥 모르는 척하고 있어. 나중에 또 자세히 얘기해 줄 테니."

"아니, 그 검이 어디 있다는 거죠? 난 검이라고는 가지고 있는 게 없는데."

"그건……."

막 엘리스가 말하려던 찰나 인기척 소리가 들려왔다. 두런두런 뭔가 얘기를 나누는 소리와 터벅터벅 내딛는 발자국 소리. 소리가 들려오는 방향을 바라보자니 두 기사가 설거지한 그릇을 들고 투덜대면서 걸어오고 있는 것이 보였다.

"뭐, 자세한 건 나중에 얘기하자."

그 모습을 확인하자 엘리스는 대뜸 이렇게 말하면서 자리를 털고 일어나 그들에게 다가갔다. 멀거니 바라보는 나만 남겨둔 채로 말이다.

"어디 봐봐. 제대로 씻었나."

"설거지했으면 됐지, 무슨 확인까지 한다고 그래?"

"어허, 이걸로 어차피 식사할 사람은 너희들이라고. 내 친히 나서서 댁들의 위생 문제까지 신경 써주는데 고맙다고는 못할망정. 어서 이리 내."

흐음, 뭔진 모르지만 지금의 이 일행 내에서도 뭔가 내가 알지 못하는 복잡한 문제가 있는 것 같다. 하긴 꿈이 대단해 봐야 얼마나 대단하겠는가만은.

　아니지, 이거 이외로 복잡한 꿈이다. 단순히 꿈이라고 치부해 버리기 어려울 정도로. 꿈은 현실의 반영이라더니. 그 말대로인가, 원래 잡생각 많은 내가 꾸는 꿈이라서 그런 건가.

　에라, 모르겠다. 어차피 꿈인데 복잡하게 생각할 거 뭐 있나.

제18장 조우(遭遇)

조우(遭遇)

　그 이후로는 특별한 일이 없었다. 매일같이 죽어라 말을 달리다가 배고플만 하면 내려서 식사하고, 그리고 나서 또 달리고. 단조로운 일이었지만 앞으로 벌어질 일을 생각하면 흥분이 되어서 밤에 잠도 잘 오지 않았다.

　얼마나 꿈꿔오던 모험인가. 그것도 공주를 구출하러 가는 여행이라니. 정말 꿈이 아니고서야 나 같은 녀석이 평생 해볼 기회가 있을 리 없는 그런 장대한 모험이 아닌가.

　사실 뭐 꿈치고는 좀 이상한 면이 없는 건 아니었다. 우선 그 시간이 엄청 길다는 것. 하지만 뭐 어차피 꿈이라는 게 그런 거와 상관있는 일이던가. 그냥 난 지금의 이 포근함을 즐기면 되는 거다.

　"부비적대지 말라니까!"

　거의 비명과도 같은 그녀의 고함이 들려오는 바람에 난 기겁하며 그녀의 등에서 얼굴을 떼었다. 하지만 이후에 있을 그녀의 고문에도 자꾸만 이런 행동을 하게 되는 이유가 없는 것만은 아니었다. 이유없는 무덤은 없다고 하지 않는가.

뭐랄까, 정말 푸근했다. 이 정도로는 모자랄까?

모자를지도 모르겠다. 이를테면 그건 어머니의 체취 같은 거라고 해야 하나. 아아, 모르겠다. 그냥 이쯤에서 그만두는 게 나을지도. 괜히 창피해지는군.

어찌 되었든 간에 난 자꾸만 그녀의 등에 얼굴을 대었다가 비명 같은 고함을 듣고 다시 떼기를 반복하면서, 물론 그런 와중에 등 뒤에서 느껴지는 찌르는 듯한 제드밀란의 시선을 견디어내며 그날 하루도 열심히 말을 달리고 있었다. 물론 내가 직접 말을 본 건 아니지만 어찌 되었든 타고 가는 건 마찬가지니까.

불현듯 뒤처져 가던 루스가 우리를 지나치며 앞으로 나오더니 손짓으로 멈추라는 신호를 했다. 나야 뭐, 그저 저 사람이 왜 저러나 싶었지만 엘리스는 뭔가 알아차린 듯 천천히 그의 지시에 따라 말을 멈추었다.

루스는 잠시 앞쪽으로 달려나가 무언가를 살펴보더니 곧 우리에게로 돌아와 이렇게 말했다.

"앞쪽에 마을이 있는 것 같소."

마을? 어디?

엘리스의 뒤쪽에서 그녀의 어깨 너머로 고개를 빼고 이리저리 앞쪽을 살펴보았지만 보이는 것은 그저 울창한 나무숲뿐이었다.

"어디에 마을이 있다는 거죠?"

그러자 루스 대신 엘리스가 작게 일러주었다.

"저기 희미하게 연기가 보이지?"

그녀가 가리킨 곳은 내가 보고 있던 하늘의 조금 위쪽이었다. 언뜻 봐서는 제대로 보이지 않았지만 자세히 들여다보니 희끄무레한 연기 한 가닥이 피어오르고 있었다. 그냥 관심없이 지나친다면 알아보지도 못할 만큼 아주 미약한 연기였다.

"정말 그렇네요."

약간은 얼빠진 듯한, 하지만 막상 그 말 외에는 할 말이 없어서 그렇게 말했다. 하지만 역시 이들의 반응은 예상대로 무시였다. 쳇, 아무리 그래도 무시할 것까지는 없잖아.

"어떻게 할까요?"

의견을 구하듯 제드밀란이 그렇게 입을 열었다. 하지만 분명 나에게 물어보는 것은 아닐 테니 난 그저 가만히 국으로 잠자코 있을 수밖에.

"저게 마을이라고 확신할 수는 있는 거야?"

"확실히 영살검주 측의 군대가 야영하는 곳인지도 모를 일이지. 그리고 이 영역이라면 수인족들의 영향권일 테고. 어찌 되었든 피해 가는 게 좋을 듯한데."

에? 수인족?

수인족… 수인족… 어디서 들었더라. 아, 맞다! 무왕 칼스의 대수인족 원정!

그 수인족들이 아직도 살아남아 있는 건가!

이거 정말 멋지잖아! 음, 공주를 구출하러 떠나는 영웅들의 앞길을 가로막은 수인족들. 그리고 그들의 방해를 헤치며 나아가는 우리의 영웅들! 그리고 그 가운데 섞여 있는 소년 영웅 토머스!

멋지다! 이게 바로 내가 꿈꾸어온 거라고!

결국 난 흥분에 못 이겨 이렇게 소리치고 말았다.

"가요!"

갑자기 내가 소리를 빽 지르자 모두는 얘가 또 왜 이러나 싶은 뜽한 표정으로 바라보았다. 아무리 기쁨과 흥분으로 제정신이 아니라도 이런 시선들 속에서는 머쓱해지기 마련이다.

"가자니, 어딜 가자는 거야?"

"그게, 그러니까……."

루스의 물음에 어물어물하자 엘리스가 그런 루스를 향해 푸념 섞인 한마디를 했다.

"신경 쓰지 마. 지금 얘는 예전의 토미가 아니라고."

그러자 말없이 고개를 끄덕이는 루스와 제드밀란. 뭐냐, 도대체. 사람을 뭘로 보고 그 딴 말을.

화가 나서 한마디 하려는 찰나, 아쉽게도 엘리스의 동작이 더 빨랐다.

"이럇!"

"흭!"

갑자기 말에 채찍을 가하는 바람에 말 등에서 굴러 떨어질 뻔했다. 뭐야, 도대체 이 여자. 너무하잖아, 이건!

하지만 그녀의 등에 기대어 다시 그 체온을 느끼자 그런 화나는 일 따위는 순식간에 사라져 버리고 말았다. 으음, 좋군.

"부비적대지 말라니까!"

이젠 일상 다반사다.

엘리스야 지금은 화난 척을 하면서 저렇게 빽빽 고함을 지르지만 처음 이후로 나무에 매다는 그 고문도 잘 하지 않게 되었다. 무엇보다도 내 자신이 가진 힘이 어떤 것인지 나 스스로가 어느 정도는 알 수 있게 되었기 때문이다.

아무리 튼튼한 밧줄로 묶어도 단박에 끊고 도망칠 수 있는 이 엄청난 완력! 단순히 몸놀림만 날쌔진 게 아니었다. 저 건장한 루스나 제드밀란도 내 팔 힘에는 당해내지 못했다. 물론 루스야 팔씨름 같은 거 하려고 들지 않았지만 멋도 모르고 덤빈 제드밀란의 팔을 거의 부러뜨릴 뻔했으니 말 다 한 거지.

그나저나 정말 수인족이라는 거 한번 보고 싶었는데. 쳇, 어디 갑자기 하늘에서 뚝 떨어지지는 않을까?

"꺄앗!"

그것참, 공교롭다고 해야 하나. 바로 그 순간 멀리 길가의 한 나무 위에서 사람 하나가 뚝 떨어지는 게 아닌가.

아무리 갈 길이 급해도 갑작스레 그런 일이 벌어지니 모두들 긴장하며 말을 멈출 수밖에 없었다. 그리고 주위를 살피며 방금 나무에서 떨어진 그 사람에게로 다가갔다.

헉! 예, 예쁘다.

뭐냐, 이거. 역시 꿈은 꿈인 건가? 또다시 이런 예쁜 여자애가 정말 하늘에서 뚝 떨어지다니. 아참, 난 수인족을 원했는데. 에, 설마 얘가 수인족? 설마 아니겠지. 명색이 수인족인데 이렇게 예쁠 턱이 없잖아.

왠지 화난 듯한 그 눈매, 아니, 실제로 화가 난 표정… 인데. 어라? 말을 타고 다가서는 우리를 둘러보다가 나랑 눈이 딱 마주쳤는데 갑자기 눈이 휘둥그레진다. 뭐지?

그러고 보니 사실 나도 낯이 좀 익다. 누구지, 얘는?

나이는 나보다 조금 더 있어 보이지만, 뭐 늙어 보인다거나 하는 건 아니다. 뭐랄까, 약간은 성숙하다는 느낌? 하긴 그것도 여기 엘리스에 비한다면야 어림도 없는 일이었지만. 에또, 뭐랄까. 약간 어른스러운 미소녀? 으으, 모르겠다.

아무튼 중요한 건 이 여자애가 나한테 시선을 딱 맞춘 후 갑자기 눈이 휘둥그레지더니 이젠 아예 울먹거리기까지 한다는 거다.

그 애의 반응이 뭔가 이상하다 싶자 뭘 보고 저러나 싶었는지 그 시선을 쫓던 엘리스, 루스, 제드밀란의 시선이 일제히 나를 향한다. 뭐냐, 이거. 완전히 죄인이라도 된 것 같은 기분이네.

"토미, 저 애 알아?"

"네? 아뇨. 아니, 그게 아니라 어디서 본 것 같기는 한데 기억은 안 나고, 뭐랄까……."

"됐어, 그만."

뭐냐, 도대체. 사람한테 말을 시켰으면 끝까지 좀 들어보든가. 하긴 끝까지 말하라고 해도 따로 할 말이 더 있는 건 아니었지만.

그런데 더 황당한 일은 그 다음에 벌어졌다.

"파이어 월!"

어디선가 힘찬 목소리가 울려 퍼지는가 싶더니 갑자기 그 애와 우리 사이의 땅에서 섬광이 터져 나왔다. 아니, 섬광만이 아니었다. 그건 너무 뜨거워서 빛의 벽으로 보이는 아주 뜨거운 불의 벽이었다.

모두는 갑자기 솟아오른 불의 벽에 기겁하며 말을 뒤로 물렸다. 하지만 놀란 건 사람뿐이 아니었다. 오히려 이런 데 더 민감한 동물들, 즉 말들이 완전히 이성을 잃고 날뛰기 시작한 것이다.

모두가 자신의 말을 진정시키기 위해 혼신의 힘을 다하고 있었다.

물론 나는 엘리스의 허리를 꽉 부여잡고 안 떨어지려 버둥대고 있었다.

그런데 그때 다시금 타오르는 불의 벽 뒤로 어떤 소리가 들려왔다.

"라이, 그만 해!"

"무슨 소리야! 어서 피해!"

"아냐! 아니라고! 저건 토미란 말야!"

"뭐?"

그 대화를 내가 어떻게 다 알아들었는지 전혀 이해할 수 없었지만, 아무튼 그렇게 들려왔다. 그리고 그 대화가 끝나자 불의 벽은 처음 생겨났을 때처럼 순식간에 감쪽같이 사라져 버리고 말았다.

불의 벽이 사라지자 말들도 차츰 진정하기 시작했다. 엘리스도 워낙 경황이 없었는지 내가 힘껏 그녀의 등판에 얼굴을 문지르고 있는데도 아무 말 하지 않았다. 하지만 그대로 있는 건 좀 그렇겠다 싶어서 얼굴을 떼자 방금 불의 벽이 있던 검게 그을린 땅 위를 아까 그 여자애가 걸어나오고 있는 게 보였다. 그리고 그 뒤에서 청년 하나가 그녀와 나를 번갈아 바라보고 있는 것도 보였다.

여자애라, 하긴 애라고 부르긴 좀 뭐하다. 확실히 나보다 나이도 많아 보이는데.

아무튼 그게 중요한 건 아니지. 문제는 이 여자애는 뭐고, 저 남자애는 또 뭐냐는 거다.

문득 루스가 말을 몰아 앞으로 나서며 그 여자애를 가로막았다.

"넌 뭐지?"

그러나 그녀는 아무런 대꾸도 하지 않고 곧장 나를 향해 걸어왔다. 물론 무시당하고 가만히 있으면 기사가 아닐 것이다. 그것이 아무리 점잖은 루스라 해도 말이다.

당연히 검을 빼 들려고 했다. 하지만 그보다 먼저 한마디의 외침이 그의 행동을 가로막았다.

"검을 뽑으면 그 즉시 넌 죽는다!"

누군고 하니 그녀 등 뒤에 서 있던 그 청년이었다. 음, 청년, 청년이라기엔 좀 어려 보이는 것 같기도 한데. 아무튼 그건 단지 말뿐인 위협이 아니었다. 그의 주위로 이글거리는 불덩어리 몇 개가 둥둥 떠다니고 있었으니 말이다.

세상에, 마법사인가? 마법사가 아직 세상에 남아 있었나! 정말 멋지다! 저 빙글빙글 도는 화염덩어리라니! 내 눈으로 보고도 믿지 못할 지경이었다.

아참, 그렇지. 이거 꿈이지.

꿈이니 당연히 별의별 사람이 다 나오는 것도 무리는 아니지. 하하, 괜히 놀랐네.

나 혼자서 그렇게 놀랐다가 말았다가 하는 와중에도 그 여자애는 계속 나를 향해 다가오고 있었다. 하지만 그 청년의 위협 때문인지 두 기사는 움직일 생각을 하지 못했다. 아마 그들도 마법사를 처음 보는 모양이었다. 아니면 너무 잘 알아서 섣불리 움직이지 못하거나. 어느 쪽이라도 못 움직이는 건 마찬가지겠지.

그때 엘리스가 다시 내 손을 잡았다. 그러자 잠시 무언가 귓속을 웅웅거리는 듯한 울림이 퍼져 나온다. 윽, 엘리스 손 잡으면 없어지는 것 아니었나? 왜 또 이러지?

하지만 그것도 잠시… 그 울림은 곧 사라지고, 이내 엘리스는 고개를 끄덕이더니 나를 돌아보며 말했다.

"네 손님이야, 마스터."

에? 무슨 소리야? 손님?

뭐가 뭔지 도통 이해가 가지 않아서 어리둥절하고 있는데 어느새 코 앞까지 다가온 여자애가 마침내 입을 열었다. 왠지 울먹이는 듯한 목소리로.

"토미, 오랜만이야."

"절 아세요?"

그러자 여자애는 울먹이던 것도 멈추고 순간 멍하니 나를 바라만 보았다. 이거 또 뭔가 잘못한 거 같은데. 우씨, 왜 난 말만 하면 계속 이런 꼴이람.

"토미, 나 몰라? 나야, 메프라구!"

"메프?"

메프, 메프. 그게 누구였더라. 아무래도 기억이 나지 않는다. 그리고 한 가지 확실한 건, 내가 이런 미소녀를 기억하지 못할 리가 없다는 점이었다. 음, 좀 속 보이나.

아무튼 그녀는 그렇게 자기 이름을 말하고 나서 계속 대답을 기다리듯이 두 손을 모으곤 날 바라보고 있었다. 으음, 그나저나 정말 예쁘긴 하다.

에, 뭐랄까. 엘리스가 약간 어른스러우면서도 신비로운 듯한 이미지라면 이 메프라는 소녀는 약간 성숙하면서도 아직 앳된 그런 인상에다가 왠지 장난기가 많을 것 같으면서도 순수해 보이는 듯한… 지금 내가 뭔 생각을 하는 거지? 중요한 건 이게 아니잖아.

하지만 아무리 생각해 본다고 해봐야 결론은 하나였다.

"저기… 잘 모르겠는데요."

"……"

그러자 그녀는 금방이라도 울음을 터뜨릴 것만 같은 표정으로 변했다. 아니, 실제로 그녀의 한쪽 눈에서 눈물 한 방울이 주르륵 흘러내렸다. 도대체 왜 갑자기 우는 거야? 내가 모른다고 한 게 그렇게 충격이었나?

"미안해, 토미."

그녀는 눈물 닦을 생각도 하지 않고 그렇게 거의 중얼거리는 듯한 목소리로 말했다. 뭐야, 이거. 완전히 여자애를 울린 나쁜 놈이 되어버리잖아.

주위를 돌아보니 아니나 다를까, 루스와 제드밀란의 표정은 거의 말이 아니었다. 특히 제드밀란, 그는 아예 이렇게 중얼거리기까지 했다.

"허, 이거야 원. 왠지 부럽네. 전에 에롤이란 아가씨도 꽤나 미인이더만. 도대체 저 나이에 여자 친구가 몇이나 되는 거지?"

"에?"

나도 모르는 이름이 또 하나 튀어나왔다. 에롤? 그건 또 누구야?

어떻게 돌아가는 상황인지 도무지 갈피를 잡을 수가 없어서 그렇게 어쩔 줄 몰라 하고 있는데 이번에는 메프라는 소녀가 다시 그 말을 받았다.

"에롤? 에롤이랑 같이 있었어?"

"에? 나, 나도 잘 몰라요!"

왠지 다그치는 듯한 그녀의 말에 나도 모르게 기겁해서는 움찔하면서 그렇게 대답했다. 아니, 그게 좀 놀라는 강도가 컸는지 뒤로 물러난 답시고 몸을 빼다가 그만 말 등에서 떨어지고 말았다. 아차, 지금 내 몸은 예전의 내가 아니었지.

"캑!"

절대 우아하지 않은 비명 소리를 내며 말에서 굴러 떨어지는데 그 정신없는 와중에도 나를 부르는 두 목소리를 확인할 수 있었다

"마스터?"

"토미!"

하나는 엘리스, 하나는 메프라는 이 코앞에 보이는

에? 뭐, 뭐얏!

정신없이 눈앞이 오락가락하는 와중에 갑자기 메프란 소녀가 나가와 내 상체를 일으켜 품에 안았다. 뭐, 뭐야, 도대체!

"휘유! 정말 부러워 죽겠네."

"칫!"

이번에도 또다시 두 개의 목소리가 하모니를 이루며 들려온다. 하나는 제드밀란, 하나는 아까 그 마법사인가.

아무튼 중요한 건 수, 숨 막힌다고!

"우으읍!"

"아, 미안. 나도 모르게."

내가 비명이라고 할 수도 없는 이상한 신음을 지르며 그녀를 밀쳐내자 그녀는 그 힘에 그만 엉덩방아를 찧고 말았다. 하지만 그럼에도 불구하고 금세 쪼르르 내 곁으로 다가와 다친 곳이 없는지 살펴본다. 으음, 그런데 왜 자꾸 내 배 쪽을 유심히 바라보는 거지? 왠지 창피한 걸.

"저, 저기 괜찮거든요?"

"아, 미, 미안."

나도, 그녀도 얼굴이 붉어져서는 어쩔 줄 모르는데 문득 엘리스의

목소리가 들려왔다.

"뭐, 일단 상봉은 그쯤 해두고 자세한 얘기는 천천히 하도록 하지. 그쪽 아가씨, 어차피 지금 무슨 얘길 해봐야 소용없어요."

"네?"

뜬금없는 그녀의 말에 메프라는 이름의 소녀는 얼굴을 조금 찡그리며 그녀를 바라보았다. 그러자 엘리스는 전에 없던 방긋 미소까지 지어 보이며 이렇게 말했다.

"지금 마스터, 그러니까 토미는 기억을 잃은 상태거든요."

"기억을?"

"자세한 얘기는 천천히 하도록 하죠. 아, 그리고 저 마법사 친구보고 마법 좀 거둬달라고 해요. 우리 용맹한 기사 두 분께서 무척이나 신경 쓰여 하니까요."

뭐냐, 왠지 또 나만 바보 된 거 같네. 난 멀쩡한데 무슨 기억을 잃었다느니, 그러는 거야? 쳇.

하지만 이런 생각도 들었다. 음, 이건 이 꿈의 각본이 아닐까 하는.

과연, 그렇다면 얘기가 좀 풀린다. 역시 대단해. 누가 꾸는 꿈인지는 몰라도 말이지.

엘리스는 말에서 내린 다음 말고삐를 루스에게 넘겨주고 나와 메프라는 여자애에게로 다가왔다.

"여기서 이러지 말고 어디 가서 얘기를 하든가 해요."

이상하다. 그러고 보니 엘리스가 이렇게 처음 만난 상대에게 존대를 했던 적이 있었던가. 그것참, 묘한 일이군.

아무튼 난 주섬주섬 그 자리에서 일어났다. 그런데 이 여자애는 왜 걱정스러운 얼굴로 날 계속 쳐다보는 거야? 정말 부담스럽네. 얼굴이

나 못생겼어야지.

확실히 꿈이라는 게 증명되는 순간이랄까. 하긴 내 팔자에 이런 미인들을 거느리고 다닐 수 있는 게 또 언제겠어. 쩝. 왠지 씁쓸하구만. 자기 주제를 파악한다는 게 이렇게 씁쓸할 줄이야.

하지만 뭐 어때, 어차피 꿈인데. 현실이 아니란 게 씁쓸하긴 하지만 이 정도의 꿈이라도 꿀 수 있는 게 어디야.

"그래요. 모두 저를 따라오세요."

그 말에 모두가 그녀의 말을 따르려고 했다. 아니, 정확하게는 한 사람을 제외하고.

바로 아까부터 날 노려보고 있는 그 마법사였다.

"메프."

그는 그렇게 소녀를 불렀으나 그녀는 가볍게 고개를 가로저으며 이렇게 말했다.

"괜찮아. 토미 일행이잖아. 걱정하지 않아도 돼."

그 청년은 뭔가 더 할 말이 있는 듯했으나 그는 하지 않았다. 다만 사나운 눈길로 나를 한번 더 바라보았을 뿐. 물론 내가 무슨 힘이 있겠는가. 나도 모르게 움찔거렸을 뿐 변변히 마주 노려봐 주지도 못했다. 오죽 눈길이 사나워야 말이지.

어찌 되었든 우리들은 그녀의 인도에 따라 나무숲을 헤치고 들어갔다. 별로 특이할 건 없었지만 군데군데 각양각색의 크기를 가진 하얀 꽃들이 만발해 있다는 게 색다르다면 색다른 일이었다. 뭘까? 이건 과실수일까?

계속 따라가다 보니 작은 오두막이 하나 나왔다. 작은 공터에 지어진, 별로 화려하지 않은 작은 오두막이었지만 굴뚝에서 가늘게 피어오르는 연기와 그 뜰에 피어 있는 작은 들꽃들로 인해 무척이나 포근한 느낌을 주는 그런 곳이었다. 언젠가 이런 곳에서 사는 것도 나쁘지 않을 것 같다는 생각이 들 정도로 말이다.

그녀가 인도하는 대로 말을 매어두고 나서 우리는 그 작은 오두막집 안으로 들어갔다. 작은 나무 문이 삐걱거리는 소리조차 왠지 정겹게 느껴지는 건 착각일까. 예전에 이런 집에서 산 적이 있는 것도 같은 게 남의 집처럼 느껴지질 않았다.

집 안에 있는 것이라고는 모두 거칠게 만들어진, 세련미라고는 찾기 힘든 그런 물품들뿐이었다. 단색의 커튼과 집 안 양쪽에 나뉘어져 있는 두 개의 침대, 그리고 가운데 만들어져 있는 작은 벽난로에는 자그마한 쇠냄비 하나가 걸려 있었고 거기서 무엇인가 달콤한 향기가 퍼져 나오고 있었다.

"서 있지 말고 거기 침대라도 앉으세요."

으음, 그러고 보니 이 집을 보고서야 생각난 건데, 그럼 이 두 남녀는 한집에 사는 거였나? 으음, 그렇다면 원래 두 사람의 관계는 부부이거나 그와 비슷한 관계, 뭐 이런 걸까.

너무 앞선 예상인지는 모르지만 어쩐지 좀 김이 빠진다. 뭐야, 또 헛물켠 건가? 어쩐지 너무 잘 나간다 싶더라니. 쩝.

하지만 역시 속단할 필요는 없겠지. 뭐, 그렇다고 해도 상관은 없고. 어차피 바로 오늘 아침만 해도 모르던 여자인걸. 너무 예뻐서 좀 아깝긴 하지만, 뭐라 해도 나한텐 아직 엘리스라는 성숙, 요염, 신비의 삼박자를 모두 갖춘 여자가 있는걸. 핫핫!

으음, 이거 내가 생각해도 너무 바보 같다. 어차피 꿈속인데 내가 너무 몰두하는 게 아닌가 싶네.

"그럼 얘기를 들어볼까요?"

우리가 자리에 앉은 것을 확인하자 메프는 우선 그렇게 운을 떼었다. 아까는 몰랐는데 의외로 당당한 시선과 마음가짐을 가지고 있다. 음, 이 여자 설마 엘리스의 축소판이라든가 그런 건 아니겠지.

근데 뭔 얘기를 하자는 거지… 그런 나의 걱정을 대신 덜어줄 사람이 있었으니.

"가급적이면 이 얘기는 둘이서만 했으면 싶은데요."

바로 엘리스였다. 그런데 뭐냐, 이건. 나마저 빼고 단둘이서만 속닥거리겠다 이건가?

다 좋아. 각본이 내가 기억을 잃어버린 거라면 충분히 그럴 수도 있는 거라고 쳐. 근데 굳이 다 들어와서 앉은 지 얼마 되지도 않았는데 죄다 쫓아내야 하는 거냐고. 사람 귀찮게시리. 아, 이게 중요한 게 아닌가, 지금?

아무튼 나 없는 자리에서 다른 사람이 나에 대해 뭔가 얘기하는 거 별로 좋게 생각되지 않는다. 나 아니라도 그건 누구나 당연한 일일 것이다. 아무리 꿈이라도 말이다.

"왜 그래야 하지요?"

하지만 정작 내 맘속에 있는 말을 대신한 건 메프라는 그 소녀였다. 아아, 아무래도 소녀라는 말, 메프에게는 어울리지 않는 것 같군. 하지만 뭔가 다른 말도 떠오르지 않으니 이것 참 애매하네.

"그건 들어보면 알아요."

엘리스의 대답은 이랬다. 하지만 메프는 그것만으로는 납득할 수 없다는 표정이었다. 도대체 이 여자가 나와 무슨 상관이길래 이런 식으로 말하는 건가 하는 그런 표정?

하지만 역시 난 기억을 잃어버린 역할이었고, 결국 실마리를 쥐고 있는 건 엘리스였다. 잠시 눈싸움을 벌이던 메프는 안 되겠던지 자신의 뒤에 서 있던 마법사 청년을 향해 조용히 말했다.

"들었지? 미안하지만 잠시 나가 있어줘."

청년은 뭔가 심각하게 불만 어린 모습이었지만 말없이 고개를 끄덕이고는 몸을 돌려 밖으로 나갔다. 물론 그 와중에도 날 흘겨보는 걸 잊지 않았지만 말이다. 아까부터 저 녀석은 왜 자꾸 사람을 째려보는 거야. 기분 나쁘게.

"자, 너희들도 마찬가지야. 잠시 여자끼리 얘기 좀 하게 해줘."

우리라고 힘이 있겠는가. 알게 모르게 이 무리의 리더는 어느새 엘리스가 되어 있었으니 말이다. 뭐, 원래 보통 내려오는 전설 같은 것에 따르자면 리더는 이 꿈의 주인인 내가 돼야겠지만 간혹 사람의 힘으로는 어쩔 수 없는 경우도 있기 마련이다. 바로 지금처럼. 음, 이건 좀 설득력이 약한가?

아무튼 나와 루스, 그리고 제드밀란은 앉은 지 얼마 되지도 않아서 뻘쭘히 자리를 비켜 일어날 수밖에 없었다.

결국 문을 닫고 나오기는 했는데… 거참, 분위기 묘하다. 남자 넷이서 하릴없이 바깥에 서서 빈둥대려니 말이다. 게다가 한 사람은 아까부터 왠지 죽일 듯이 날 노려보고 있고… 이거야 원, 거북해서.

가만히 있으려니 자꾸만 등 뒤에서 뭔가 콕콕 찌르는 듯한 느낌 때문에 신경이 쓰여서 견딜 수가 없다. 흔히 이런 걸 살기라고 하던가. 실제로 당하니 이거 정말 못살겠군.

결국 좀 무섭기는 해도 먼저 말을 붙여볼 수밖에 없었다. 계속 이렇게 살기를 받는 것보단 차라리 약간 모험을 해보는 게 나을 테니까. 설마 말 걸었다고 대뜸 마법으로 죽이기야 하겠나.

"저기요."

말 걸려고 고개를 슬며시 들었다가 그 사나운 시선에 나도 모르게 기가 꽉 죽어서 움츠러들었다. 세상에 보통 마법사 그러면 평생 탑 같은 데 처박혀서 두루마리나 뒤적이는 그런 사람들 아닌가? 이건 뭐 웬만한 야수보다도 더 무서운 눈으로 보고 있으니 등에서 식은땀이 다 날 지경이다. 정말 마법사 맞는 거야?

하긴 아까 그 마법이 무슨 액세서리마냥 들고 다니는 게 아닌 이상 그건 의심할 여지가 없었다. 쩝, 아무튼 이 꿈은 정말 호화찬란하기 그지없다. 하긴 얘기 같은 데 나오는 용사의 동료에 마법사가 안 끼면 그것도 말이 안 되지.

아, 그럼 이 마법사나 저 소녀도 나의 여행에 동참하기 위한 새로운 동료는 아닐까? 그렇지 않은가. 보통 보면 용사는 처음에 혼자 몸을 일으키는데 거기에 든든한 다른 동료들이 가세하면서 비로소 그 원래의 힘을 발휘하게 되지 않는가.

이제야 어떻게 돌아가는 상황인지 좀 감이 잡힌다. 원래 좀 사이가 안 좋아도 용사의 카리스마와 인간성으로 이들을 모두 절친한 친구로 만드는 거지. 그게 용사의 조건이잖아? 핫핫!

물론 나도 알고는 있다. 뭐든지 이론과 현실은 차이가 있게 마련이라는 걸 말이다. 하지만 상관없지 않은가. 이건 현실이 아니니 말이다. 지금까지의 패턴으로 보건대 좀 꼬일 공산이 크긴 해도 그래 봐야 결국 결론은 하나다. 이게 꿈이란 사실은 변하지 않는다는 것 말이다.

그래그래, 마음껏 노려봐라. 네가 아무리 그래도 운명은 너 역시 공주를 구하는 여행에 나와 함께하도록 되어 있는 거다. 이유? 그런 건 필요없지. 이건 내 꿈이고, 안 그래도 복잡한 내 머리 속에 쓸데없는 에피소드가 들어갈 이유가 있겠나? 당연한 얘기라고.

"경고하건대 이번만 봐주는 거다. 다시는 내 앞에, 아니, 메프 앞에 얼씬거리지 마라."

내가 지지 않고 생글생글 웃으면서 그 시선을 마주 바라보고 있자 으르렁거리는 듯한 목소리로 그가 이렇게 말했다. 흐음, 살기를 어느 정도 견뎌낼 수 있게 되니까 의외로 머리가 휙휙 돌아가는군. 무슨 말인고 하니, 일단 이 마법사는 메프를 좋아한다는 사실. 뭐 저 정도 미인을 그냥 놔둘 리도 없는 거고, 이런 숲 속에서 단둘이 사는 사이라면 그건 더더군다나 말할 필요도 없는 얘기지.

뭐, 그런 사정이 있다면야 충분히 그 심정이 이해는 가지만 어쩌겠어, 이미 운명이 그렇게 정해진걸. 핫핫. 이럴 땐 점잖게 이렇게 말해주면 되겠지.

"저기, 그게 제 마음대로는 안 될 것 같거든요?"

그러자 안 그래도 사나운 눈초리를 더욱더 팍 찡그리며 나를 노려본다. 물론 순간 조금 움찔하기는 했지만 그 정도에 눌려서야 어디 용사라고 할 수 있겠는가.

"헛소리하지 마. 네놈만 접근하지 않으면 아무 문제도 생기지 않아. 분명히 그때 일은 나도 고맙게 생각하고는 있다. 하지만 그건 그거고 이건 이거다. 소울 브레이커에 찔리고도 살아남아 있다는 게 신기하긴 하지만 그렇다고 해도 내 마법을 맞고도 그렇게 살아 있지는 못할 거다. 난 분명히 경고했고, 그 경고를 받아들이는 건 네가 할 따름이겠지."

으으음, 이, 이거 강도가 세다. 역시 보통내기가 아니란 건 알았지만 이렇게 몰아붙이니 나로서는 어떻게 대꾸할 말이 마땅치가 않았다.

확실히 버텨보기엔 이 녀석의 위협, 거짓말로 들리지가 않는다. 금방이라도 아까 그 화염구로 날 충분히 자근자근 구워버리고도 남을 사람이었다. 적어도 내 느낌이 틀리지 않는다면 말이다.

그런 겁먹은 내 속마음을 알아차렸는지 그는 차갑게 코웃음을 치며 나에게서 멀어졌다. 왠지 무시당하는 기분이었지만 그렇다고 덤빌 수도 없었다. 어찌 되었든 정의는 나의 편이니까. 음, 이건 아닌가.

문득 돌아보니 루스와 제드밀란이 뚱한 눈으로 나와 그를 바라보고 있었다. 보아하니 무슨 생각하는지는 들어보지 않아도 뻔했다. 어린놈이 여자 관계 복잡하니 저런 꼴도 당하는 거겠지, 대충 이런 생각이리라.

어찌 되었든 다시금 한동안 남자 넷이 멀뚱히 서서 집 밖에서 대기하고 있어야만 했다. 안에서 무슨 얘기가 오가는지 알 도리는 없지만, 어찌 되었든 슬슬 다리가 아파오니 웬만큼만 하고 그만 들여보내 줬으면 싶었다.

그런 내 기대가 통한 것인지 얼마 지나지 않아 굳게 닫혀 있던 나무문이 다시금 경쾌하지 못한 소음을 내며 열렸다. 모두의 시선이 문으로 향하는데 문득 그 메프라는 소녀가 천천히 밖으로 걸어나와 나에게 다가왔다. 물론 그걸 보는 마법사의 눈에는 다시금 불똥이 튀었지만 어지간히도 그녀를 좋아하는 듯 뭐라 말도 못하고 이만 갈고 있었다. 이러다가 다시 떠나는 길에 쥐도 새도 모르게 암살당하는 거 아닌가 몰라.

"토미."

"네?"

약간은 어벙한 내 대답에 그녀는 살포시 웃으며 내 손을 그러쥐면서 조그맣게 말했다.

"어떻게 된 건지는 대략 들었어. 나도 도와주도록 할게."

"메프!"

미처 내가 대답하기도 전에 그렇게 고함을 지른 건 바로 그 마법사였다. 그는 안 그래도 화가 나는데 더 이상은 참을 수 없었는지 씨근덕대면서 나와 메프에게 곧장 다가왔다. 하지만 메프는 그런 그의 태도에도 두려운 기색 하나 없이 똑바로 시선을 맞추고는 당당하게 말했다.

"너도 알고 있잖아, 토미가 날 위해서 어떤 일을 했었는지. 내가 지금 이러는 건 당연한 일이야."

"웃기지 마. 그렇게 고생고생해 가면서 빠져나왔는데 거길 다시 들어가겠다고? 지금 제정신이야?"

"그거라면 걱정할 거 없어요."

그 폭풍과도 같은 말들에 치여 어쩔 줄 모르고 있는데 문득 엘리스가 그들의 대화에 끼어들었다. 마법사는 고개를 휙 돌려 엘리스를 사납게 노려보았으나 그녀는 눈 하나 깜짝하지 않고 오히려 생글생글 웃으며 천천히 설명했다.

"우리가 지금 무안의 성으로 향하는 이유는 그곳에 납치된 아스트리스 공주를 구출하기 위함이에요. 아는지 모르겠지만 공주로서의 자격 요건이라면 아스 공주가 한 수 위지요. 그쪽은 이름뿐이 아닌 진짜 공주니까요. 게다가 실제로의 옛 애인이기도 하고 말이죠. 메프로슈네 양과 아스트리스 공주를 놓고 저울질했을 때 과연 둘 중에 어느 쪽으로 영살검주가 기울까요?"

이건 뭐 자세한 내막을 모르는 나로서도 쉽게 대답할 수 있는 일이었다. 기왕에 옛 애인이기도 했고, 왕국의 실제 공주라면 그쪽이 더 소중한 건 당연한 이치니까.

"웃기지 마. 그래 봐야 어차피 붙잡히게 되면 다 마찬가지야. 그놈 야망이 그거잖아, 왕이 되는 거. 왕이 어디 부인이 한둘이야? 기왕에 할 거라면 둘 다 있어도 상관이 없다는 거지. 그런데 그런 놈 아가리에 곱게 갖다 바치자 이건가?"

"물론 그렇게 생각할 수도 있어요. 틀린 말은 아니죠. 게다가 사실 따지고 보면 이번 일은 모험이나 다름없거든요. 우리 네 명, 그나마도 그중 하나는 기억을 잃어서 거의 바보나 마찬가지인 상황에서 성 안에 엄중히 보호되고 있는 공주를 빼내기란 사실상 거의 불가능한 일이나 다름없죠."

"그런 도박에 지금 우릴 끌어들이겠다는 건가?"

"네."

정신없이 대화가 오간 탓에 그중 이해할 수 있는 건 얼마 없었다. 에, 그러니까 일단 지금 우리 넷이서 공주를 구출한다는 건 사실 어림 반 푼어치도 없는 소리라 이건가?

이거야 원, 이게 설득하는 말 맞아? 아무리 봐도 포기하고 싶다는 말로밖에는 안 들리는걸.

"후, 지금 제정신인가? 안 그래도 싫다는 사람을 그런 말로 꼬드기려 들다니."

"싫다고는 안 하던걸요?"

"뭐?"

"전 사실대로 말했고, 우리 일을 돕겠다고 나선 건 메프로슈네 양이에요. 전 이런 위험한 일에 굳이 다른 사람을 끼어들이고 싶지 않아요, 솔직히."

마법사는 화난 얼굴로 고개를 다시 돌려 메프를 바라보았다. 하지만 메프는 아무렇지도 않은 얼굴로 그런 그의 얼굴을 바라보며 차분하게 말했다.

"그 말대로야. 내가 하고 싶어서 부탁했어."

"도대체 제정신이야?"

"물론 제정신이야. 나도 지금 이 일이 얼마나 위험한지 잘 알아. 하지만 난 더 이상 토미가 위험해지는 거 바라지 않아."

왜, 왠지 감동적이다. 으흑, 나를 이토록이나 걱정해 주는 사람이 있었다니. 갑자기 메프가 이전보다 몇 배는 더 이뻐 보인다.

하지만 나와는 반대의 심정을 가진 사람도 있었다.

"서, 설마 그 약혼… 진심이었던 거야?"

약혼? 이건 또 무슨 소리지?

하지만 그에 대한 설명없이 메프는 지금까지 차분한 모습과는 달리 버럭 화를 내며 이렇게 소리쳤다.

"어린애 같은 소리 하지 마! 내가 왜 널 받아들이지 못하는 줄 알아? 넌 이미 다 자랐고 머리도 좋지만 언제나 생각하는 건 어린애 수준이라고. 생각해 봐! 토미는 이미 두 번이나 내 목숨을 구해주었어. 그리고 이제 다시 또 자기 일도 아닌 다른 사람 일 때문에 목숨을 걸려고 하고 있어. 내가 모르는 사람이고, 또 이런 일이 있는 줄 몰랐다면 그냥 지나칠 수도 있겠지만 그렇지도 않잖아! 나도 무서워! 무섭다고! 하지만 난 적어도 이미 진 빚을 모른 척할 만큼 이기적인 사람은 아니야!
그렇게 날 모르겠어?"

"메프……."

그녀의 기세에 질렸는지, 아니면 그 말이 뜻하는 바를 거역할 수 없
었는지 나로서는 알 수 없었지만, 마법사는 잠시 그녀의 얼굴을 바라보
다가 조용히 고개를 숙이고는 아무 말도 하지 못했다.

"미안해. 나라고 바보가 아닌 이상 네 마음 모르지는 않아. 하지만
적어도 이번 일만큼은 그대로 지나칠 수가 없어. 날 이해해 줘. 그럴
수 있지?"

마치 어린애를 달래는 듯한 모습. 덩치 큰 마법사와 그보다 체구가
작은 소녀가 만들어내는 풍경이기에 별로 아름답지 못하게 생각될 수
도 있었지만, 의외로 자연스러워서 그다지 눈살을 찌푸리게 하거나 하
지는 않았다.

그런데 잠시 그렇게 말이 없던 마법사가 문득 중얼거리듯이 말했다.

"나도 가겠어."

"뭐?"

"나 역시 마찬가지야. 너 혼자 그런 곳에 가게 놔둘 수는 없어. 만일
의 경우 너만이라도 다시 빠져나올 수 있으려면 내가 가야 해."

"라이……."

으음, 뭐 사연은 좀 복잡한 것 같지만 아무튼 이로써 의문의 소녀와
마법사가 팀에 합류한 건가? 핫하. 내 생각은 어째 이렇게 틀리는 적이
없냐. 하긴 내 꿈이니까 당연한 것인지도 모르겠지만.

"뭐, 아무튼 이렇게 되어서 모두 함께 일행이 된 거네요. 모두 반가
워요! 하하핫."

나름대로는 기쁨의 표현을 한다고 하긴 했는데 웃다 보니 어째 얼굴이 따끔거린다. 역시나 돌아보니 모두 뚱한 눈으로 날 쳐다보고 있다. 에, 또 뭐 잘못한 건가? 난 그냥 기분이 좋아서 그런 건데.

"아, 골치야."

엘리스의 푸념을 들으면서도 난 정말 내가 뭘 잘못한 건지 알아차릴 수가 없었다. 왜 나만 갖고 그러나 몰라. 쳇.

일단은 그렇게 해서 라이라는 이름의 마법사와 메프가 우리 일행에 합류했다. 다행히도 내 몫으로 사두었던 말이 있었던지라 따로 말을 구할 필요는 없었다. 괜히 산 건 아니니 다행이라면 다행이지만 어째 우연 같지가 않다. 그냥 우연으로 치부해 버린다면 할 말은 없지만 그래도 그건 좀 멋이 없지 않은가. 기왕이면 운명이라고 해두는 게 좀 모양도 나고 좋을 것 같다.

그 집에서 하룻밤을 머물며 일단 새로 늘어난 일행이 여행에 떠날 채비를 할 때까지 기다렸지만, 그 이후론 다시금 이전과 같은 질주의 나날이 계속되었다. 그게 뭐 꼭 나쁘다고만은 할 수 없겠지만 덕분에 다시 엘리스의 등에 얼굴을 부비기가 껄끄러워졌다는 점이 문제라면 문제였다.

메프는 라이와 함께 말을 타고 있었는데, 항상 엘리스와 내가 타고 있는 말 뒤쪽에서 따라오고 있었다. 내가 비록 아는 건 없지만 전술상 마법사는 대형의 가운데에 위치시켜 보호해야 한다는 것 정도는 알고 있었으므로 그 사실 자체에 대해서는 그다지 불만은 없었다. 다만 다시 출발한 뒤 얼마 지나지 않아서 엘리스가 또 부비지 말라는 고함을 질렀을 때 그녀가 웃던 게 떠올라서 왠지 그 다음부터는 그런 행동 하기가 쉽지 않았다. 이거야 원, 아무리 봐도 저 마법사와 연인 내지는 그에 준하는 사이로 보이는데 왜 자꾸 그녀가 신경 쓰이는 건지 모르겠다. 설명하기는 쉽지 않지만 일종의 본능? 그런 것과 통하는 점이 있다면 이것도 그냥 착각인 걸까.

아무튼 내가 유일하게 말을 탈 때 느꼈던 즐거움이 사라지자 왜 그렇게 지루하던지. 나오느니 하품뿐이다. 그나마 말에서 내려 식사할 때 정도가 이젠 그중에 낙이 되어버렸다. 아니, 그럴 예정이었다.

"토미가 만든 스튜가 오랜만에 먹고 싶네."

문제는 바로 메프가 던진 이 한마디였다. 참고로 말하자면 내가 할 수 있는 요리라고는 고작 계란 프라이를 얹은 샌드위치 정도일까. 이런 상황에서 그런 얘길 들으니 나로서야 그저 멍하니 그녀의 얼굴을 올려다보며 바보마냥 되묻는 일 정도밖에는 할 수 있는 게 없었다.

"스튜요? 제가요?"

"응, 나 토미가 만든 스튜 굉장히 좋아하거든."

이 꿈의 성격상 뭔가 이 여자도 내가 모르는 나와의 어떤 과거가 있다는 정도는 눈치 챌 수 있었다. 하지만 그것뿐이다. 내용을 알아야 어떻게 반응을 하든 뭘 하든 할 거 아닌가. 흥미진진하고 박진감 넘치는 꿈이라는 건 인정하지만, 하긴 그것도 요새 지루하게 이어지는 마상 여행 때문에 인정하기가 좀 어려워지기는 했지만 아무튼 도대체가 내 꿈인데 왜 내가 모르는 일이 이렇게 많은 건지 모르겠다.

곰곰이 생각해 보면 어제의 대화 속에서 그나마 힌트를 얻을 수는 있었다. 우선 소울 브레이커에 찔렸다는 말. 내색은 안 했지만 사실 이게 가장 놀라왔다. 엘리스에게 소울 브레이커가 내게 있다는 말을 들은 지 얼마 안 되는 시점이기도 했지만, 또 이 모든 일들이 딱딱 맞아 떨어진다는 것도 신기한 일이었다. 잠깐, 그럼 난 소울 브레이커를 배에 꽂고 다니는 건가.

"저기, 저 요리할 줄 모르거든요."

"아, 기억을 잃었다고 했지. 깜빡했어. 미안해."

"아뇨, 별로."

왠지 좀 서먹서먹한 느낌. 그러면서도 그 짧은 시간 동안 대화하는 걸 놓치지 않고 섬뜩한 살기를 내쏘는 마법사 라이. 아무래도 메프와 얘기 한번 해볼라치면 거의 목숨을 걸어야 하는 분위기인지라 내성적이고 여린 소년인 나로서는 그 살기를 도저히 감당해 낼 도리가 없었다. 그나마 메프 쪽에서 말을 걸어도 이 정도인데 그녀가 말을 걸지도 않는 다른 두 기사, 루스와 제드밀란의 경우에는 말조차 걸어보지 못하고 멀뚱거리며 바라만 봐야 하는 찬밥 신세이니 그들의 신세도 처량한 바가 있다고 하겠다.

하지만 역시 중요한 건 내가 모르는 일들을 하루빨리 알아내어 적어도 바보 소리를 듣지 않는 일이었다. 그놈의 바보, 바보. 아주 지겨워서 귀에 딱지가 앉으려고 한다. 하여튼 무슨 말만 하면 모두 뚱한 얼굴로 지켜보든가, 아니면 한숨 내쉬기 일쑤이니 이래서야 어디 마음 놓고 말 한마디 제대로 하겠는가 말이다. 사람이 할 말도 제대로 못하고 살면 그게 어디 사람인가, 노예지.

"저기… 근데요."

역시 아나나 다를까 다시금 라이의 눈에 불이 켜지며 무섭게 째려보기 시작한다. 하지만 앙갚음을 당할 때 당하더라도 궁금한 건 풀어야겠다. 사실 좀 무섭긴 하지만.

"왜?"

메프는 마치 자신이 나의 누나라도 되는 것처럼 방긋 웃으며 돌아보았다. 으음, 확실히 나보다 나이는 많은 것 같지만 저런 모습도 은근히 귀여워 보인다는 걸 그녀는 알까.

"저기… 전에 그런 말 했잖아요, 제가 메프 목숨을 구했다는 얘기."

"응. 그게 왜?"

전에 라이와 말다툼할 때 보여주었던 그 강렬한 인상 따윈 전혀 남아 있지 않은 자애로운 모습이다. 과연 누가 지금의 이 모습을 보고 저 사나운 마법사를 어린애 다루는 듯한 여자라는 사실을 떠올릴 수나 있겠는가.

"그거 자세히 좀 알 수 없을까요?"

"음, 그건… 나중에."

"나중에요?"

"그래. 지금은 좀 해주기가 그래. 그리고 그전에 기억이 돌아올 수도 있는 거고."

지금 왜 말하지 말라는 것일까. 아, 혹시 저기 루스와 제드밀란 때문에 그러는 걸까? 엘리스도 전에 저 두 사람에게는 소울 브레이커에 대한 얘기를 하지 말라고 했던 것 같은데. 그런 이유 때문일까.

나는 최대한 목소리를 죽여 거의 귓속말하듯이 그녀에게 물어보았다. 물론 짙어지는 살기 때문에 거의 질식할 것 같았지만 말이다.

"혹시요."

"응?"

"소울 브레이커 때문인가요?"

"음, 그것도 있고 다른 이유도 있어."

"다른 이유라뇨?"

메프는 잠시 루스와 제드밀란의 동정을 살피더니 조용히 말했다.

"나… 사실 수인족이거든."

"네?"

"쉿!"

내가 갑자기 소리를 빽 지르자 모두의 시선이 순간 나와 메프에게로 돌아갔다. 순간 내가 한 일에 당황해서 땀을 삐질거리며 급하게 얼버무렸다.

"아하하, 날씨 참 맑죠?"

"맑기는, 온통 먹구름만 끼어 있는 거 안 보여?"

어떻게 돌린다고 한 말이 그것인지는 나도 이해가 가지 않는다. 하지만 다들 내가 또 바보 짓하는 걸로 생각한 건지 저마다 하던 일을 계속하기 시작했다. 뭐, 바보란 것도 의외로 나쁜 것만은 아닌 건가. 후, 이건 좀 처량하군.

아무튼 중요한 건 지금 메프가 한 말이다. 세상에, 난 수인족이라면 전부 우락부락한 무슨 전설에 나오는 몬스터 같은 종족인 줄로만 알았는데 그런 게 아니었군. 역시 소문은 믿을 게 못 돼.

모두의 시선이 분산된 것을 느꼈는지 메프는 다시금 조심조심 얘기를 이어갔다.

"모두의 생각처럼 수인족이란 건 무슨 괴물 같은 게 아니야. 그냥 원래 왕국 외의 지역에 살던 한 종족을 그렇게 낮춰 불렀던 것뿐이야. 날 보면 알잖아."

"그렇군요."

메프는 잠시 망설이는 듯하다가 다시 말을 이었다.

"그리고 난 수인족 중에서도 주법사라고 불리는 사람이지."

"주법사? 그건 또 뭐죠?"

"자세하게 설명하기는 힘들고 그냥 마법사 비슷한 거라고 생각하면 돼. 말의 힘을 이용하는 마법사 같은 거라고 말이야."

우웃, 그럼 메프도 단지 정체 불명의 미소녀 같은 구태의연한 배역이 아니었단 거군. 확실히 주법사라는 이름은 처음 들어보지만 뭔가 대단할 것 같다는 생각이 들었다.

이거 정말 완벽하지 않은가. 기사 둘에, 도적 길드에, 마법사에, 주법사까지 한 명, 그리고 그들을 이끄는 정의의 용사. 그래, 내가 바란 게 이런 거야.

"아무튼 지금 이 얘기는 저 기사들에게 하지 말아줘. 왕실에선 수인족 보기를 정말 짐승 보듯이 하니까. 그리고 영살검주 측에도 수인족들이 일부 참여하고 있어서 모두 함께 적대시하고 있는 상황이기도 하고. 내가 수인족이란 걸 알면 아마 저들이 가만있으려 하지 않을 거야. 무슨 얘긴 줄 알지?"

조심스러운 그녀의 말에 난 가만히 고개를 끄덕였다. 그러자 메프는 가만히 방긋 웃어 답해주었다.

이런 걸 뭐라고 하더라. 둘만의 비밀? 별로 나쁜 기분은 아니다. 아니, 좋다고 하는 게 낫겠지.

아무튼 식사는 결국 메프와 엘리스의 공동 작품으로 이루어지게 되었다. 으음, 정말 그림에나 나올 법한 두 여자가 서로 오손도손 음식을 만들고 있는 모습이라는 건 아무리 나쁘게 보려고 애를 써도 나쁘게 볼 수가 없는 아름다운 모습이었다. 우후후, 게다가 저 여자들은 모두 나에게 호감을 가지고 있다.

헛다리 짚는 건 아니냐고? 글쎄, 적어도 싫어하거나 경멸하는 상황은 아닌 게 분명하지 않은가. 그리고 나를 볼 때마다 방긋방긋 미소 짓는데, 세상에 싫은 놈 보고 미소 짓는 여자도 있단 말인가? 아니, 물론 그런 경우가 꼭 없다고는 말 못할 일이었지만, 이건 확실히 싫은데 억지로 미소 짓는 것과는 차원이 다른 그런 모습들인 거다. 하긴 이건 엘리스한테 통용이 안 되나. 미소는 메프의 일이군.

엘리스는 확실히 미소 같은 건 별로 짓는 경우가 드물었다. 뭐랄까. 은연중에 약간은 중성적인 성격이 드러난다고나 할까. 하지만 그렇다고 해서 그녀가 전혀 미소 짓지 않는 것은 아니었다. 그녀의 미소는 크게 두 가지로 나뉘는데 하나는 냉소적인 미소, 하나는 약간 쓴웃음과도 같은 미소였다. 뭐, 원래 기본이 워낙 신비로운 분위기라서 그런지는 모르겠지만 미소라기보다는 약간 얼굴을 찡그리는 것이 차라리 맞다고 해야 할 텐데도, 그게 또 아름다워 보이니 이상한 노릇이다. 하긴 제드밀란이 오죽하면 그리도 정신 못 차리겠는가. 싸늘하다고 할 수도 없고, 아무튼 뭔가 말로는 표현하기가 힘든 그런 분위기의 여자였다.

하지만 적어도 나를 대할 때는 약간은 뭐랄까, 어머니 같다고 해야 하나? 그런 따뜻함이 어리곤 한다. 언제나 바보 취급하고 말도 험한 편이지만, 그러면서도 행동으로는 이 사람들 중에서 언제나 가장 먼저 나를 챙기곤 한다. 물론 그게 약간 잔소리 같아서 좀 귀찮을 때도 있지만 그렇다고 싫다는 건 아니다. 이런 관심과 보살핌, 정말 얼마 만인지 나도 모르겠으니까.

엘리스가 어머니 같다고 한다면 그건 역시 좀 과장일지도 모르겠지만 그건 일단 제쳐두고 그 다음은 메프를 살펴보자.

메프의 경우엔 말 한마디라도 걸라치면 언제나 죽일 듯이 바라보는 살벌한 마법사가 부록으로 끼어 있었다. 원래 이름이 뭐라더라… 아, 원래 이름은 메프로슈네인데 줄여서 보통 메프라고 부른다. 일반적으로 듣는 이름보다는 확실히 뭔가 있어 보이는데 이건 수인족들의 말로 만들어진 이름이란다. 뭐, 뜻을 자세히 가르쳐 주지는 않았지만 어감만으로도 꽤 괜찮은 이름일 거라고 생각한다.

메프에게서 느끼는 나의 감정은 뭐랄까, 누나? 그래, 그게 맞는 것 같다. 확실히 앳되어 보이는 모습이기는 하지만 저 살벌한 마법사 라이, 이 녀석의 이름은 뭐라더라… 크라이스 바탈리언? 대충 그런 이름이었던 것 같다. 뭐, 그럭저럭 이 녀석 이름도 괜찮아 보인다. 하긴 토미라는 흔하디흔한 이름보다 나쁜 이름이 어딨겠나.

이런, 아무튼 본론으로 다시 돌아가자면 그녀는 그런 살벌한 라이 녀석마저도 눈길 한번에 잠재울 수 있는 박력을 내포하고 있었다. 언뜻 보면 나와 동갑이거나 그 정도밖에 안 되어 보이지만 사람들 대하는 것을 보면 확실히 나보다 나이가 많다는 것을 느낄 수 있었다. 역시 저런 게 연륜이라는 것일지도 모른다.

아무튼 난 졸지에 두 여자의 보살핌 속에서 남자들의 질시, 솔직히 루스는 별로 신경 안 쓰는 모습이었지만, 나머지 두 남자 제드밀란과 라이의 살기 속에서 좀 불안한 날을 보내야 했다. 물론 제드밀란이야 사실 그러거나 말거나 별로 상관 안 했지만 라이만큼은 도무지 감당이 안 됐다. 원래부터 좀 내성적인 내가 그 녀석의 살기를 감당한다는 것 자체가 얘기가 안 되는 일이었던 것이다.

식사 시간 내내 메프와 엘리스의 가운데 앉아서 거의 천국과 같은 시간을 보내면서도 난 계속 라이에게서 날아드는 끔찍한 살기와 싸워야만 했다. 이래서야 어디 음식이나 맘 편하게 먹을 수가 있나. 소화가

다 안 될 지경이다. 이거 빨리 무슨 수를 취하든가 해야 할 텐데… 큰일이다.

하지만 그 무슨 수라는 걸 생각한 건 나만은 아니었다. 직접 당하지 않더라도 그렇게 강렬한 살기가 계속 뿜어져 나오는데 모를 리가 없지 않은가.

"자아, 그럼 오늘의 설거지 당번을 발표하겠습니다."

문득 식사를 마치고 나온 엘리스의 장난기 가득 서린 목소리. 그녀가 이런 식의 말을 할 때는 뭔가 뒤통수치는 일이 있으리란 사실을 본능적으로 깨달은 나는 흠칫 몸을 떨어야 했다. 왜 그러는지도 모르고 말이다.

하지만 나쁜 예감은 왜 틀리는 적이 없는 걸까. 정말 의문스러운 일이다.

엘리스는 나를 향해 방긋 웃더니만 이렇게 선언해 버리고 말았다.

"오늘의 설거지 당번은 토미와 라이 군. 자, 수고하세요."

으악, 큰일 났다. 이럴 줄 알았어. 지금 라이와 단둘이 아무도 없는 곳에서 있으란 얘기야? 안 그래도 날 계속 못 잡아먹어서 안달인데. 그나마 메프가 계속 옆에서 보호해 줬기에 탈없이 있었던 건데, 만약 단둘이 남게 되면 어떻게 되겠어. 으아, 상상하고 싶지 않다.

"뭐 해? 얼른 다녀와, 곧 출발해야 하니까."

으흐흑, 엘리스, 이런 식으로 날 제거하겠다 이거야? 너무해, 정말 너무해.

"어허, 얼른 안 다녀오면 밧줄로 묶어서 끌고 간다? 얼른 다녀오라고."

"네에……."

하지만 내가 거역할 힘이나 있겠는가. 으아, 난 죽었다.

힐끔 쳐다본 라이의 모습, 충분히 추측 가능한 무시무시한 열의로 활활 타오르고 있었다.

거의 사형장에 끌려가는 기분이란 게 이런 걸까.

식기를 들고 주춤주춤 라이의 뒤를 따라 근처의 개울가로 다가가자니 정말 불안해서 심장이 터져 버릴 것만 같았다. 하아, 엘리스. 장난이 심해도 이건 너무하다고. 이대로 여기서 라이한테 암살당하는 걸로 꿈이 끝난다든가 하는 건 아니겠지? 우우, 하긴 그런 황당한 결말이 없으리란 보장도 없는 거지. 이걸 어쩐다.

이런 내 심정을 아는지 모르는지 라이는 앞서 터벅터벅 개울가로 다가가더니 근처의 바위 한 귀퉁이에 털썩 주저앉았다. 물론 그 뒤를 따르던 나는 뭘 어찌해야 할지 몰라서 멈추어 선 채 우물쭈물하고 있을 뿐이었다.

잠시 그렇게 정적이 감돌았다. 이런 정적 정말이지 무슨 폭풍 전의 고요 같아서 너무 싫다.

불안해서 등 뒤가 식은땀이 나려고 따끔거리는 상황에서 이윽고 라이가 입을 열었다.

"뭐 해, 설거지 안 하고?"

"아, 네."

누가 더 뭐라고 할 틈도 없이 화들짝 정신을 챙긴 나는 허겁지겁 그릇을 물가에 쏟아놓고 하나하나 물에 담가 씻기 시작했다. 흐르는 물이 손에 닿았지만 이게 뜨거운지 차가운지 감도 안 잡힐 지경이었다. 그저 할 수 있는 가장 빠른 속력으로 설거지를 끝내고 모두가 있는 곳으로 돌아가고 싶은 마음뿐이었다.

"하면서 들어라."

"……."

으음, 이건 말로만 한다는 소리인가, 아니면 일단 말로 해서 내가 뭘 잘못했는지 확실하게 각인시킨 후 손봐주겠다는 뜻일까.

"우선 메프의 뜻을 존중해서 널 따라오긴 했지만 네 일 따위 돕고 싶은 생각 눈곱만큼도 없다. 그러니 날 부하 취급 하려고 들지 마라. 그건 다른 사람들도 마찬가지, 나에게 말을 걸 수 있는 건 메프뿐이다. 난 다른 녀석들에게 이런 말조차도 하기 싫으니 네가 알아서 전하도록. 내가 따라나선 이유는 분명히 말하거니와 단지 메프의 안전을 위해서다. 다른 녀석들이야 죽든 살든 나와는 아무 상관도 없다."

"네에……."

으음, 일종의 페널티일까. 하지만 상관없다. 메프에게 부탁하면 아무튼 저 녀석은 움직인다는 얘기니까. 적어도 메프의 지금 태도로 보아서 내 부탁을 거절할 것 같진 않거든. 으음, 어째 잔머리만 더 늘어가는 것 같긴 하지만 일단 뭐 어쩔 수 없는 일이지. 원래 이런 걸 어쩌겠나.

"분명히 나도 너에게 어느 정도 고마운 마음을 가지고는 있다. 확실히 네가 아니었다면 지금 이렇게 나와 메프가 한자리에 있을 수 없는 일이었으니까. 그때 내가 마법을 사용할 시간을 벌기 위해 소울 브레이커에 스스로 찔렸던 것만큼은 아무리 나라도 인정해 주지 않을 수가 없다. 지금은 기억하지 못하는 모양이다만."

"네에……."

거의 건성처럼 들리는 대답이었지만, 그렇다고 내가 할 수 있는 말이 따로 있는 것도 아니었다. 그가 하는 얘기 자체를 기억 못하는 상황에서 그렇다고 맞장구칠 수도 없는 이유이고, 당당한 자세로 그와 맞대화할 수도 없는 일이었다. 결정적으로 난 이 녀석 눈매가 너무 무섭다. 그건 아무리 머리 속으로 괜찮다고 소리를 질러도 극복이 안 되는 일종의 본능적인 경고와 같은 맥락이었다.

"만약 그걸 염두에 두지 않았다면 메프가 뭐라든 난 벌써 널 죽여 버렸을지도 모른다. 혹시 의심이 가면 그 두 기사에게 한번 말해서 메프에게 추근거려 보라고 해봐라. 절대 빈말이 아님을 확실히 깨닫게 해 줄 테니까. 말했지만 난 메프를 따르는 거지, 너희와 동료가 되고 싶은 생각 따윈 절대로 없다. 아니, 사실상 적이라고 하는 게 나을지도 모르지. 왕국의 높으신 분들도 지금쯤이라면 북의 탑이 완전히 영살검주에게로 넘어간 걸 알고 있을 테니 말이다."

"네에……."

아무튼 살고 싶으면 건들지 마라 이거군. 그리고 난 이전에 내가 한번 은혜를 베푼 적이 있어서 참는다 이거고. 허허, 이 라이라는 마법사, 정말 질투심이 엄청난 모양이다.

글쎄, 난 아직 나이가 어려서 질투라는 게 어떤 건지 확실히 알 도리가 없다. 누군가를 제대로 사랑해 본 적도 없는 내가 질투가 뭔지 어떻게 알겠나.

누군가를 저토록 열렬히 사랑할 수 있다는 건 어쩌면 축복일지도 모르겠다. 하긴 그 자신에게 그것이 축복인지 저주인지 나로서는 알 도리가 없다. 하지만 아무것도 모르는 나라 할지라도 어쩐지 라이는 너무 사랑을 힘겹게 하는 것만 같았다. 무언가에 몰두한다는 것이 분명히 나쁘다고만은 할 수 없는 일이지만, 그렇다고 아주 좋다고만도 할 수 없는 일이다. 무언가에 몰두해 그 외의 일을 잃어버린다는 건 그만큼 자신의 인생을 황폐하게 만드는 원인이 될 수도 있기 때문이었다.

난 아직 어리기에 아는 것도 별로 없고 경험도 적다. 그래서 좀 더 많은 것을 보고 듣고 배우고 싶다. 하지만 라이는 지금의 내 때에 너무 한곳에만 몰두해서 다른 걸 못 보게 되었던 것은 아닐까.

우선 그는 내가 보기에도 엄청난 마법사이다. 그리고 내가 잘못 들은 게 아니라면 정말 어떤 특별한, 이를테면 신으로부터 내린 은총 같은 게 없다면 저 나이에 저만한 경지를 이루어내는 건 불가능에 가까웠다. 아니, 사실상 신은 없는 것이니 그냥 불가능이라고 보는 게 낫겠지. 그런데도 그걸 이루어냈다면 그건 일반인이 상상하기 어려운 모진 자기 수련이 있어야 할 것이다. 다른 모든 걸 포기할 정도로.

메프도 처음 보았을 때 라이를 보고 그런 말을 했었다. 몸은 다 컸지만 생각은 어린애라고. 그건 이런 의미가 아니었을까. 다른 사람들이 정신적인 성장을 하고 있는 와중에도 그는 마법사로서의 길을 가느라 다른 걸 전부 지나쳐 버렸던 것은 아닐까.

하긴 이것도 어차피 꿈인데 내가 너무 진지한 건 아닌지 모르겠다. 으음, 그러고 보니 신기하긴 하다. 내가 이런 생각들을 떠올리다니. 나도 뭔가 성장하고 있는 건가? 에이, 설마.

그리고 어차피 그건 라이가 알아서 할 일이었고, 그보다는…… 아 참, 북의 탑? 그건 또 뭐지? 혹시 그게 마법사들의 은신처나 그런 걸까?

"북의 탑? 그건 뭐죠?"

"모르는가? 그렇다면 굳이 알려고 들 필요 없다. 혹시라도 그런 식으로 나에게서 정보를 캐내려고 해봤자 헛수고이기도 하고."

"그런 정보라면 내가 좀 주도록 할까?"

"……?!"

"……!!"

갑자기 들려온 이질적인 목소리 남자들 둘만 도란도란… 이건 좀 아니다 싶긴 하지만 아무튼 살기애애한 분위기에서 대화를 나누고 있는데 웬 여자 목소리가 끼어든 것이다. 물론 당연한 말이지만 메프나 엘리스의 목소리도 아니었다.

나도 모르게 고개를 번쩍 들고 주위를 둘러보았다. 라이 역시 바위에서 몸을 일으켜 두 손을 모은 채 무언가 중얼거리며 주위를 돌아보고 있었다. 아마도 미리 주문을 준비해 두는 모양이었다.

하지만 그 목소리는 되려 조롱하듯이 깔깔거리며 그런 우리 둘을 비웃었다.

"하하하, 뭐 그리 긴장하고 그래? 왜, 너희들을 덮치기라도 할까 봐? 그럴 거면 말도 꺼내기 전에 먼저 공격부터 했을 거야. 안심하라고. 난 평화적인 이유로 온 것이니까."

"넌 누구냐! 숨어 있지 말고 모습을 드러내라!"

그 비웃음이 싫었던지 라이가 살기 가득한 목소리로 그렇게 대꾸했다. 나야 어쩔 줄 모르며 닦던 식기가 개울에 흘러가는 것도 모르고 이리저리 두리번거릴 뿐이었다.

"어머머, 도련님이 화나셨네. 미안해, 그럼 원하는 대로 모습을 드러내도록 하지."

그리고 갑자기 숲에 한줄기 바람이 일기 시작했다. 그냥 단순한 바람이 아니었다. 마치 이리저리 흐느끼는 것마냥 헝클어져 몰아치다가 어느 한곳에 갑자기 뭉치는가 싶더니 주위의 묵은 낙엽들을 일제히 끌어들이며 작은 한줄기 회오리바람을 만들어냈다. 이, 이건 또 뭐지?

놀란 내가 입을 쩍 벌리고 그 모습을 지켜보고 있는데 순간 바람이 뚝 끊기는가 싶더니 한데 모아져 휘몰아치던 낙엽들이 갑자기 우수수 떨어져 내리기 시작했다. 그리고 그 회오리가 있던 자리 한가운데에 사람의 모습이 하나 나타났다.

"너였던가, 키치?"

"뭐야, 뭐. 그래도 어릴 때부터 같은 탑에서 동고동락하던 사람한테 그건 너무 차가운 인사잖아."

작고 앙증맞은, 거기다 눈동자에는 하나 가득 장난기가 배어 있는 여자 아이였다. 확실히 나이도 어려 보이고 귀엽다는 생각도 들었지만 뭐랄까, 어떤 면에서는 라이보다도 더 위험하단 느낌이 들었다. 그 이유는 알 수가 없었지만.

"농담은 그만 하시지. 노파 주제에 그런 모습으로 속이고 있다고 해도 본질이 바뀌는 건 아니다. 영살검주에게 알랑거리다가 심심하셨는가? 예전처럼 사냥이라도 나온 건가?"

"어머, 무슨 그런 말을. 도련님이 왜 이렇게 화가 나셨을까. 아까도 말했지만 난 평화적인 목적에서 온 거라구. 그렇게 노려보면 미워잉~"

도대체 뭐가 뭔지 알 수 없었지만 이거 하나만은 확인할 수 있었다. 이 여자애와 라이는 예전부터 알던 사이였다는 것.

"웃기지 마. 네 녀석의 웃음에 속았던 사람이 한둘인가. 무슨 모략을 꾸미러 온 건지 모르지만 이번엔 상대를 잘못 골랐다."

그냥 으르렁거리는 식의 대화이다 싶었는데 갑자기 라이가 한 손을 번쩍 치켜들어 그녀를 가리켰다. 그러자 그의 몸 주위에서 무언가 반짝거리는 눈송이 같은 게 흩날리는가 싶더니 곧 그 빛의 가루들은 하나둘 서로의 몸을 뭉치며 더 커다란 덩어리로 변해갔다. 아니, 그렇게 되었는가 싶었을 때는 그 빛덩어리들은 마치 화살처럼 나아가 일제히 소녀의 몸을 때리고 있었다.

"까악!"

이럴 수가! 라이가 내쏜 빛덩어리들은 그냥 소녀의 몸을 두들기는 정도가 아니라 아예 뚫고 지나가 버렸다. 소녀는 짧은 비명을 토하며 그 자리에서 풀썩 쓰러지고 말았다.

하지만 라이는 아무런 감흥이 없는 듯 되려 쌀쌀한 목소리로 이렇게 말했다.

"연극은 그쯤 해두시지. 그게 네 몸이 아니란 건 바보가 아닌 이상 누구든 알 수 있는 일이니까."

어, 무슨 소리야? 저게 원래 몸이 아니라니?

더 웃긴 건 라이가 그렇게 말하자 이리저리 몸에 구멍이 뚫린 채 소녀가 배시시 웃으며 일어난다는 거다. 으, 으악! 이건 뭐야!

"후훗, 이런이런. 그냥 뭐 잠시 여흥을 해본 건데 이렇게 관객 분위기가 썰렁해서야. 알았어, 뭐 이쯤 해두도록 하지. 그나저나 마법 실력은 한층 더 나아진 것 같네. 주문도 없이 매직 애로우를 7개나 쏘아내다니. 역시 북의 탑에서 촉망받던 천재는 뭐가 달라도 다른 건가?"

"헛소리 말고 용건이나 말해라, 키치."

소녀는 이곳저곳 구멍이 뻥뻥 뚫린 괴기스러운 자신의 몸은 전혀 상관이 없는지 머리를 긁적이는 시늉을 했다. 어, 그러고 보니 뭔가 이상하긴 하다. 피가 한 방울도 안 나는군.

"네네, 그러도록 하지요. 뭐, 별다른 건 아니야. 한 가지 제안을 할까 하고."

"말해라."

"나도 너희를 돕겠어. 그래도 되지?"

〈6권으로 이어집니다〉

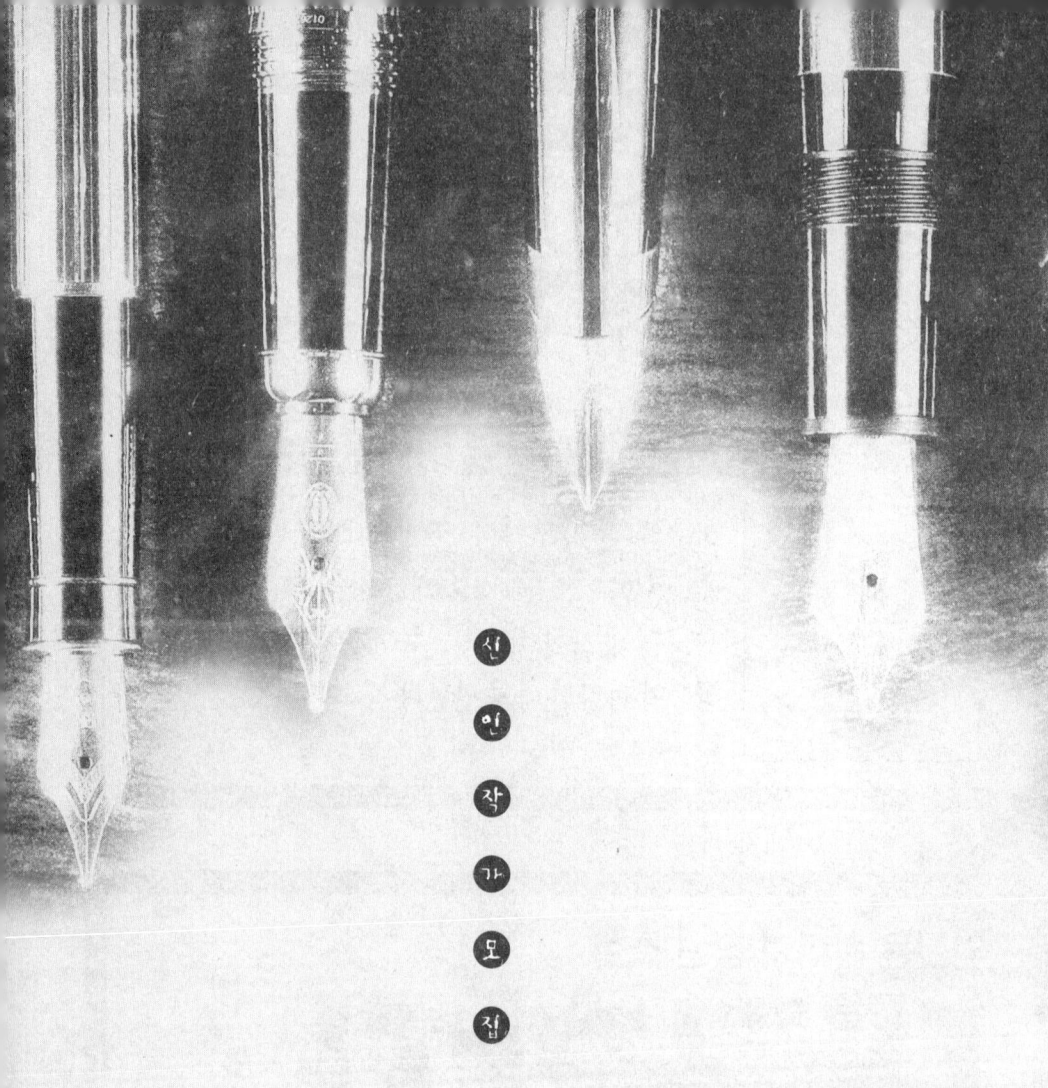

시작이 반이라고 했습니다.
작가의 길에 대한 보이지 않는 벽을 과감히 깨뜨리십시오!
청어람은 작가 지망생 여러분들의
멋진 방향타가 되어드리겠습니다.

저희 도서출판 청어람에서는
소설 신인 작가분들을 모집합니다.
판타지와 무협을 사랑하시는 분들의 많은 참여를 바랍니다.
소정의 원고(A4용지 150매)를 메일이나 우편으로 보내주시면
검토 후 출판 여부를 알려드리겠습니다.

주소:경기도 부천시 원미구 심곡1동 350-1 남성B/D 3F 우편번호420-011
TEL:032-656-4452 · **FAX**:032-656-4453
http://**www.chungeoram.com**
e-mail:chungeoram@chungeoram.com